무인역에서
널 기다리고 있어

Mujinekide Kimiwo Matteiru

Text Copyright © 2023 INUJUN
Cover illustration by FUSUI
All rights reserved.

No part of this book may be used or reproduced in any manner whatsoever without written permission except in the case of brief quotations embodied in critical articles and reviews.

Originally published in Japan by Jitsugyo no Nihon Sha, Ltd.
Korean Translation Copyright © 2025 by Genie's library Co., Ltd
Korean edition is published by arrangement with Jitsugyo no Nihon Sha, Ltd.
through BC Agency.

* 이 책의 한국어판 저작권은 BC에이전시를 통해 저작권자와 독점계약을 맺은 ㈜지니의서재에 있습니다. 저작권법에 의해 한국 내에서 보호받는 저작물이므로 무단전재와 복제를 금합니다.

일본 케이타이 문학상 수상 작가
이누준 장편소설

무인역에서 널 기다리고 있어

이은혜 옮김

해가 기울고 하늘이 주홍빛으로 물들기 시작할 무렵.
끝없이 이어진 넓은 하늘과 하마나호의 수평선을 한눈에 담을 수 있는 작은 무인역.

고즈넉한 언덕 위에 자리 잡은 무인역 벤치에 앉아 그리운 얼굴을 떠올려 보세요.
따뜻한 추억과 고마운 기억은 마음에 새기고, 가슴 아픈 후회는 하늘과 바다에 흘려보내듯이….

'보고 싶어.'

구름 한 점 없이 맑은 날의 저녁노을이 당신의 간절한 소원을 하늘에 전해 줄지도 모릅니다.
멀리서 기차 레일이 울리며 금빛으로 반짝이는 열차가 모습을 드러냅니다.
이제 곧 아름다운 기적이 당신을 찾아올 겁니다.

다시는 만날 수 없는 사람이 있나요?
그 사람에게 꼭 하고 싶은 말이 있습니까?

그렇다면 노을빛 아래에서 열차를 기다려 보세요.

차례

첫 번째 이야기
너에게 꼭 하고 싶었던 말 •6

두 번째 이야기
여전히 그 여름에 머물러 •64

세 번째 이야기
안녕, 내가 사랑했던 사람 •129

네 번째 이야기
애매한 시월 •175

다섯 번째 이야기
당신이 남긴 숙제 •228

여섯 번째 이야기
태양이 지켜보고 있으니까 •284

에필로그 •349

첫 번째 이야기

너에게 꼭 하고 싶었던 말

"엄마 맞아? 정말 너무해!"

큰 걸음으로 성큼성큼 비탈길을 내려가면서 벌써 몇 번째인지 모를 정도로 중얼거렸다.

사월의 하늘은 이미 붉게 물들기 시작했고 산등성이가 어둑했다. 얼마 전 새로 산 스니커즈 앞코도 새까매졌고…. 그런데도 툴툴거리며 일부러 더 세게 땅을 찼다.

봄이 된 지 얼마나 됐다고 벌써 이마에 땀이 맺힌다. 길어진 앞머리가 착 달라붙어서 괜히 더 짜증이 난다. 고등학생이 됐다는 것만 빼면 요즘은 온통 짜증 나는 일뿐이다. 이유야 이래저래 다양했지만 가장 큰 원흉은 집에 있다.

언제부터였을까. 집에 있는 시간이 이렇게 괴로워진 게. 가족이라고는 고작 셋뿐인데도 얼굴을 마주하고 있으면 주변을 감싼 공기가 무겁고 축축하다. 가족 간의 다정한 대화는커녕 엄마는 입만 열면 벌써 입시 입시, 하면서 공부하라는 말뿐이고, 늘 무심한 얼굴로 신문만 읽던 아빠도 이때만큼은 엄마 편에 서서 이러쿵저러쿵 말을 보탰다.

제대로 대꾸도 하지 않는 나를 향해 두 사람이 쏟아내는 한숨은 집안 분위기를 더 어둡게 만들었다. 그러니 나라고 반항하지 않을 수 있을까. 툴툴거리며 발을 내디딜 때마다 들끓던 화가 조금씩 아스팔트 밑으로 빨려 들어가듯 서서히 열이 식어 갔다.

오른편으로 슨자역이 보일 때쯤에는 화가 났다기보다는 그저 우울했다. 항상 이렇다. 해 질 녘에는 비탈길을 내려온 만큼 어둠에 잠기는 것 같다. 역이 가까워질수록 다리에서 힘이 빠졌다.

덴류하마나코 철도의 슨자역은 버스 정류장 뒤쪽에 덩그러니 자리 잡고 있다. 오십 미터쯤 되는 승강장과 역 이름이 적힌 간판, 조립식으로 지은 작은 창고 같은 역사가 전부인 조촐한 역이다.

인도에서 벗어나 자갈길을 지나면 바로 승강장이다. 화단에 심어진 이름 모를 노란 꽃이 바람에 가볍게 흔들렸다. 오늘은 우울한 기분 탓인지 꽃도 어딘지 쓸쓸해 보인다.

열차가 한 시간에 한 대만 있는 역이다 보니 이곳은 예전부터 무인역으로 운영되었다. 덴류하마나코 철도에는 슨자역 말고도 무인역이 많다고 하는데, 특히 이곳 슨자는 하마마쓰역에서 꽤 멀리 떨어져 있고 버스도 몇 대 다니지 않는 작은 마을이다. 인구도 점점 줄어서 내가 다니는 공립 고등학교도 학년별로 세 학급밖에 없다.

"하…."

큰 소리로 한숨을 내쉬며 승강장 나무 벤치에 앉았다. 등받이 없는 타원형 벤치 뒤에는 나무 간판이 세워져 있다. '만남의 벤치'라는 이름과 함께 설명도 쓰여 있는 듯했지만, 비바람에 글자가 희미해져서 읽을 수는 없다.

바람이 어깨까지 기른 머리를 흩트리고 지나갔다. 사월은 결코 봄이라 할 수 없다. 아직 차가운 겨울 공기가 남아 있어서 해 질 무렵이면 여전히 몸이 움츠러든다. 언덕 위에 자리 잡은 덕에 슨자 역에서는 하마나호가 한눈에 내려다보인다. 하마마쓰시에서 태어나 지금껏 자랐으니 익숙하다 못해 질릴 만한 풍경인데도 집을 뛰쳐나온 날에는 항상 이곳으로 오게 된다.

끝도 없이 펼쳐진 넓은 하늘에 구름이 흘러가고, 발밑으로 보이는 집들 너머에는 잔물결에 반사된 반짝반짝한 빛으로 뒤덮인 호수가 있다. 하마나호는 너무 넓어서 타지에서 온 여행객들은 바다로 착각하기도 한다.

실제로 나도 어릴 적에는 바다라고 굳게 믿었었다. 그때는 엄마, 아빠와 함께 자주 호수 둘레길을 산책하곤 했는데…. 그런 기억이 무색할 만큼 요즘 두 사람의 미간에는 늘 깊은 주름이 새겨져 있다. 부모님의 얼굴이 나를 우울하게 만들고 반항심을 들끓게 했다. 그때마다 석양이 산 너머로 사라지며 비추는 호수를 가만히 보고 있으면 어느새 집에 돌아가고 싶어졌다.

그즈음 집에 돌아가면 보통은 부모님도 어느 정도 누그러져 있었다. 문제는 최근 몇 달간 이곳에 오는 일이 잦아졌다는 점이다. 비율로 따지면 열에 여섯 번은 엄마 때문이고 세 번은 나, 나머지 한 번이 아빠 때문이다. 요즘 엄마는 늘 화가 나 있다.

엄마의 관심은 온통 나에게만 쏠려 있다. 마치 감시당하는 기분이다. 엄마 눈에는 내가 아직도 어린애로 보여서 그런가 싶었지만, 그러다 갑자기 "너도 이제 고등학생이잖니!"라며 잔소리를 퍼부어대니 도무지 종잡을 수가 없다.

장래를 생각하라고…? 아직 특별히 하고 싶은 일도 없는 내게는 지평선 너머만큼이나 먼 이야기다. 그냥 매일매일 즐겁게 살면 안 되는 건가?

몸을 웅크리고 입술을 삐죽이고 있는데 눈높이에서 새 한 마리가 날아갔다. 저 새처럼 자유로울 수 있다면. 하늘은 이렇게나 넓은데 이곳은 너무 좁아서 갑갑하다. 적어도 대학은 멀리 가야지. 그러면 집에 있는 시간이 줄어들 테니까.

그런 생각을 하고 있을 때 치마 주머니에서 핸드폰 진동이 울렸다. 올해 일월에 부모님이 사 주신 내 인생 첫 스마트폰이다. 그러고 보니 오늘 엄마랑 싸운 이유도 핸드폰 좀 그만 보라는 잔소리 때문이었다.

꺼내 보니 '아야카'라는 이름과 착신을 알리는 화면이 떠 있었다. 통화 버튼을 눌렀다.

"아유미, 뭐해?"

밝은 목소리가 흘러나왔다. 아야카는 이웃에 사는 소꿉친구로 외동딸인 나와는 동갑내기로 자매 같은 사이다. 내가 언니일 때도 있고 아야카가 언니가 될 때도 있다. 고등학교도 같은 곳으로 진학했지만 같은 반이 되지는 못했다.

"그냥… 아무것도 안 해."

반가운 마음을 감추고 일부러 시무룩하게 대답하자 아야카의 웃음소리가 들려왔다.

"목소리가 시무룩한 걸 보니, 너 또 엄마랑 싸웠구나?"

"아니거든…."

"아니긴 뭐가 아니야. 내가 네 하소연 들은 게 한두 번인 줄 알아?"

정곡을 찔렸다. 내가 그렇게 단순한 애였나? 할 말이 없어서 입을 다물고 있는데 아야카가 다시 물었다.

"그래서? 오늘은 왜 싸웠는데? 또 도시락 설거지 안 해 놓은 거야?"

"아니야! 아무리 생각해도 오늘은 엄마가 잘못했다고!"

나는 고개를 들어 다시 호수를 바라봤다. 수면에 비친 석양이 조금 전보다 짙어졌다.

"그래, 솔직히 내가 핸드폰을 많이 보기는 했어. 그렇다고 그렇게 심하게 말할 필요는 없잖아."

"아, 핸드폰 때문이었구나. 너희 엄마, 요즘 잔소리가 좀 심하기는 하지."

편들어 주는 사람이 생기자 사그라들던 분노에 다시 불이 붙었다.

"맞아. 사실 핸드폰 게임은 나보다 아빠가 더 많이 하신다고. 아빠는 분명 현금 결제도 하셨을걸? 그런데도 집에 들어가자마자 갑자기 잔소리를 퍼부어대잖아. 아, 진짜 짜증 나!"

"부모님은 원래 그러시잖아."

"너는 우리 엄마가 얼마나 집요한지 몰라서 그래. 내 일에 참견할 시간이 있으면 그 시간에 아빠랑 진지하게 대화해 보는 게 낫지 않을까? 아! 정말 싫어. 둘 다 좀 사라져 버렸으면 좋겠어."

"진정해, 너무 흥분하지 말고. 부모님이 두 분 다 계시면 좋지 뭘 그래."

순간 흠칫 놀라 입을 다물었다. 아야카의 엄마가 오래전에 집을 떠났다는 사실이 생각났다. 어릴 적 기억이라 어렴풋하지만, 키가 크고 날씬한 체구에 미소가 다정한 분이셨다.

초등학교 삼 학년 때였나? 어느 날 아야카가 불쑥 말을 꺼냈다. "우리 엄마, 아빠 이혼한대." 마치 날씨 이야기라도 하듯 태연한 태도에 내가 더 당황했던 일이 지금도 선명히 기억난다. 그때 나는 뭐라고 대답해야 할지 몰라서 화제를 돌리려고 했지만, 이미 현실을 받아들인 아야카는 조금도 동요하지 않았다. 그때부터 아야카는 아빠와 둘이 살았다.

그런 사정을 뻔히 알면서 너무 이기적인 말이었다. 나도 모르게 입술을 잘근 씹었다. 그러다 문득 핸드폰 너머가 조금 소란스럽다는 사실을 깨달았다.

"그런데 너 지금 어디야?"

"아, 지금 시내."

아야카가 아무렇지 않게 대답했다. 우리에게 '시내'란 하마마쓰 역 주변을 의미한다. 같은 하마마쓰시라도 버스와 열차를 갈아타지 않으면 갈 수 없는 곳이다.

사실 아야카는 학교에 잘 나오지 않았다. 입학식과 그다음 날까지는 제대로 등교했지만, 그 이후로는 등교한 날을 한 손으로 꼽을 수 있을 정도다. 같은 반 아이들은 아야카가 나쁜 애들과 어울린다고 수군거리기도 했다.

아야카가 변하기 시작한 건 중학교 이 학년쯤부터였다. 길게 긴 머리를 갈색으로 염색하고 화장도 하고 다녔다. 만날 때마다 점점 화려해지는 그 애를 보고 당황한 적이 한두 번이 아니었다.

"역에서 뭐 해?"

"놀지."

너에게 꼭 하고 싶었던 말

짧게 대답하는 일도 많아졌다.

"누구랑 있는데?"

"친구."

"친구 누구?"

집요하게 물고 늘어지자 아야카가 웃음을 터트렸다.

"그만, 그만 좀 물어봐. 나 말고 네 걱정이나 하시지. 너 또 슨자 역에 있지?"

아픈 곳을 찔린 나는 대답하지 못했다.

"그럴 줄 알았어. 금방 어두워질 거야. 기싸움은 그만하고 어서 집에 들어가."

"그건 너도 마찬가지야."

내가 따지고 들자 아야카가 "아니지."라며 한마디로 잘라 버렸다.

"나는 싸우지는 않았잖아."

"늦게까지 시내에서 노니까 아침에 못 일어나는 거야. 지각하더라도 등교는 해야지."

"가면 뭘 해. 지루하기만 한데. 나는 공부도 못하고 친구도 없잖아."

당연하다는 듯한 대답에 바로 목소리를 높였다.

"잠깐만! 그럼 나는! 나는 친구가 아니란 말이야? 너무해."

"하하하. 그런 말이 아니잖아. 너야 내 절친이지. 하지만 반이 다르잖아. 2반 애들하고는 잘 안 맞는달까?"

"다들 걱정하고 있어."

"그럴 리가. 잘 알지도 못하는 날 누가 걱정해."

날이 저물어 갈수록 하늘은 옅은 붉은빛을 지우고 짙은 남색에 가까워졌다. 호수도 검게 변했다. 이제 곧 가케가와역 방향으로 가는 열차가 도착할 시간이다. 괜히 승객으로 오해받고 싶지는 않았다. 나는 얼른 역을 나와 도로변 인도에 발을 내디뎠다.

가로등이 적은 이곳은 이제 빠르게 밤으로 변해 갈 것이다. 빠른 속도로 달리는 자동차들이 안개등을 켜기 시작하자 슬슬 불안해졌다.

어쩌지? 집에 가기는 싫지만 내일도 학교에 가야 하니까….

"아유미."

그때 아야카가 내 이름을 불렀다.

"응?"

"이렇게 하면 어때? 나도 지금 열차를 탈 테니까 너도 집에 가는 거야."

오늘은 아야카가 언니 노릇을 하는 날인가 보다.

"알았어. 약속해."

전화는 평소처럼 인사도 없이 끊어졌다. 아야카는 언제나 거침이 없다.

오른쪽을 돌아보니 석양이 완전히 자취를 감추고 산 전체가 검은 실루엣 속에 잠겨 있었다. 그래, 오늘은 이만 돌아가자!

천천히 비탈길을 오르는데 바람이 등을 밀어 주는 것처럼 발이 가벼웠다. 아야카와 이야기를 나누면 마음이 차분해진다. 내 편이 있다는 안도감이 나를 순한 양으로 만든달까? 역시 아야카는 둘도 없이 소중한 내 친구다.

우리 집에서 가장 가까운 역은 슨자역 다음 역인 하마나코사쿠메역이다. 호숫가에 있어서 겨울이면 붉은부리갈매기가 많이 찾아오기로 유명한 곳이기도 하다. 호수를 배경으로 하얀 새들이 날아다니는 모습은 확실히 사진으로 남길 만한 절경이다.

역에서 십 분 정도 산길을 따라 올라가면 우리 집이 있고, 여기서 다시 이십 분 정도 더 올라가면 산 중턱에 내가 다니는 고등학교가 있다. 다른 지역에서 온 사람을 찾아보기 힘든, 하나같이 익숙한 얼굴뿐인 작은 공립 고등학교다. 참고로 우리끼리는 학교에 오가는 일을 '등산'이라고 한다. 여름에는 수분 보충 없이는 오를 수 없는 가파른 산길이라 등교하자마자 다들 녹초가 된다.

학교에 도착하자 입구에서 실내화로 갈아신고 등정의 마지막 관문인 계단을 올랐다. 어제 많이 걸은 탓인지 양쪽 허벅지가 묵직했다. 이 층 복도에 도착한 나는 우리 반인 1반 교실을 그대로 지나쳐 2반 교실 안으로 고개를 들이밀었다.

"안녕."

문 근처에 있는 아이에게 인사하며 창문 쪽에 있는 아야카의 자리를 확인했다. 아야카는 역시 보이지 않았다. 아침 햇살을 받으며 주인을 기다리는 쓸쓸한 빈 책상만 있을 뿐이다. 그래도 아직 실망하기는 이르다. 아야카는 항상 지각하기 직전에야 등교하니까. 오늘은 꼭 왔으면 좋겠는데…. 후회가 밀려왔다. 어제 통화했을 때 등교하겠다는 약속까지 받을 걸…. 결국 나중에 다시 와보기로 하고 교실로 돌아올 수밖에 없었다.

교실 가운데쯤 있는 내 자리에 앉자마자 책상 위에 가방을 올려놓고 슬쩍 핸드폰을 확인했다. 아야카에게 온 메시지는 없었다.

"아유미."

날 부르는 목소리에 깜짝 놀라 고개를 들어보니 아리카와가 앞에 서 있었다. 정확히 반으로 갈라 정돈한 앞머리와 검은 테 안경은 여전했지만, 무슨 일인지 아침부터 표정이 심상치 않다.

"저기… 잠시 얘기 좀 할 수 있을까?"

아리카와가 격식을 차리고 말을 건넬 때는 주의가 필요하다. 부모님이 모두 교직에 계셔서 원래도 말투가 정중하고 성적도 좋은 편인 데다, 초등학교 때부터 줄곧 반장을 자청할 만큼 성실한 친구이기도 하다. 다만 아리카와가 이런 식으로 말을 걸어 올 때는 대부분 무언가를 지적하고 싶을 때다.

아리카와가 아직 비어 있는 내 앞자리에 앉았다. 설교가 길어질 모양이다.

너에게 꼭 하고 싶었던 말

그런데 마음을 굳게 먹고 가방을 책상 옆에 건 뒤에도 아리카와는 좀처럼 입을 열지 않았다. 지적을 당할 만한 일을 한 기억은 없지만, 솔직히 자신은 없다. 교내에서는 핸드폰 사용이 금지되어 있으니 조금 전에 메시지를 확인한 일 때문일 수도 있었다.

"무슨 얘긴데?"

길어지는 침묵을 참지 못하고 내가 묻자, 아리카와가 그제야 입을 열었다.

"저기, 너… 옆 반 온다 아야카랑 친하지?"

"아야카? 응, 집이 가깝거든."

뭐야, 내 얘기가 아니야? 긴장이 풀린 나는 싱긋 미소를 지었지만, 반대로 아리카와의 표정은 더 어두워졌다.

"음… 이런 말을 전하게 돼서 유감이지만 걔, 학교에 잘 안 온다며?"

"아…, 아야카는 자유인이거든."

자유인, 정말 딱 들어맞는 말이라고 생각했다. 아야카는 항상 바깥세상을 바라봤고 관심이 생기면 뭐든 직접 해 봐야 직성이 풀리는 성격이다. 초등학교 사 학년 겨울방학 때는 명절에 받은 세뱃돈만 달랑 들고 혼자서 나고야까지 쇼핑하러 갔었고, 작년 여름방학에는 심야버스를 타고 도쿄까지 갔다 왔을 정도로 행동파다. 걱정된 나머지 내가 버럭 화를 냈을 때도 오히려 이해할 수 없다는 듯 고개를 갸웃하며 되물었다. "왜 하고 싶은 대로 하면 안 되는데?" 분명 그렇게 말했었다. 아야카는 붉은부리갈매기를 닮았다. 이 좁은 마을에서 답답한 일상을 보내는 나와 달리 좁은 세상에서도 자유롭게 산다. 그래서 불안했다. 한 번도 말한 적은 없지만 언젠가 내 곁에서 사라져 버릴 것만 같아서….

"이건 비밀인데…."

집게손가락으로 안경을 추켜올린 아리카와가 얼굴을 가까이 붙였다.

"어젯밤에 하마마쓰역 근처에 있는 레스토랑에 갔거든. 그때 우리 아빠가 지갑을 주우셨어."

"지갑?"

지갑과 아야카가 무슨 상관이라는 걸까? 나도 모르게 눈썹을 찌푸렸다.

"밤이 늦어서 빨리 집에 돌아가야 했지만, 그래도 히가시 경찰서에 가져다주기로 했어."

고개를 끄덕이며 듣기는 했지만 이야기가 기분 나쁘게 흘러갈 것 같은 예감이 들었다. 아리카와가 정말로 다른 애들에게는 알리고 싶지 않다는 듯 목소리를 한층 더 낮췄다.

"아빠가 접수하는 경찰관하고 이야기하고 있을 때 계도 활동으로 잡혀 온 아이들이 있었어. 막 욕도 하고, 뭐랄까… 다들 무섭게 소리치고 반항적이어서 무서웠는데."

거기까지 말하고 입을 다문 아리카와는 자기가 하고 싶은 말이

너에게 꼭 하고 싶었던 말

무엇인지 알겠냐는 듯 나를 가만히 바라보았다. 결국 떠밀리듯 물었다.

"거기에… 아야카가 있었어?"

"응."

불길한 예감은 틀린 적이 없다. 아야카는 나와 통화한 후에도 계속 시내에서 놀았던 모양이다. 아까부터 이야기를 빙빙 돌리던 아리카와가 정말 하고 싶은 말이 무엇인지 이제야 알았다.

"2반 담임 선생님한테도 연락이 갔대. 벌써 동네에 소문이 쫙 퍼진 것 같더라. 거기 있던 고등학생이 아야카라고. 어릴 때부터 알던 사이니까 이런 말 하고 싶진 않지만, 학교 평판이 나빠지는 건 기분 좋은 일이 아니잖아."

제 딴에는 날 생각해서 하는 말이라는 건 알고 있다. 하지만 아야카를 비난하는 듯한 말에 화가 치밀어 오르는 건 어쩔 수 없었다.

"저기, 아야카는 결석하는 날도 많고, 문제도 되고 있잖아."

더는 참기 힘들어서 창밖으로 시선을 돌렸지만 산 쪽으로 나 있는 창이라 하늘이 거의 보이지 않았다.

"고등학교 일 학년은 중요한 시기야."

중요한 시기, 최근 몇 년 동안 매일 같이 들었던 말이다.

"품행이 바르지 못한 애는 가까이하지 않는 게 좋지 않을까?"

쓸데없는 참견이다. 하지만 나는 고개를 돌려 아리카와와 눈을 맞추고 미소를 지어 보였다.

"그래, 고마워."

아리카와는 내 대답을 듣고 안도하며 자기 자리로 돌아갔다.

"안녕, 아유미. 무슨 얘기 해?"

때마침 등교한 반 친구가 물었다. 나는 "아무것도 아니야. 어제 본 방송 얘기"라며 대충 얼버무렸다. 이런 게 죄책감일까? 가슴이 아프게 조여 왔다.

일요일, 슨자역에서 아야카를 만나기로 했다. 둘 다 사쿠메역이 집에서 더 가까웠지만, 아야카는 아는 얼굴을 마주치고 싶지 않다며 약속 장소를 항상 슨자역으로 정했다.

사월이 되고 새들이 떠나면 겨울에 갈매기를 보러 오던 관광객들의 발길도 끊어진다. 이때가 되면 원래의 시골 풍경으로 돌아온 듯해서 쓸쓸하기도 하지만 한편으로는 마음이 놓인다. 갈매기는 다시 추워지는 십일월쯤에야 돌아올 것이다. 그때쯤 나는 뭘 하고 있을까….

자전거를 밀며 십오 분 정도 슨자 고개를 올라 꼭대기에 다다랐다. 거기서부터는 자전거를 타고 달려서 금세 슨자역에 도착했다.

역 안을 들여다봤지만 아야카는 보이지 않았다. 잠시 의자에 앉아서 땀을 식히는데 자전거가 아스팔트에 미끄러지는 소리가 들렸다. 나는 다시 인도 쪽으로 나왔다.

"오래 기다렸어?"

너에게 꼭 하고 싶었던 말

오랜만에 본 아야카의 머리는 전보다 더 노랗게 물들어 있었다. 눈썹은 실 한 올을 올려놓은 듯 가늘다. 위아래로 맞춰 입은 선명한 핑크빛 트레이닝복 아래로 보이는 익숙한 스니커즈가 오히려 위화감을 자아낼 정도였다.

하지만 정작 놀란 건 얼굴 때문이었다.

"그 눈, 어떻게 된 거야?"

긴 앞머리로 가렸지만 분명 오른쪽 눈 주위가 퍼렇게 부어 있었다.

"아, 이거? 맞았어."

찡그린 표정이 꽤 아파 보였다.

"너… 괜찮아?"

"우리 아빠 원래 꼰대잖아."

아야카는 쾌활하게 웃으며 자전거를 보관대에 세웠지만, 애써 태연한 척한다는 걸 모를 수가 없다.

"너, 경찰서에 갔었다는 게 사실이야?"

"뭐야, 벌써 소문났어?"

흠칫 어깨를 움츠리는 걸 보니 아리카와가 한 말이 사실인 모양이다. 아버지가 경찰서로 데리러 갔었을 테니 그 일 때문에 맞은 걸까?

"네가 경찰서에 있는 걸 본 사람이 있어. 동네에도 소문이 퍼졌대."

"상관없어. 떠들고 싶은 대로 떠들라고 해."

관심 없다는 듯 싱겁게 대답한 아야카는 역으로 들어가지 않고 비탈길을 조금 내려가다 오른쪽으로 이어진 굴다리로 향했다.

"도대체 무슨 일이 있었던 거야? 통화할 때 집에 가기로 약속했잖아."

"집에 가려고 했는데 잡힌 거야. 그 얘기는 그만하자."

금발의 머리를 찰랑거리면서 비탈길을 내려가는 아야카의 뒷모습을 보고 있자니 울컥 화가 치밀었다. 걱정하는 사람 앞에서 보일 태도는 아니다.

"아야카, 너 그렇게 살면 안 돼."

"너랑은 상관없는 일이야. 그 얘기는 하고 싶지 않다니까."

"잠깐 나랑 얘기 좀—."

"하고 싶지 않다고 했잖아! 계속할 거야?"

처음 듣는 싸늘한 목소리에 입이 다물어졌다. 돌아선 아야카의 눈동자가 나를 똑바로 노려봤다. 그러다 자기도 실수했다 싶었는지 천천히 고개를 저었다.

"나중에 다 얘기할 테니까… 오늘은 좀 봐 주라. 안 그래도 우울하고 나름 반성도 하고 있단 말이야."

"알았어."

"그보다 이쪽이야. 이쪽."

아야카가 멀뚱히 서 있던 내 손을 잡아끌었다. 내 앞에 있는 사

너에게 꼭 하고 싶었던 말

람은 분명 오래전부터 알고 지낸 아야카였지만, 예전과 달랐다. 점점 내가 모르는 사람으로 변하다가 언젠가 홀연히 사라져 버릴 것 같은… 그런 예감이 들었다.

고개를 내려와 도로에 이르자 건너편에 펼쳐진 하마나호가 보였다. 역에서 내려다보던 경치와 달리 수면이 파랗다기보다는 짙은 남색에 가까웠다. 나는 우측으로 꺾어 도로를 따라 걷는 아야카의 뒤에서 조금 떨어져 걸었다.

"어디 가는 거야?"

"일단 따라와 봐."

휘파람을 불며 성큼성큼 걸어가는 아야카의 뒷모습을 바라봤다. 저렇게 밝은색으로 염색하면 이제 학교에는 갈 수 없다. 설사 등교한다 해도 선생님께 걸려 쫓겨날 게 뻔했다. 뭐라고 설득해야 할까…. 하지만 조금 전에 강한 거부감을 드러내던 아야카의 얼굴이 지워지지 않았다.

그렇게 오 분 정도 걸었을까? 갑자기 멈춰 선 아야카가 나를 돌아봤다.

"여기야."

아야카가 손가락으로 가리킨 곳에는 '테라스 카페 산마리노'라고 쓰인 하얀색 건물이 있었다. 예전부터 있었던 곳이지만 들어가 본 적은 없었다.

넓은 주차장에 주차된 차도 단 두 대뿐…, 도대체 여기는 왜? 내의문에 대답이라도 하듯 아야카가 장난스럽게 웃었다.

"후후, 이 카페 마스터한테 아주 재밌는 얘기를 들을 수 있대."

"마스터…?"

"점장 말이야. 아무튼 들어가자."

"여기 들어가자고? 나, 돈 별로 없어."

실제로 지금 지갑에 있는 돈은 오백 엔이 채 안 됐다.

"괜찮아, 내가 살게."

"그래도… 난 별로야."

"별로라니, 여기 점보 푸딩이 그렇게 맛있다던데?"

오전 열한 시를 넘은 시간치고 손님이 그리 많지는 않았다. 안은 생각보다 넓었고 통나무집처럼 꾸며져 있었다.

아야카가 망설임 없이 창가 쪽 자리로 향하기에 나도 허둥지둥 뒤를 따랐다.

"어서 오세요."

잠시 후 수염을 기른 남자가 다가와 유리잔에 담긴 물을 앞에 놓아 주었다. 백발의 노신사 같은 분위기를 풍기는 이 남자가 마스터인 모양이다. 아야카가 냉큼 마스터 쪽으로 몸을 내밀었다.

"저기, 물어보고 싶은 게 있는데요."

조금도 주저함 없이 묻는 아야카의 태도가 놀라웠다.

"주문은 어떻게 하시겠습니까?"

입가에 부드러운 미소를 띤 마스터가 물었다.

너에게 꼭 하고 싶었던 말

"아, 맞다. 주문. 나는 아이스커피. 넌?"

"나도…."

그가 살짝 고개 숙여 인사하고 자리를 떠난 후에야 고개를 갸웃하며 아야카에게 물었다.

"도대체 무슨 생각이야?"

"아, 점보 푸딩을 주문할 걸 그랬나?"

눈을 크게 뜨는 아야카를 향해 나는 단호하게 고개를 저었다.

"재미있는 이야기가 뭔데?"

"재촉하지 말고 좀 기다려. 금방 알게 될 거니까."

테이블 위에 손을 올리고 호수를 바라보는 아야카의 얼굴은 어딘지 어른스러웠다. 하지만 막상 아야카가 고개를 돌리자 부어 있는 오른쪽 눈을 마주 볼 자신이 없어서 이번에는 내가 눈을 피했다.

밤거리를 돌아다니며 노는 데다, 집에서 아빠와 다투는 그 애를 어떻게든 타이를 생각이었지만, 아야카는 계속 피하려고만 했다. 아야카의 낯선 모습에 죄 없는 물수건만 노려봤다.

우리는 언제부터 서로를 똑바로 바라보지 못하게 됐을까?

카페 안에는 피아노 재즈곡이 잔잔히 흐르고, 창가에는 작은 선인장과 펭귄 장식품이 놓여 있었다.

"야옹."

그때 가까이에서 울음소리가 들렸다. 윤기가 흐르는 검은 털에 동그란 눈이 퍽 귀여운 고양이다. 내 발밑까지 온 검은 고양이는 그 자리에 자리를 잡고 앉았다.

"어머나, 고양이잖아. 귀여워라."

아야카는 흥, 하고 코웃음을 치고는 관심 없다는 듯 창밖으로 시선을 돌렸다.

"나는 고양이 별로야."

"그래? 우리 어릴 때 신사에 살던 미케랑 자주 놀았잖아."

집에서 반려동물을 키우지 않았던 나와 아야카는 신사에 눌러 살던 하얀 고양이 미케랑 자주 놀곤 했다. 통통하게 살이 쪄서 늘 잠만 잤지만, 우리가 오면 얼굴을 알아보고 느릿느릿 옆으로 다가와 주었다. 신사라고 하면 지금도 제일 먼저 미케가 생각나는 걸 보면 내게는 분명 소중한 추억이다.

하지만 아야카는 호수를 바라본 채로 무심코 말했다.

"그런 일은 기억도 안 나."

고양이가 나를 똑바로 올려보고 있었다. 손을 뻗으면 닿을 듯했지만, 그 말에 충격을 받은 나는 그대로 굳어 버렸다.

침묵이 흐르는 공간에 커피 향만이 조용히 떠다녔다.

"난 말이야. 갈매기가 되고 싶어."

가슴이 철렁 내려앉았다. 나 역시 아야카를 생각하면 언제나 붉은부리갈매기가 하늘을 날아다니는 모습을 떠올리곤 했다.

"왜…?"

너에게 꼭 하고 싶었던 말

눈부시다는 듯 눈을 가늘게 뜬 아야카는 이유를 묻는 나를 돌아보는 대신 호수 위로 펼쳐진 푸른 하늘을 바라봤다.

"갈매기처럼 자유롭게 세상을 날아다니고 싶어. 겨울이 되면 여기로 돌아왔다가 봄바람이 불면 다시 여행을 떠나는 거지."

"너는 지금도 충분히 자유롭게 살고 있거든?"

농담조로 한 말에 아야카가 입꼬리를 살짝 올렸다. 하지만 금세 다시 쓸쓸한 표정으로 시선을 떨어뜨렸다.

"하지만… 그럴 수 없다는 건 나도 알아."

중얼거리듯 말한 아야카가 길게 숨을 내쉬었다.

"오래 기다리셨습니다."

그때 마스터가 아이스커피를 들고 돌아왔다. 나이는 예순쯤 됐으려나? 회색 앞치마가 근사하게 잘 어울렸다.

고무로 된 컵 받침 위에 아이스커피가 놓이고 시럽이 든 용기가 옆에 놓였다. 그 사이 아야카는 더는 기다릴 수 없다는 듯 마스터의 얼굴만 빤히 바라보고 있었다.

"이제 질문해도 돼요?"

"네, 말씀하십시오."

쟁반을 내려 든 마스터가 정중하게 고개를 숙였다.

"노을 전철 말인데요."

낯선 단어에 나는 두 사람을 번갈아 바라봤지만, 마스터는 알아들었는지 가볍게 고개를 주억였다.

"노을 전철이 아니라 '노을 열차'랍니다. 덴류하마나코 철도는 전기로 달리지 않으니까요."

"네, 네, 그게 뭐든, 아무튼 소문으로 들었어요. 그 노을 열차라는 걸 보면 엄청난 기적이 일어난다면서요?"

"글쎄요. 그런 전설이 있기는 하죠."

"자세히 좀 말해 주세요. 그거 때문에 왔거든요."

아야카가 아이스커피에 시럽과 우유를 듬뿍 넣고 빨대로 거칠게 휘저었다. 요란하게 달그락거리는 소리에 화들짝 놀란 고양이가 빠른 걸음으로 자리를 떠나 버렸다.

"저도 자세히는 모른답니다. 그저-."

그렇게 운을 띄운 마스터가 창밖으로 시선을 던졌다. 그의 시선을 따라 고개를 돌리니 작은 파도들이 물결치는 하마나호의 전경이 눈에 들어왔다.

"구름 한 점 없는 하늘이 노을로 물드는 시간, 승강장 의자에 앉아서 보고 싶은 사람을 마음속으로 그리면 그 사람이 노을 열차를 타고 만나러 온다, 그렇게 들었습니다."

나도 모르게 입에 물고 있던 빨대를 놓쳤다. 이게 무슨 드라마 같은 소리지? 어이가 없어 아야카를 바라봤지만, 아야카의 표정은 사뭇 진지했다.

"정말 보고 싶은 사람을 만날 수 있다는 건가요? 두 번 다시 만날 수 없는 사람이라도?"

너에게 꼭 하고 싶었던 말

"그렇게 들었습니다만, 어차피 전설일 뿐이죠."

자상한 눈빛으로 대답하던 마스터가 문득 생각났다는 듯 말을 덧붙였다.

"다만 노을이 사라질 때까지, 짧은 시간 동안만 만날 수 있다고 하더군요. 석양이 산 너머로 사라지면 노을 열차는 그 사람을 태우고 영원히 사라진다고 합니다."

"…."

아야카는 더 묻지 않았다. 골똘히 생각에 잠긴 듯 입술을 꾹 다물고 있었다. 침묵이 만든 공백을 잔잔한 재즈 음색이 채웠다.

"더 궁금하신 것이 없으시면 저는 이만."

마스터가 인사하고 돌아가려 하자, 아야카가 벌떡 일어나 그를 잡았다.

"잠깐만! 하나만 더요!"

"네."

"노을 열차를 본 사람… 그러니까 소원을 이룬 사람을 알고 있나요?"

"네, 알고 있습니다. 그분이 그러시더군요. 노을 열차를 만날 기회는 인생에서 단 한 번뿐이라고. 한 번 만나고 나면 두 번 다시는 만날 수 없답니다."

그때 가게 문이 열리고 새로운 손님이 들어왔다.

"어서 오세요."

마스터가 서둘러 고개 숙여 인사하고 자리를 떠났다. 멍하니 서 있던 아야카의 입에서 작은 목소리가 새어 나온 건 그때였다.

"단 한 번만… 만날 수 있다는 거지."

"아야카?"

내 목소리에 정신이 돌아왔는지 아야카가 털썩 자리에 앉았다. 나는 커피를 쭉 들이켰다. 쌉쌀한 맛이 입안에 퍼지자 이제야 현실로 돌아온 기분이었다.

"뭐야? 무슨 소리야? 지금 한 얘기, 도대체 뭔데?"

내가 호들갑스럽게 묻자 아야카가 멋쩍게 웃었다.

"시내에 사는 친구가 비밀이라면서 몰래 가르쳐 줬어. 이 가게도 알려 줬고. 나도 반신반의했는데 설마 진짜 전설이 있을 줄이야."

아야카의 뺨이 흥분한 듯 붉게 달아올랐다.

"너, 미신 같은 거 예전부터 싫어했잖아."

"그랬지."

"그러면서 여긴 왜 온 거야? 정말이지, 요즘 너…, 너무 이상해."

나도 모르게 그런 말이 튀어나왔다. 하지만 학교에 오지 않는 것만이 아니라 갑자기 화를 내거나 이런 이야기에 관심을 보이는 아야카가… 정말이지 이상하다.

"하, 또 시작이네."

아야카가 창문 쪽으로 고개를 휙 돌려 버렸다. 이러다 그 애가 정말 어디론가 멀리 가 버릴 것 같아서 두려웠다. 이러지도 저러지도 못하게 된 나는 그대로 고개를 떨궜다.

그때였다. 손으로 턱을 괴고 창밖을 보던 아야카가 툭 던지듯이 말했다.

"엄마가 죽었대."

"뭐…?"

머릿속이 하얘졌다.

"그게 무슨 소리야? 정말이야?"

"미안, 아무한테도 말할 수 없었어."

아야카는 어깨를 으쓱하며 가볍게 넘겼지만, 나는 숨이 제대로 쉬어지지 않았다.

"어, 언제?"

"반년 전에. 아팠다나 봐. 아버지랑 이혼한 지 꽤 됐잖아. 그래서 연락도 늦게 받았어. 내가 알았을 때는 이미 장례도 다 끝난 뒤였고."

곁눈질로 슬쩍 나를 살핀 아야카가 피식 웃음을 흘렸다.

"그런 일이….'

"아, 너한테 말하고 나니까 속 시원하다."

아야카가 이제야 좀 편해졌다는 듯 의자에 몸을 툭 기댔다. 심장이 터질 듯이 뛰었다. 한순간에 시야가 뿌옇게 흐려졌지만, 도저히 멈출 수 없었다.

"네가 왜 울어?"

그 말이 들릴 때쯤에는 이미 뜨거운 눈물이 뺨을 타고 흐르고 있었다.

"왜, 왜…. 왜 말 안 했어."

아야카는 줄곧 혼자서 힘들어하고 있었다. 나는 아무것도 모르면서 변해가는 아야카를 원망하기만 했다. 친구라면 먼저 알아줘야 했는데, 달라진 겉모습만 신경 쓰면서 멋대로 오해한 자신이 부끄러웠다.

"미안해, 아야카. 난… 친구도 아니야."

가볍게 한숨을 쉰 아야카는 내가 볼 수 있도록 고개를 크게 가로저었다.

"그건 내가 할 말이야. 바보 같지? 그냥 세상에 나 혼자만 남은 기분이더라고. 다 팽개치고 싶었어."

누구보다 아야카를 이해해 줘야 할 사람은 나였다. 엇나가는 아야카를 가장 가까이에서 걱정해 줘야 할 사람도 나였다.

"그만 울어. 울고 싶은 건 나라고."

손가락으로 나를 쿡 찌른 아야카가 조금은 슬프게 웃었다.

"난 괜찮아. 그래도… 노을 열차 얘기는 믿고 싶네. 정말 기적이 일어난다면 엄마를 만나고 싶어."

아야카의 흔들리지 않는 눈빛에 가슴이 뜨거워졌다.

"응, 나도 믿어."

"그래, 그래야 내 친구지."

너에게 꼭 하고 싶었던 말

하얀 이를 보이며 활짝 웃는 아야카와 눈을 맞추고 눈물을 닦았다.

아야카가 변했다고만 생각했다. 엄마를 잃었다고는 꿈에도 생각하지 못했다. 큰 충격을 받고 현실을 받아들이기 위한 시간이 필요했을 뿐인데….

그리고 지금 아야카가 그 사실을 내게 털어놓았다는 건 나를 진정한 친구로 생각한다는 증거였다. 그러니 나도 달라져야 했다. 다시는 아야카를 원망하지 않을 것이다. 여전히 노을 열차가 실제로 존재한다고 생각하기는 어렵지만, 아야카가 믿는다면 나도 믿을 것이다.

그날 우리는 많은 이야기를 나눴다. 옛날로 돌아간 것처럼 행복한 시간이었다.

사월 이십구 일 국경일* 아침, 잠이 덜 깬 몽롱한 정신으로 거실 소파에 앉아 멍하니 정원을 바라봤다. 후드 집업을 걸쳐 입었는데 햇살을 보니 더울지도 모르겠다는 생각이 든다. 세상은 황금연휴로 한껏 들떠 있었다.

아야카는 여전히 학교에 나오지 않았다. 그날 이후로도 전화나 메시지로 연락은 주고받았지만, 노을 열차에 관해서는 묻지 않았다.

---
* 쇼와의 날, 쇼와 천황의 생일

"구름 한 점 없는 하늘이 노을로 물드는 시간…."

그날 마스터가 한 말을 가만히 되새겨 보았다.

산마리노에서 처음 노을 열차 이야기를 들었을 때는 얼토당토 않은 비현실적인 이야기라고 생각했지만, 아야카의 괴로움과 슬픔을 알고 나니 진심으로 믿고 싶어졌다. 이 시점에 아야카가 전설을 알게 된 일이 정말 우연일까?

하느님, 제발 아야카의 소원을 들어 주세요.

정신을 차리고 보니 나는 눈을 감고 그렇게 빌고 있었다.

"얘기 좀 하자."

바로 옆에서 들리는 목소리에 감았던 눈을 떴다. 빨래를 널고 온 엄마가 굳은 얼굴로 내 앞에 앉아 있었다.

"무슨 얘기?"

내가 대답하자 부엌에서 커피를 마시던 아빠가 황급히 정원으로 나가 버렸다. 마치 미리 말을 맞춘 듯한 콤비플레이에 눈을 동그랗게 떴다. 평소라면 엄마의 잔소리에 가세하고도 남았을 텐데.

"얼마 전 일요일에 어디 갔었니?"

"일요일?"

"야마다 씨 부인이 산마리노에서 널 봤다고 하시던데."

"아."

이웃에 사는 아주머니가 쓸데없는 말을 전한 모양이다.

"아? 무슨 대답이 그래? 아야카랑 같이 있었다며?"

너에게 꼭 하고 싶었던 말

"슨자역에서 만나서 카페에 갔을 뿐이야."

심상치 않은 분위기가 느껴졌지만, 최대한 침착하게 대답했다. 딱히 나쁜 짓을 하지도 않았고, 모처럼 쉬는 날인데 잔뜩 인상 쓴 얼굴을 마주하고 싶지도 않았다.

"그게 왜?"

그 순간 엄마가 정원에 있는 아빠와 시선을 주고받았다. 평소와는 다른 상황에 혼란스러워하는 사이, 엄마가 깊게 숨을 들이마셨다.

"아야카랑 가까이 지내지 마."

내가 지금 무슨 소리를 들은 거지?

"걔 요즘 학교에도 안 나온다며. 질 나쁜 애들이랑 어울리기도 하는 모양이더라."

"그래서 만나지 말라고?"

"엄마도 지난주에 아야카를 봤어. 내가 알은체했는데도 쌩하니 가 버리더라. 머리는 또 그게 뭐니? 노랗게 물들여서는, 머리카락이 다 불쌍하더라."

분명 멍든 눈을 보이고 싶지 않아서 그랬을 거다. 친구인 나는 이해하지만, 엄마는 절대 이해할 수 없는 일이다.

"아유미, 엄마 말 잘 들어. 걔는 이제 예전의 아야카가 아니야."

"아야카는 아야카야. 겉모습이 변했어도 마음은 예전 그대로라고."

화를 누르고 손에 든 핸드폰 화면 속으로 도망쳤지만, 일부러 들으라는 듯이 쏟아내는 엄마의 한숨이 이어졌다.

"엄마는 너까지 그렇게 될까 봐 걱정돼서 하는 말이야."

"그렇게? 그렇게가 뭔데? 그만해. 듣기 싫어."

"이거 봐. 엄마가 말하는데 이게 무슨 태도야. 그런 애랑 가까이 지내니까 너까지 이상해지잖아."

짜증이 솟구쳤다. 엄마 말을 듣고 있자니 아야카가 정말 이상한 애가 된 것 같았다. 더는 참을 수가 없어서 자리에서 일어났더니 엄마가 날카로운 목소리로 아빠를 불렀다.

"여보! 애 좀 봐요."

아빠가 황급히 창가로 달려왔다.

"엄마 말씀 들어!"

"그만 좀 해!"

싸우고 싶지 않은데 왜 나만 보면 못 잡아먹어서 안달일까?

"친구는 크면서 그때그때 상황에 따라 골라 사귀는 거야."

"뭐? 그게 무슨 말이야! 됐어!"

밖으로 나가려는데 엄마가 내 팔을 붙잡았다.

"다 널 위해서 하는 말인데 왜 이렇게 말을 안 들어."

"아야카에 대해서 아무것도 모르면서 함부로 말하지 마. 이거 놔!"

나는 엄마 손을 뿌리치고 그대로 집을 뛰쳐나왔다. 등 뒤에서

너에게 꼭 하고 싶었던 말

나를 부르는 두 사람의 목소리가 들렸지만 돌아보지 않고 자전거에 올라탔다. 최악이다. 아무리 힘껏 페달을 밟아도 조금도 앞으로 나아가지 않는 기분이었다.

그렇게 달리다 슨자 고개 오르막에 다다라서 자전거를 세웠다. 평소 같으면 반성 모드로 접어들 시점이었지만 오늘은 가슴속 화가 사그라지지 않는다.

하늘에 하얀 구름이 군데군데 떠 있었다. 오늘도 노을 열차를 보기는 틀린 듯싶다. 아야카는 노을 열차를 만났을까? 실제로 그런 기적이 일어난다면 아야카도 예전으로 돌아오지 않을까?

그 순간 문득 깨달았다.

'그렇구나.'

나 역시 달라진 아야카 모습을 못마땅해하고 있었다. 변했다고 멋대로 단정하고 의심하기도 했다. 말은 절친이라고 하면서 아무것도 몰랐던 사람은 다름 아닌 나였으면서.

무거운 자전거를 밀고 언덕을 올라가는 사이 그동안 내가 했던 말들이 하나씩 떠올랐다. 생각해 보면 나도 아야카를 나무라는 듯한 질문들만 던졌다. 아야카는 변함없이 다정했는데….

숨이 찼다. 숨이 모자라 괴로운 이유는 단지 오르막을 오르고 있기 때문만은 아니다. 갑자기 주변이 어두워져 고개를 들어 보니 무성하게 자란 나무들이 파란 하늘을 가리고 있었다.

역에 도착한 나는 평소처럼 승강장 의자로 가서 앉았다. 바람이

잠잠했다. 하마나호에는 드문드문 배들이 떠 있었다. 여기에는 하늘을 가린 나무도 없는데 여전히 눈앞이 어둑하고 흐릿했다.

아야카가 보고 싶다. 그렇게 생각한 순간 후드 집업 주머니에서 핸드폰 진동이 울렸다. 엄마일지도 모른다고 생각했는데 낯선 전화번호였다.

"여보세요?"

"나야."

아야카였다.

"아야카?"

보고 싶다고 생각했던 소원이 이뤄진 걸까? 한순간에 몸 전체로 따뜻한 기운이 퍼졌다.

"공중전화야?"

울먹이는 목소리를 감추며 묻자 아야카의 목소리가 이어졌다.

"아, 핸드폰 배터리가 바닥났지 뭐야. 충전하고 싶은데 지금 집에 가면 아빠가 있어서. 하하하."

아야카가 멋쩍게 웃었다.

"그랬구나."

그 웃음에 대답하듯 따라 웃다가 문득 깨달았다.

"그런데 지금 집에 간다고? 설마 너… 외박한 건 아니지?"

친한 친구이기에 그냥 지나치는 말에서도 이상한 점을 알아차릴 수 있었다. 아니나 다를까 아야카가 대충 얼버무리려 했다.

너에게 꼭 하고 싶었던 말

"뭐… 사정이 좀 있었어."

나도 모르게 핸드폰을 쥔 손에 힘이 들어갔다.

"너랑은 상관없는 일이야. 신경 쓰지 마."

겨우 가까워졌다고 생각했는데 또다시 멀어지려 하고 있었다.

"상관없다니, 너 왜 말을 그렇게 해."

방금 반성해 놓고 결국 또 그렇게 말해 버렸다.

"아빠한테는 전화했어. 특별히 나쁜 짓을 한 것도 아니고. 넌 걱정이 너무 지나쳐."

"넌 왜…."

나도 모르게 나온 말에 아야카가 "뭐가?"라며 태연하게 되물었다. 화가 난다기보다는 답답했다. 주변 풍경으로 눈을 돌리며 마음을 가라앉혀 보려고도 했지만, 물음표가 머릿속을 채우는 속도를 따라잡을 수가 없었다.

"다들 널 걱정하고 있는데 왜 계속 그런 식으로 굴어? 왜 오해살 행동만 하냐고!"

"또 설교하는 거야?"

"그런 말이 아니야. 하지만…."

얼마 전 아야카와 함께했던 시간은 즐거웠다. 소중한 추억의 한 페이지를 새로 썼다고 생각했고, 서로가 가까운 존재라는 사실을 다시금 확신했다. 우리 사이가 달라졌다고 믿었다. 그랬는데….

긴 한숨이 입술을 비집고 제멋대로 새어 나왔다. 나는 핸드폰을 쥐었던 손에서 힘을 빼고 조용히 눈을 감았다.

"미안해, 내가 괜한 말을 했다. 그만 끊을게."

또 도망칠 거냐고 스스로 자문했지만 역시 사람은 그렇게 쉽게 성장할 수 있는 존재가 아니다. 쫓아가도 쫓아가도 멀어지기만 하는 뒷모습, 조금도 가까워지지 않는 거리에 그만 포기하고 싶다고 대답하는 내가 있었다.

"지금 슨자역에 있어?"

이런 상황에서도 여전히 웃음 섞인 목소리로 묻는 아야카에게 대답할 의무 따위는 없다.

"응."

그런데도 나는 고개를 끄덕였다.

"그럼 기다려. 지금 사쿠메역 앞에 있는 공중전화야. 너한테 할 말이 있어."

"오지 마. 싸우고 싶지 않아."

"싸우긴 왜 싸워. 우린 절친이잖아."

이럴 때만 절친이지. 대답하지 않아도 뚱하게 토라진 분위기가 느껴졌는지 아야카가 다시 말을 이었다.

"아무튼 기다려. 약속했다."

"알았어. 이번에는 약속 꼭 지켜."

나는 왜 항상 아야카의 말을 거부하지 못할까?

"이따 봐!"

너에게 꼭 하고 싶었던 말

전화가 뚝 끊겼다. 씩씩하게 대답하고는 바로 수화기를 내려놓은 모양이다.

"뭐야… 하여간."

애꿎은 핸드폰을 주머니에 푹 찔러 넣었지만 답답한 마음은 가시지 않았다. 어쩐지 제멋대로 날뛰는 아야카에게 휘둘리는 기분이다.

조금 전에 했던 후회도 언제 그랬냐는 듯 희미해졌다. 그렇다고 딱히 집에 돌아가고 싶지도 않았지만….

갈 곳 잃은 분노를 품은 내 처지가 처량했다. 호수의 잔잔한 물결처럼 유유히 살고 싶은데 나는 왜 그럴 수 없을까….

시간이 한참 지났는데도 아야카가 오지 않았다. 전화도 걸어 봤지만 배터리가 다 됐다고 했으니 당연히 꺼져 있었다. 사쿠메역에서 출발했다면 벌써 도착하고도 남을 시간이다.

불길한 생각을 떨쳐내고 인도 쪽으로 나왔다. 보관대에 세워 둔 자전거를 타고, 왔던 길을 되돌아가기 시작했다. 가다 보면 분명 아야카가 아끼는 크림색 자전거가 보이겠지, 생각하면서.

천천히 비탈길을 오르는 도중에 멀리서 사이렌 소리가 들렸다. 뒤를 돌아본 순간 구급차 한 대가 엄청난 속도로 나를 앞질러 갔다. 차도에 드리워진 나뭇잎 그림자들이 어지럽게 흔들렸다. 그 순간에는 생각지도 못했다.

하지만 바로 머리를 스치는 불길한 예감에 저절로 발걸음이 빨라졌다. 슨자 고개 꼭대기에 도착하자 자전거를 타고 긴 내리막길을 내달렸다.

구급차가 왜… 에이, 설마. 아직은 그렇게 생각할 여유가 있었다. 아야카는 매사 천하태평이니까 분명 천천히 걸어오는 중이겠지.

멀리 사쿠메역이 보였다. 조금 전에 본 구급차가 빨간 램프를 번쩍이며 역 앞에 서 있었고 사람들이 잔뜩 모여 있었다. 불길한 예감이 점점 또렷해졌다.

잠시 후 출발한 구급차가 사이렌 소리를 울리며 다시 내 옆을 지나쳐 갔다. 귀청을 찢을 듯한 요란한 소리가 금세 멀어졌다. 자전거를 길가에 버리듯 팽개친 나는 사람들이 모여 있는 곳으로 달려갔다. 죽을힘을 다해 달렸다.

아야카, 아야카!

그럴 리가 없다. 아야카일 리가 없다. 사람들 사이를 헤치고 앞으로 나갔을 때 제일 먼저 형체를 알아보기 힘들 만큼 구겨진 우체통이 보였다. 역사 옆에 있던 우체통이었다.

그 뒤로 보닛이 찌그러져 앞머리가 산처럼 솟아 있는 흰색 차가 공중전화 부스에 머리를 박고 있었다. 부서진 유리 파편이 바닥에 어지럽게 널려 있었고, 자동차에 묻어 있는 검붉은 자국은… 설마 피?

이어서 익숙한 크림색이 시야에 들어왔다.

"아니야…, 안 돼."

너에게 꼭 하고 싶었던 말

나는 그 자리에 풀썩 주저앉았다. 크림색 자전거… 엉망으로 찌그러진 아야카의 자전거가 거기 있었다.

오랜만에 슨자역에 왔다. 장마였지만 간만에 하늘이 쾌청했다. 늘 세워 두던 곳에 자전거를 세우고, 기합을 넣듯 깊게 심호흡했다.

자갈길을 건너 바로 승강장으로 나갔더니 검은 고양이 한 마리가 의자에서 햇볕을 쬐고 있었다. 산마리노에서 봤던 고양이였다.

"옆에 앉아도 돼?"

고양이가 흘끗 돌아보고는 천천히 눈을 감았다. 옆에 앉으니 기분이 좋은지 골골거리며 목을 울리는 소리가 들렸다. 고양이 머리를 쓰다듬으며 광활한 하늘과 눈 아래로 넓게 펼쳐진 하마나호를 가만히 바라봤다. 여기 오기까지 시간이 꽤 걸렸다.

아야카가 세상을 떠난 뒤의 일들은 솔직히 거의 기억나지 않는다. 학교에는 갔지만 정신을 차려보면 방과 후였고, 집에서도 문득 정신이 들면 밥을 먹고 있거나 잠을 자고 있었다. 분명 아야카의 장례식에도 참석했는데 기억은 흐릿하기만 했다. 한눈을 팔던 운전자가 공중전화 부스를 들이받았다고 했다. 엄마는 내게 그 이야기를 전하면서 눈물을 흘렸다.

긴 악몽에서 깨어났는데도 여전히 슬픈 꿈속에 있었다. 무언가를 생각하면 언제나 끝은 그날의 사고 장면으로 이어졌다.

그날 이후 엄마, 아빠의 잔소리도 멈췄다. 지금까지 식탁에서 묵묵히 밥만 먹던 두 사람이 무슨 이야기든 해 보려고 부단히도 애를 썼다. 덕분에 엄마, 아빠가 대화를 나누는 시간이 전보다 많아지기는 했다.

모든 것이 흐릿해진 세상에서 그런 모습들을 멍하니 바라보며 누군가 말을 걸어오면 의미도 모른 채 고개만 끄덕였다. 밥을 먹어도, 욕조에 몸을 담그고 있어도 마치 내 몸의 주인이 내가 아닌 것처럼 아무것도 느껴지지 않았다.

지난 일요일에 있었던 사십구재에 참석하고서야 겨우 아야카가 이 세상에 없다는 사실을 받아들였다. 아야카는 그날의 약속을 지키지 못하고 영원히 내 곁을 떠나 버렸다.

의식을 마치고 밖으로 나오니 장대비가 쏟아졌다.

"아유미!"

나를 부르는 외침에 뒤를 돌아보니 엄마가 우산을 들고 뛰어오고 있었다. 비는 순식간에 나를 흠뻑 적셨다. 꾸짖듯이 세차게 내 몸을 때리는 비를 피해 도망치고 싶었지만, 다리가 도통 움직이지 않았다. 아야카는 이제 없다. 두 번 다시 만날 수 없다.

"엄마…."

입을 연 순간 속을 게워내고 싶을 만큼 기분 나쁜 감각이 온몸을 덮쳤다. 배를 감싸고 몸을 숙이자 불쾌한 감각이 눈물이 되어 뺨을 타고 흘러내렸다.

"아유미! 왜 그래?"

"엄마, 아야카가, 아야카가…!"

너에게 꼭 하고 싶었던 말

나는 엄마 품에 안겨 목 놓아 울었다. 멀리서 쏟아지는 빗줄기를 가르며 뛰어오는 아빠가 보였다.

이튿날, 밤새 내리던 비는 날이 밝자 말끔히 그쳤다. 교실 창문으로 보이는 하늘은 파랗고 맑았지만 울어서 퉁퉁 부은 눈꺼풀은 여전히 무거웠다.

"구름 한 점 없는 하늘…."

무심코 그 말이 입에서 새어 나왔을 때 가슴이 작게 울렸다. 문득 떠오른 생각을 붙잡고 하늘을 올려다보며 기억을 더듬었다. 노을 열차가 떠올랐다.

아야카와 함께 갔던 카페에서 마스터에게 들은 이야기와 그날 나눈 대화를 떠올리자 아야카의 미소와 어른스러워 보였던 얼굴도 함께 되살아났다. 그랬다. 우리는 그날 노을 열차의 전설을 믿기로 했었다.

그렇게 학교를 마치자마자 무언가에 이끌리듯 이곳으로 왔다. 하늘은 아직 밝았지만 구름은 없었다. 마스터는 오늘 같은 날에 보고 싶은 사람을 간절히 떠올리면 노을 열차가 나타난다고 했었다.

보고 싶은 사람은 단 한 사람뿐이다. 만날 수만 있다면 전설이든, 기적이든, 그 무엇이든 믿을 것이다.

핸드폰을 꺼내 들었다. SNS와 문자 메시지, 통화 이력에는 지금도 아야카의 이름이 빼곡하다. 하지만 그날 이후로 새로 온 연락은 없다.

"아야카, 보고 싶어."

이윽고 하늘을 뒤덮고 있던 푸른색이 점점 옅어지고 수평선이 붉게 물들기 시작했다. 아무도 없는 무인역에 혼자 있으니 세상에 홀로 남겨진 기분이었다.

"안녕하세요."

별안간 들린 목소리에 놀라 옆을 돌아보니 젊은 남자가 있었다.

"아, 안녕하세요."

대답하면서 보니 그의 가슴 부근에 '덴류하마나코 철도'라는 글자가 수 놓여 있었다.

아, 역무원이구나.

"이제 곧 열차가 들어올 겁니다."

모자를 벗은 남자는 이십 대 중반쯤으로 보였다. 옆에서 봐도 잘생긴 얼굴이었고 자연스러운 헤어스타일이 잘 어울렸다.

"학생이죠? 집에 가는 길인가요?"

"아, 아니요. 그게… 약속이 있어서요."

약속했었다. 소중한 친구와 이곳에서 만나기로. 나도 모르게 빙긋 입꼬리를 올렸다가 오랜만에 웃었다는 사실을 깨달았다. 그 순간 가슴속에 웅크리고 있던 슬픔이 다시 고개를 들었다.

"저는 미우라라고 합니다."

"아… 사이토 아유미예요."

너에게 꼭 하고 싶었던 말

또 반사적으로 이름을 밝히고 나서야 깨달았다.

"그런데… 여기 무인역 아닌가요?"

"맞습니다. 저는 열차가 오는 걸 확인하는 사람입니다."

정중하게 말하는 미우라라는 이 남자는 조금 마른 편이라 그런지 유니폼이 헐렁해 좀 어색해 보였다.

우리는 잠시 아무 말 없이 눈 앞에 펼쳐진 풍경을 바라보았다.

"이제 곧 오겠네요."

남자가 가느다란 손가락으로 하늘을 가리켰다.

"노을이 지기 시작했습니다."

"네…?"

말문이 막힌 나를 보며 그가 싱긋하며 눈을 감았다 떴다. 다 알고 있다는 듯한 그의 눈동자에서 눈을 뗄 수가 없었다.

"인생을 살다 보면 말로 설명할 수 없는 일들이 일어나기도 합니다. 노을 열차도 그중 하나죠."

"아아, 그걸 어떻게…. 아야카가 정말 노을 열차를 타고 온다는 말씀이세요?"

내가 의자에서 벌떡 일어서자 남자가 진정하라는 듯 손을 들어 나를 막았다. 다시 털썩 자리에 앉은 나를 보며 그가 슬프게 미소 지었다.

"노을 열차는 소중한 사람을 다시 한번 만나게 해 주죠. 거기 앉아서 보고 싶다고 간절히 빌어 보세요. 분명 만날 수 있을 겁니다."

쿵쿵 뛰는 심장 소리가 들리는 듯했다.

정말 만날 수 있을까? 하지만 나는 천천히 시선을 떨궜다. 아야카는 그날 나와 한 통화 때문에 사고를 당했다. 나한테 전화하지 않았다면 죽지 않았을 것이다.

"그런데 아야카도 저를 보고 싶어 할까요?"

발밑 그림자가 승강장에 길게 드리워지고 짙은 저녁노을이 마을에 내려앉기 시작했다.

아야카를 만나고 싶다. 하지만 나를 용서해 줄까? 나와 친구가 되지 않았다면, 그래서 그날 내게 전화하지 않았다면, 아니, 내가 조금만 더 빨리 전화를 끊었다면….

어두운 생각들이 머릿속을 뱅뱅 돌았다. 보고 싶은 마음보다 미안한 마음이 더 컸다. 아무리 용서를 빌어도 아야카는 이제 돌아올 수 없으니까. 그날의 약속은 이제 영원히 지킬 수 없게 됐다.

"아야카 씨는 아유미 씨에게 어떤 존재인가요?"

고개를 들어보니 남자가 열차가 들어오는 쪽을 바라보고 있었다. 울창하게 푸르렀던 슨자 고개의 나무들도 지금은 주홍빛으로 물들어 있었다.

"제일 친한 친구예요. 하지만 아야카는 그렇게 생각하지 않을지도 모르죠. 저 때문에…."

숨이 막힐듯 가슴이 먹먹해져서 말을 끝맺지 못한 나는 꼭 쥐고 있던 두 손으로 시선을 떨어뜨렸다.

너에게 꼭 하고 싶었던 말

"그건 아유미 씨 생각일 뿐이고, 어쩌면 친구분은 다른 생각을 하고 있을지도 모르죠."

"네? 다른 생각이요?"

다시 고개를 들자 그가 천천히 고개를 끄덕였다.

"세상 모든 일은 관점에 따라 달리 보이는 법이에요."

"그렇지만 제가, 제가!"

나도 모르게 목소리가 높아졌다. 꼭 쥐고 있던 두 손에 아플 만큼 힘이 들어갔다.

"괜찮아요. 아유미 씨만은 믿어 주세요."

들끓는 감정을 잠재우는 다정한 목소리였다.

"믿어요?"

"노을 열차를 만나려면 간절히 바라는 마음이 필요하거든요. 아야카 씨가 어떻게 생각하는지가 아니라, 아유미 씨가 얼마나 보고 싶어 하는지가 중요하답니다."

차분히 설명하는 목소리가 부드럽게 머릿속으로 스며 들었다.

아야카…, 넌 어릴 때부터 하고 싶은 대로 자유분방하게 살면서 항상 웃음을 잃지 않았어. 언제나 내 옆에 있었는데, 어쩌다 이렇게 되어 버렸을까? 이야기를 나눌 수 없어도 괜찮아. 이번이 정말 마지막이어도 상관없으니까 내 마음을 전하고 싶어. 아야카, 보고 싶어. 너무나도 소중했던 내 친구, 널 다시 한번 만나고 싶어!

"열차가 들어옵니다."

남자가 모자를 쓰고 허리를 곧게 폈다.

그 순간 멀리서 희미한 소리가 들렸다. 무슨 소리인지는 금방 알 수 있었다. 환청이 아니다. 이건… 분명 열차가 철로를 달리는 소리다.

잠시 후 푸르른 나무 사이를 가르며 열차가 모습을 드러냈다. 열차는 석양을 입고 금빛으로 빛나고 있었다. 제대로 눈도 뜰 수 없을 만큼 눈부시게.

"이 열차가… 노을 열차예요?"

브레이크 소리가 요란하게 울리고 열차가 승강장에 멈춰 섰다. 강렬한 빛 때문에 미우라 씨의 모습은 보이지 않았다.

그때였다. 문이 열리고 누군가 내렸다. 나를 향해 똑바로 걸어오는 여자의 얼굴을 본 나는 비틀거리며 자리에서 일어섰다.

"아야카?"

금빛 후광을 뒤로하고 걸어오는 여자는 분명 아야카를 닮았다. 하지만 달랐다.

"안녕!"

마치 어제 본 사람과 인사하듯 경쾌하게 울린 목소리는 역시나 아야카였다.

"아야카…."

아야카가 내 앞에 서 있는데 시간이 정지한 듯 움직일 수 없었다. 눈 앞에 펼쳐진 광경을 믿을 수가 없어 천천히 손을 뻗자, 아야카가 내 손을 잡고 빙긋 웃었다.

"이제야 만났네."

"아야카… 너 어떻게 된 거야? 왜…."

교복 차림이었다. 금발이었던 머리도 검게 변해 있었고…. 마지막으로 만났을 때와 완전히 다른 모습이었다.

우리는 나란히 의자에 앉았다. 긴 머리를 쓸어 넘긴 아야카가 쑥스럽다는 듯 어색하게 웃었다.

"사고 나던 날, 사실은 이런 모습이었어."

"응?"

무슨 말인지 바로 이해하지 못했다.

"외박했다고 했잖아. 시내에서 같이 놀던 무리에서 빠지려고 그랬던 거야. 밤새도록 시달리기는 했지만, 아무튼 빠져나오긴 했지. 너한테 그 말을 하고 싶었어."

생각지도 못했던 사실에 시야가 뿌옇게 흐려졌다.

"미안해, 아야카. 내가 너무 심하게 말했어."

"무슨 소리야. 나야말로 제멋대로 굴어도 너라면 언제나 받아줄 거라는 생각에 나도 모르게 투정 부렸어."

"아니야, 그렇게 말할 생각이 아니었는데… 아니었단 말이야."

울음이 터졌다. 왜 아야카를 믿지 못했을까. 단 하나뿐인 소중한 친구인데.

"울지마라. 친구여."

장난스럽게 넘기려는 아야카의 말에도 도저히 울음이 참아지지 않았다. 내 어깨를 감싸안은 아야카가 너무나 따뜻해서 여전히 살아 있는 것만 같았다.
　쉴 새 없이 주룩주룩 눈물을 쏟으며 다시 한번 확인하듯 아야카의 손을 꼭 잡았다. 눈물이 나서 숨도 제대로 쉴 수 없었다.
　"아야카, 나는, 나는…."
　말로는 절친이라고 하면서 달라지려고 노력하는 아야카의 마음을 전혀 알아차리지 못했다.
　"울지마. 겨우 약속을 지켰는데."
　"약속…?"
　"그날 만나기로 약속했잖아. 네가 간절히 바란 덕분이야."
　"아야카… 너, 살아 있는 거야? 아니, 아니. 살아 돌아온 거야?"
　이렇게 생생한데 죽은 사람일 리 없다. 어쩌면 그 사고도, 얼마 전에 있었던 사십구재도 전부 꿈이 아니었을까? 하지만 아야카는 쓸쓸하게 웃으며 고개를 가로저었다.
　"안타깝지만 나는 이미 죽었어."
　기쁨과 슬픔이 뒤섞인 눈물이 하염없이 흘러내렸다. 아야카는 입가에 다정한 미소를 머금고 우는 나를 조용히 지켜봤다.
　"보고 싶었어, 아야카. 정말 보고 싶었어. 흑, 나는, 나는…."
　울음이 섞여 제대로 말을 이을 수 없었다. 하지만 꼭 해야 할 말이 있었다.

　　　　　　　　　너에게 꼭 하고 싶었던 말

"미안해. 그날 사고, 나 때문에─."

"이럴 줄 알았어."

아야카가 내 말을 끊어 버렸다. 잡은 손을 놓고 못 말린다는 듯 나를 본다.

"응?"

"우리가 친구로 지낸 게 몇 년인 줄 알아? 너라면 분명 그렇게 생각할 줄 알았어."

팔짱을 끼고 득의양양하게 말하는 아야카를 보고 나는 고개를 떨궜다.

"그렇지만… 그날, 나한테 전화하지 않았으면 너는 지금도 살아 있었을 거야."

"참나, 너는 정말 변함이 없구나."

한숨부터 쉰 아야카의 입에서 나온 다음 말은 "미케"였다.

"얼마 전에 얘기했잖아. 신사에 살던 그 뚱뚱한 고양이."

생각이 났다. 카페에서 미케 얘기를 했었다. 얼마 전 일인데도 벌써 오래전처럼 느껴졌다. 그때만 해도 우리가 이렇게 만날 줄 몰랐는데….

"그때는 기억 안 난다고 했잖아."

"기억 안 날 리가 없잖아. 우리가 얼마나 귀여워했는데."

아야카가 호수 쪽으로 눈을 돌렸다.

"살이 쪄서 뚱뚱해도 엄청 귀여운 녀석이었잖아. 그러다 어느

날 갑자기 사라졌지만."

"그랬지."

말을 꺼내니 생각이 났다. 여름방학 중에 어느 날 갑자기 미케가 사라져 버렸다. 처음에는 금방 다시 나타나겠거니 했는데 그날 이후로 볼 수 없었다.

"그때 너는 네가 전날 먹을 걸 가져오지 않아서 그런 거라고 자기 탓을 했어. 너는 항상 그래. 나쁜 일이 생기면 항상 자기 탓이라고 생각하잖아."

아픈 기억이 되살아났다. 나는 배가 고팠던 미케가 먹이를 찾아서 떠났다고 생각했다. 그러니 미케가 사라진 건 먹이를 주지 않은 내 탓이라고 여겼다.

"나는 미케가 자유를 찾아서 여행을 떠났다고 생각했어. 그런데 넌 내 말은 들으려고도 안 하고, 미케를 생각하면서 울기만 했잖아."

가을이 지나 겨울이 된 뒤에도 나는 무의식중에 계속 미케를 찾았다.

"기억 안 나는 척한 건 널 위해서였어."

"응?"

내가 눈을 동그랗게 뜨자 아야카가 피식 웃었다.

"거기서 계속 미케 얘기를 하면 결국 갑자기 사라진 일까지 떠올릴 수밖에 없잖아. 그러면 넌 또 네 잘못이라고 할 거고."

너에게 꼭 하고 싶었던 말

할 말이 없었다. 아야카가 빙긋 입꼬리를 올렸다.

"무슨 일이든 나쁘게 생각하면 한없이 나쁘게만 보여. 의심하고 미워하고, 난 그런 거 싫다. 그런 거 재미없잖아."

아야카다웠다. 늘 나쁜 쪽으로만 생각해 버리는 나와는 반대로 아야카는 늘 모든 일을 좋은 쪽으로 받아들이곤 했다.

"이번 일도 그래. 그건 피할 수 없는 사고였어. 잘못은 차를 운전한 사람한테 있지. 그 자식한테는 내가 저주를 퍼부어 줄 테니까 걱정하지 마."

아야카가 시원하게 웃음을 터트렸다. 농담처럼 이야기하는 아야카에게 나는 코를 훌쩍이며 대답했다.

"그래도… 미안해."

"뭐든 다 네 탓이라고 생각하지 마. 애당초 전화를 건 사람은 나잖아."

그렇다고 해도 미안한 마음이 사라지지는 않는다. 점점 어두워지는 하늘이 짙은 푸른색으로 변해 갔다. 노을이 호수 안으로 빨려 들어가는 것만 같았다. 뺨을 스치는 바람도 차가워졌다. 돌아보니 석양은 이미 산 너머로 저물어 보이지 않았다.

조금 전만 해도 눈부시게 빛나던 열차가 어느새 오렌지색으로 변해 있었다.

"있잖아. 아유미. 나 만났어. 사고 나기 며칠 전 저녁에 나도 노을 열차를 만났다고."

너무 놀란 나머지 목소리도 나오지 않았다. 아야카가 고개를 들어 하늘을 보았다.

　　"구름 한 점 없는 저녁이었어. 나도 여기서 엄마를 만나게 해달라고 빌었거든. 그랬더니 노을 열차가 엄마를 데려다줬어."

　　아야카의 눈에 기쁨의 눈물이 맺혔다.

　　"그렇게 어렵게 다시 만났는데 엄마가 뭐라는 줄 알아? 날 보자마자 잔소리를 늘어놓는 거야. 노을 열차가 다시 출발할 때까지 그렇게 살면 안 된다고 혼나기만 했다니까. 그런데 그게 너무 좋았어. 한없이 좋기만 하더라."

　　"아야카…."

　　"나를 진심으로 걱정해 주는 사람이 있다는 게 얼마나 행복한 일인지 알았어. 그래서 달라져 보려고 했던 거야."

　　지금껏 한 번도 본 적 없는, 기쁨과 슬픔이 뒤섞인 묘한 얼굴로 웃는 아야카의 뺨에 눈물이 흘렀다. 아야카도 보고 싶었던 사람을 만났다. 노을 열차가 그녀에게도 기적을 선물했다.

　　슬픔으로 얼룩진 눈물이 아니라 따스한 온기를 머금은 눈물이 뺨을 적셨다.

　　"나 정말 바보 같은 짓만 했어. 정말 구제 불능으로 엇나가기만 했지. 요즘에는 너도 날 무서워했잖아."

　　"아니야. 그렇지… 않아."

　　"그래도 죽기 전에 정신 차렸잖아. 그건 정말 잘했다고 생각해.

너에게 꼭 하고 싶었던 말

내 말 무슨 뜻인지 알지?"

내 표정을 살피는 아야카를 향해 연신 고개를 주억였다.

"응, 알아. 너무 잘 알아."

바보 같았다. 왜 고작 이런 말밖에 못 할까. 아야카가 이렇게 가까이 있는데 얼굴이 잘 보이지 않을 만큼 시야가 일렁였다.

"아유미, 앞으로는 같이 못 놀겠지만 잘 지내야 해."

"싫어, 그런 말 하지 마. 너랑 할 말이 많단 말이야. 웃기도 울기도 하고 설령 싸우더라도 너랑 같이 있을 거야!"

이런 상황에서도 아야카는 울부짖는 나를 향해 눈을 가느다랗게 뜨고 다정히 미소 지었다.

"아유미, 내 말 잘 들어."

"응?"

"너는 항상 부모님 잔소리 때문에 짜증 난다고 했었지? 나는 늘 그게 부러웠어. 나를 걱정하는 누군가가 있다는 걸 느껴 보고 싶었거든."

"아야카…."

"내가 보기엔 복에 겨운 투정이었어. 그걸 알았으면 좋겠다. 넌 솔직하고 순수한 게 장점이니까, 앞으로는 조금만 더 내키는 대로 살아 봐."

눈물로 흐릿해진 시야에 밤의 어둠 속으로 잠겨 가는 석양이 비쳤다.

시간이 없었다.

"부탁이야, 가지 마. 나랑 같이 있어. 계속 같이 있어 줘."

나는 매달리듯 아야카의 팔을 붙잡았다.

"나도 그러고 싶어."

아야카도 그렇게 말했다.

"하지만 이제야 겨우 엄마 옆에 있을 수 있게 됐는걸. 네 옆에는 나 말고도 널 아껴 줄 사람이 많으니까 괜찮지?"

"괜찮지 않아. 네가… 네가 없잖아."

흐느끼는 나를 꼭 안아 주는 아야카는 살아 있을 때와 조금도 다르지 않았다. 희미하게 남은 노을은 이제 곧 밤의 암흑 속으로 완전히 사라질 것이다.

"잘 지내겠다고 약속해."

목소리가 이토록 생생한데 이제 곧 사라진다. 이제 다시는 만날 수 없는 거야? 정말 마지막이야? 다시는 널….

아야카는 단순한 친구를 넘어 언제나 나를 지켜 주는 존재였다. 하지만 지금이 마지막이라면… 내가 해 줘야 할 말은 하나였다. 나는 심호흡을 반복하며 숨을 가다듬고 입을 열었다.

"응, 나, 잘 지낼게. 잘 지낼 거야."

아야카가 울먹이는 목소리로 고맙다고 대답했다. 그리고 천천히 자리에서 일어섰다.

"지금 한 약속 꼭 지켜."

너에게 꼭 하고 싶었던 말

한 번 더 싱긋 웃은 아야카가 등을 돌렸다.

"잠깐만…."

아야카는 내 부름에도 멈추지 않고 그대로 열차에 올라탔다.

"제발, 잠깐만!"

"아유미, 우리… 앞으로도 계속 친구지?"

그때 처음으로 불안으로 물든 친구의 얼굴을 보았다. 내 앞에서는 언제나 씩씩한 모습만 보여 주던 아야카가 불안해하고 있었다.

내 친구…. 나의 소중한 친구를 이렇게 떠나보낼 수는 없다.

"당연하지. 우린 영원히 친구야!"

똑바로 눈을 맞추고 외친 내 말에 아야카는 환한 미소로 화답했다. 그 순간 문이 닫히고 열차가 움직이기 시작했다.

"아야카! 아야카!"

떠나가는 열차를 쫓아 뛰었다. 승강장 끝에서 다시 큰 소리로 외쳤다. 먼 길을 떠나는 친구의 마음을 조금이라도 더 편하게 해 주고 싶었다.

"나, 잘 지낼 거야. 그러니까 아야카! 또 만나. 우리 또 만나는 거야!"

내 목소리를 들은 아야카가 활짝 웃었다. 내가 가장 좋아했던 아야카의 환한 얼굴을 마지막으로 눈에 담았다. 서로를 향해 손을 흔드는 우리에게 결국 밤은 찾아왔고, 임무를 마친 노을 열차는 소리 없이 사라졌다.

밤의 어둠으로 덮인 승강장에 다시 혼자 남았다. 아니다. 분명 아야카가 나를 지켜 주고 있을 테니 이제는 혼자가 아니다. 그것이 우리의 약속이었으니까.

똑똑.

노크 소리에 "네."하고 대답하자, 엄마가 방문을 열고 조심스럽게 고개를 내밀었다.

"장 보러 갈 건데, 같이 갈래?"

"지금? 다섯 시인데?"

"깜박하고 달걀을 안 사 왔더라고."

"아니, 나는 안 갈래. 공부해야 해."

내가 참고서를 가리켰는데도 엄마는 물러서지 않았다.

"모처럼 일요일인데 종일 방에만 있었잖아."

"아까 점심 먹을 때 나갔었고, 잠깐이지만 텔레비전도 봤거든."

그러고 보니 오늘따라 아빠도 자꾸만 말을 걸었다.

"아주 잠깐이었잖아. 가자, 케이크 사 줄게."

요즘 엄마가 이상해졌다. 얼마 전까지만 해도 눈만 마주치면 공부하라는 소리만 하던 사람이 요즘은 정반대 소리만 한다.

원인은 아마도 두 사람을 대하는 내 태도가 달라졌기 때문일 것이다. 억지로 바꾸려 노력하지는 않았지만, 이제는 조금 더 솔직하게 마음을 터놓고 이야기할 수 있게 됐다. 부럽다고 했던 아아야카의 말 덕분이다.

아빠, 엄마 사이의 대화도 많이 늘었고 식탁에 모여서 웃는 일도 많아졌다. 모두 아야카가 남기고 간 선물이었다.

"미안하지만 지금 집중하고 있었단 말이야."

엄마가 너무하다며 뾰로통한 목소리를 냈다.

"요즘 너무 공부만 하는 거 아니야? 엄마는 휴식도 중요하다고 생각해."

"뭐?"

내가 피식 웃자 엄마가 시무룩한 표정을 지었다.

"지금이 부모와 자식 간 관계 형성에 제일 중요한 시기란 말이야."

드디어 나왔다. 엄마의 필살기 '중요한 시기' 공격!

"아, 예. 알겠습니다."

나는 일부러 들으라는 듯 크게 한숨을 쉬고 자리에서 일어났다.

"갈 거지?"

활짝 웃는 엄마 앞을 그대로 지나쳐 소파에서 자는 아빠를 흔들어 깨웠다.

"아빠, 엄마가 장 보러 가고 싶대. 케이크도 사 준다니까 같이 다녀와."

"어머! 아유미!"

당황한 엄마가 뒤에서 호들갑을 떨었지만 안 들리는 척 넘겨 버렸다.

"아빠, 이건 사랑스러운 딸의 부탁이야. 시끄러운 엄마 좀 집에서 데리고 나가 줘. 딱 두 시간만 혼자 있게 해 주면 아빠가 너무 좋아질 것 같아."

"바로 준비하마."

아빠가 벌떡 일어나 외출 준비를 시작했다. 그 모습을 확인하고 다시 방으로 향했다.

"뭐야. 그럼, 셋이 같이 가."

뒤를 따라오며 투덜거리는 엄마 앞으로 팔을 쭉 뻗었다. 엄마가 그 자리에 우뚝 멈춰 섰다.

"둘이 다녀와."

"어색…하단 말이야."

엄마는 위층에서 우당탕 소리를 내며 옷을 갈아입는 아빠를 올려다보고 입술을 삐죽 내밀었다.

"지금이 부부 관계 형성에 제일 중요한 시기야. 케이크는 사 올 거지? 나중에 셋이 같이 먹자."

나는 끝까지 싫다고 버티는 엄마의 등을 떠밀었고, 아빠도 허겁지겁 엄마 뒤를 따라나섰다. 그렇게 두 사람을 배웅하고 돌아왔더니 방이 온통 오렌지색으로 물들어 있었다.

나는 참고서를 펼치던 손을 멈추고 창문가에 놓아 둔 사진을 바라봤다. 카페에서 아야카와 둘이 찍은 사진, 활짝 웃고 있는 아

너에게 꼭 하고 싶었던 말

아야카와 수줍게 미소 지은 내가 있었다. 그날 그곳에서 우리는 노을 열차 이야기를 들었다.

"아야카, 나는 잘 지내고 있어."

아야카는 지금쯤 갈매기가 되어 하늘을 날고 있을까? 아니면 엄마와 함께 있을까? 어느 쪽이든 분명 행복하게 지내고 있을 거라 믿는다.

오늘도 창문 밖으로 보이는 하늘에 예쁜 노을이 번지고 있었다. 승강장에 긴 그림자가 드리운 모습이 그려졌다. 그곳에서 아야카를 만났던 일은 분명 꿈이 아니다.

떠도는 소문은 누군가를 통해 어디론가 흘러가다 간절한 소망을 가진 사람 앞에 노을 열차의 기적으로 나타날 것이다. 어쩌면 지금도 간절한 소원을 가진 누군가가 승강장 의자에 앉아 있지 않을까? 누군가를 그리는 간절한 소원은 반드시 이루어진다. 구름 한 점 없는 날 저녁, 노을에 감싸인 무인역에서.

두 번째 이야기

여전히 그 여름에 머물러

오늘도 내 기분은 최악이다.

문득 키보드 두드리는 소리가 커진 걸 깨닫고 손가락을 멈췄다. 요즘 나도 모르게 자꾸만 엔터 키를 세게 친다. 무의식중에 하는 행동이지만 주변 사람들도 분명 모를 리 없다.

나는 짧게 한숨을 쉬고 잠시 창문 밖으로 시선을 던졌다. 하지만 사무실 유리창 너머로 보이는 하늘은 너무 조그맣다. 심지어 바짝 붙어 있는 건너편 빌딩에서 누군가 엿보는 듯한 착각이 들기도 하고…. 아, 물론 건너편 빌딩 사람들도 같은 생각이겠지만.

"자기야, 무슨 일 있어?"

앞자리에서 나미 씨가 고개를 쭉 빼고 물었다. 아사하라 나미,

베테랑 사무직원인 그녀는 올해로 쉰다섯이고 사장과 소꿉친구라는 소문이 있다. 사내 '정보통'으로도 유명한 나미 씨는 오늘도 짙은 화장으로 감춘 눈을 굴리며 직원들을 관찰하느라 여념이 없다.

"아무 일도 없어요. 잠깐 문구 좀 고민하느라고요."

"어머, 내가 방해했구나. 그런데 그렇게 미간을 찡그리고 있으면 늙어 보여."

아, 고맙기도 하셔라.

"그보다 나미 씨. 그렇게 부르지 말아달라고 제가 몇 번이나 부탁드렸는데요."

"아…, 그렇지만 입에 붙어 버렸는걸. 정식으로 부르려면 '야마다 과장님'이라고 해야 하는데, 그건 너무 딱딱하잖아. 나한테 자기는 그냥 자기야, 다른 누구도 될 수 없다고."

이해할 수 없는 변명을 늘어놓은 그녀가 모니터 너머로 입술을 삐쭉 내밀었다. 나미 씨는 내가 입사했을 때 이미 베테랑 사무직원으로 일하고 있었다. 그런 그녀에게 스물여덟 살짜리는 영원히 애송이인 모양이다.

잔상이 남은 건지 시야 가장자리에 푸른 하늘색이 어른거렸다. 도쿄에 산 지도 꽤 됐는데 아직도 하늘을 볼 때마다 고향 생각이 난다.

나는 시즈오카현 하마마쓰시 기타구에서 나고 자랐다. 고지대에 올라가면 하늘과 바다가 한눈에 들어오는 곳이다. 하늘과 바다가 만나는 푸른 경계선을 바라보고 있으면 세상이 얼마나 넓은지 느껴지곤 했다.

 지역에 있는 전문대학을 졸업하고 그곳에서 취업하는 전형적인 노선을 걷다가 스물둘에 도쿄로 오게 됐다. 아니…, 도망쳤다. 벌써 육 년이나 지났다니, 세월이 참 빠르기도 하다. 나는 머릿속에 떠오르는 씁쓸한 기억을 몰아내고 길게 숨을 내쉬었다.

 오늘도 야근이다. 일에 쫓기는 일상은 이제 새삼스럽지도 않다. 시간은 계속 흘러가는데 산더미처럼 쌓인 일은 전혀 줄지 않는 것 같은 이 느낌은 왜 해가 가면 갈수록 점점 더 뚜렷해지는지 모를 일이다. 게다가 지금은 팔월 초다. 곧 백중 연휴*라 평소보다 두 배는 빨리 일을 처리해야 했다.

 우리 회사는 비록 대기업은 아니지만, 보험 대리점치고는 꽤 잘나가는 편이다. 실제로 매년 직원 수도 늘고 있고 작년에는 사무실도 새로 옮겼을 정도다. 나는 기획팀에서 일한다. 기획팀은 보험 상품 판매만이 아니라 지역 중소기업과 함께 진행하는 협업 연수나 시민을 대상으로 하는 세미나까지 관리한다. 이름뿐인 부장은 영업부도 같이 맡고 있어서 바쁘다 보니, 어쩔 수 없이 전반적인 업무를 내가 챙겨야 하는 상황이다.

 하지만 모니터를 보며 아무리 힘껏 키보드를 때려도 기분이 나아지기는커녕 점점 더 가라앉기만 했다. 일단 저장 버튼을 누르고

---

* 한국의 추석이나 설 명절처럼 불교 명절인 백중에 맞춰 이어지는 연휴

눈두덩이를 꾹 눌렀다. 마음을 정돈할 필요가 있었다.

"저, 왔습니다."

신지로가 옆자리에 앉으며 말했다. 다쿠미 신지로, 입사 2년 차로 나이는 스물넷, 오늘도 역시 하얗고 매끄러운 피부가 반짝인다. 기분 나쁠 정도로…. 키는 그다지 크지 않지만 군살이 없어 외모는 그럭저럭 봐 줄 만하다. 다만 헤어스타일에 신경 쓰지 않는 타입인지 늘 머리가 삐쳐 있다. 머리 위에 양쪽으로 튀어나온 삐침 머리가 꼭 강아지 귀 같다.

"미카 과장님, 피곤하시죠?"

"도대체 왜?"

해사하게 웃으며 건넨 그의 말에 미간 사이의 주름이 더 깊어졌다.

"이거 드세요."

그가 노란색 머그잔을 내밀었다. 내 컵이었다. 안에 담긴 커피에서 뽀얀 김이 올라왔다.

"도대체 왜?"

"조금 전에 한숨 쉬시는 소리를 들었거든요. 힘내시라고."

"그게 아니라! 도대체 왜, 이름을 부르냐고 묻는 거야! 야마다 과장이라고 부르라고 몇 번이나 말했잖아!"

"아…."

수줍게 웃던 신지로의 얼굴이 순식간에 딱딱하게 굳었다.

"그리고 말 나온 김에 하나 더! 왜 내 머그잔을 마음대로 써? 또! 지금 커피 내리러 갈 시간이 있어?"

맞은편 자리에서 "저런, 저런, 어쩌나."라고 혀를 차는 나미 씨 목소리가 넘어왔다.

"저는… 그냥 커피를…."

곧바로 나미 씨가 끼어들었다.

"뭐해, 빨리 사과드리지 않고."

"죄송합니다."

조금 전까지 넘치던 생기를 단번에 잃어버린 신지로가 고개를 푹 숙였다. 고작 네 살 차이인데 이럴 때 보면 한참 어린 동생 같다. 이런 생각이나 하는 나 역시 한심하기는 마찬가지고.

"나도 한숨 쉬고 싶어서 쉬는 거 아니야. 애당초 신입, 네가 올린 기획서가 완벽했으면 내가 고칠 필요 없었을 거 아니야."

옆 팀에 들리지 않도록 목소리를 낮춰 주의를 주자, 그가 아이처럼 입술을 삐죽거렸다.

"그런 표정 짓지 말고! 커피 내릴 시간 있으면, 얼른 데이터라도 달란 말이야. 이러다 밤새우겠어."

"네!"

언제나 대답은 잘도 한다. 허둥지둥 모니터로 고개를 돌렸던 그가 금세 머뭇거리며 다시 나를 돌아봤다.

"저… 그럼, 커피… 치울까요?"

"됐어, 잘 마실게."

나는 억지로, 아니, 이번만은 진심으로 살짝 입꼬리를 올려 대답하고는 다시 기획서 수정에 집중했다.

회사 사훈이 '입사 3년 차까지는 신입'인 이상 여기서 더 핀잔을 줄 수 없지만, 요즘 젊은 사람들은 하나같이 요령이라고는 없다. 물론 나도 처음에는 선배들에게 똑같은 소리를 들었겠지만….

다시 고향 하늘이 떠올랐다. 자유로웠던 그 시절로는 이제 다시 돌아갈 수 없겠지. 돌아갈 수 없기에 우리는 과거의 추억을 예쁜 색으로 덧칠해 버리는지도 모른다. 나는 다시 한번 저장 버튼을 누르고 키보드를 두드리기 시작했다.

현관문을 여니 열기를 머금은 공기가 집안에 꽉 차 있었다. 나는 냉장고에서 맥주캔을 꺼냈다. 캔 마개를 따고 거실로 가며 맥주를 마셨다. 톡 쏘는 탄산이 기분 좋게 목을 찔렀다.

거실 소파에 앉아 텔레비전을 켜니 코미디 프로그램이 방영 중이었다. 일부러 집어넣은 듯한 관객 웃음소리에 흥이 떨어져 채널을 돌렸다. 잠시 멍하니 뉴스를 보고 있자 그제야 집 안 열기가 좀 식는 듯했다.

그러다 문득 정신을 차려 보니 벽에 걸린 달력이 보였다. 백중 연휴 전까지 어떻게 해야 업무를 다 처리할 수 있을지 머릿속으로 시뮬레이션을 돌리기 시작했다. 겨우 퇴근해 놓고도 온통 일 생각뿐이라니, 나도 참.

스물두 살 때부터 살고 있는 이 집은 회사에서 제공해 주었다. 아무것도 모르는 애송이를 채용해 준 회사에는 지금도 감사하고 있다. 그때는 규모가 작았고 직원 수도 적었던 탓에 어쩌다 보니 스물셋부터 관리직을 맡게 됐다.

"야마다 과장이라…."

계장 대리부터 시작해서 지금은 과장이다. 딱히 출세욕이 있는 건 아니었지만 직급이 올라갈수록 이상하게 일에 더 매달리게 됐다. 나는 늘 이랬다. 고등학교 시절 테니스부 활동을 할 때도 똑같았다. 부부장으로 임명되자 필사적으로 테니스부 관리에 매달렸고, 그러다 어느 순간 테니스에 흥미를 잃어버렸다.

아, 생각은 그만! 맥주를 목으로 넘기며 추억도 꿀꺽 삼켜 버렸다. 집에서만큼은 느긋하게 쉬고 싶다.

그때 갑자기 핸드폰이 울렸다. 화면에 '엄마'라는 글자가 떠 있었다. 피곤해서 받고 싶지 않았지만, 받지 않으면 몇 번이고 전화하실 분이다.

"여보세요."

"미카, 올 거지?"

다짜고짜 질문이 넘어왔다. 급한 성격 탓에 언제나 두서없이 자신이 하고 싶은 말부터 내뱉는 엄마의 화법을 예전에는 질색했지만, 사회생활을 하다 보니 이제는 어느 정도 이해하게 됐다.

여전히 그 여름에 머물러

"백중날 말이야. 내려올 거지?"

역시나 오늘도 바로 본론이 나왔다. 냉장고에서 맥주 캔을 하나 더 꺼내 소파로 돌아왔다.

"그럴 생각인데 아직 확실히 모르겠어. 일을 못 끝내면 못 갈지도 몰라."

"새해에도 그렇게 말하고 안 왔잖아. 다들 널 얼마나 보고 싶어 하는데."

"나도 알아."

짧게 툭 내뱉고는 입을 다물었다. 에어컨 돌아가는 소리만이 낮게 울렸다. 똑같이 말이 없던 엄마가 다시 내 이름을 불렀다.

"미카, 너-."

조금 전보다 한 톤 낮아진 엄마의 목소리에 나는 즉각 화제를 돌렸다.

"그나저나. 아빠는 건강하시고?"

"그렇지 뭐. 정년퇴직하고 맨날 낚시만 다녀서 아주 새까맣게 탔어. 선글라스 쓴 부분만 안 타서 눈 주위만 하얘."

"그랬구나."

"그런데 그보다-."

"웬만하면 내려갈게. 나도 아빠 따라 낚시나 가 볼까?"

머릿속에 파란 하늘이 그려졌다. 지글지글 끓는 아스팔트 냄새와 짙은 녹음으로 뒤덮인 산, 바다와 이어진 하마나호 수면에 비치는 구름…. 하지만 그리운 추억은 항상 슬픈 기억도 함께 데려왔다. 나도 모르게 새어 나온 한숨에 엄마가 다시 입을 열었다.

"벌써 6년이나 지났어. 이제 다쿠미 일은 그만–."

"엄마, 미안. 나 내일 빨리 일어나야 해서, 이만 끊는다."

일방적으로 전화를 끊어 버렸다.

가슴을 조이는 저릿한 감각에 눈을 감고 한동안 그대로 있었다. 괜찮아, 괜찮아. 몇 번이고 혼자 되뇌면서…. 다시 맥주를 마셨다. 씁쓸한 탄산이 목을 따갑게 찔렀다.

영원히 끝나지 않을 것만 같던 야근이 끝났다. 화장이 망가지든 말든 책상에 뺨을 대고 엎드렸더니 피로가 한꺼번에 몰려왔다.

그래 봤자 연휴 전에 처리해야 할 일들이 여전히 산더미처럼 쌓여 있었다. 큰 산은 넘었고, 이제 에베레스트급 산맥을 넘어야 하는 상황이랄까?

"미카 과장님, 드디어 끝났네요!"

옆자리에 있던 신지로가 들뜬 목소리로 떠들었다. 형상기억합금처럼 오늘도 똑같이 삐져나온 삐침 머리가 이 시간까지도 그대로다.

"신입, 너는 왜 아직도 힘이 넘치는 거야."

야마다 과장님, 이라고 정정해 줄 기력도 없었다. 내 말에 그가 쑥스럽다는 듯 얼굴을 붉혔다.

여전히 그 여름에 머물러

"칭찬 아니거든."

말은 그렇게 했지만 사실 그가 나름대로 열심히 노력했다는 건 안다. 요 며칠 일 처리가 눈에 띄게 빨라져서 칭찬해 줄 마음도 있었지만, 가식적으로 보일 것 같아서 그만두기로 했다. 그보다 빨리 집에 가서 자고 싶다. 다행히 오늘은 토요일이고 일요일까지는 출근하지 않아도 된다.

몸을 바로 세우고 컴퓨터 전원을 끈 뒤 책상 위를 정리하기 시작했다. 일 초라도 빨리 집에 가야겠다.

"미카 과장님."

"응?"

신지로가 뭐라고 부르든 지금은 머릿속에 맥주 생각밖에 없었다. 그러다 무심코 싱긋 웃으며 대답해 버렸다.

"일도 끝났으니까 모처럼 같이 야식 안 드실래요?"

"뭐?"

내 미간이 좁아지는 걸 보고도 그는 집요하게 부탁했다.

"저 혼자 사는 거 아시잖아요."

아니, 몰랐어.

"편의점 있잖아? 나도 거의 편의점에서 해결해."

"에이."

불만 어린 그의 표정에 책상을 정리하던 손을 멈췄다.

"편의점이라고 무시하지 마. 도시락이랑 반찬만 있는 게 아니라 요즘은 냉동식품도 많고 맛도 꽤 괜찮아."

우리 집 냉장고에는 내가 좋아하는 편의점별 냉동식품이 항상 쟁여져 있다. 전자레인지로 데우기만 하면 먹을 수 있으니 이렇게 고마운 음식이 또 어디 있을까. 참고로 요즘은 국물 없는 탄탄면에 빠져 있다.

"그게 아니라, 모처럼 큰 건 하나 끝냈으니까 우리끼리 축하하자는 거죠."

부하 직원과 사적으로 밥을 먹는다? 있을 수 없는 일이다. 퇴근 이후 시간은 오롯이 나만을 위해 써야 하며 직장 동료와 나누어서는 안 된다. 하지만 신지로는 주인밖에 모르는 충견처럼 눈을 반짝이고 있었다.

나는 등을 쭉 펴고 숨을 크게 들이켰다. 업무만이 아니라 사회인으로서의 자세를 가르치는 것 또한 상사의 역할이다.

특히나 신지로는 남자다. 뭐, 매일 같이 핀잔만 주는 나 같은 상사와 이상한 소문이 날 일은 없겠지만.

"이봐 신입, 내 말 잘 들어."

차분히 운을 띄운 나는 천천히 말을 시작했다.

확실하게 거절하고 집에 가야지.

"진짜 맛있네요!"

신지로는 아까부터 한 입 먹을 때마다 감탄사를 쏟아냈다. 도대체 얼마나 배가 고팠던 건지 밥이 곱빼기로 딸려 나오는 '대왕 함박스테이크 세트'를 주문하고는 빨리 감기 영상처럼 눈 깜짝할 사이에 음식을 먹어 치웠다. 나는 그 앞에 앉아서 시저 샐러드를 깨작거리며 맥주를 두 잔째 비우고 있었다. 그러니까 결국 떠밀리듯 같이 야식을 먹으러 왔다는 말이다. 패밀리 레스토랑에서 신나게 떠드는 아이와 한 손에 맥주를 들고 아들을 바라보는 엄마…. 지금 우리가 딱 그랬다. 하지만 속으로 툴툴거리면서도 따라올 수밖에 없었다.

신지로는 식사 중에도 쉬지 않고 떠들었다. 고등학교 때 활동했던 동아리 이야기나 대학교 때 있었던 일들을 신나게 늘어놓는 그는 눈이 부실 만큼 반짝반짝 빛났다.

물론 나도 누구보다 즐겁고 빛나는 고등학교 시절을 보냈다. 하지만 그때의 기억은 모두 추억 속에 봉인해 버렸다. 그에게 들려줄 에피소드 같은 건 하나도 남아 있지 않다.

지금은 신지로가 채용이 확정된 다음 날 오토바이를 타고 바다에 갔던 이야기를 듣는 중이다. 지갑을 잃어버려서 해변에서 노숙했다는데, 처량했던 기억을 어쩜 저렇게 생글거리며 이야기할 수 있는지 신기할 따름이다.

"아침 해로 물든 바다가 정말 아름다웠어요."

오물거리며 말하는 신지로를 보면서 해변에서 자는 그의 모습을 떠올렸다.

시야를 가득 채우는 넓은 바다는 언제나 고향을 생각나게 한다. 이제 곧 백중 연휴다. 오랜만에 고향 집에 가기로 마음먹은 건 잘한 일인데, 정말 갈 수 있을지 여전히 불안하다.

"요즘 기운이 없어 보이세요."

신지로가 나이프와 포크를 내려놓으며 말했다.

"내가?"

바로 되물었다.

"왠지 많이 피곤해 보이세요."

"그건 신입, 너 때문이잖아."

빈정거리듯 말하고 바로 후회했다. 좋았던 분위기에 굳이 찬물을 끼얹을 필요는 없었는데….

"맞아요. 저 때문이죠."

"하여간 별종이라니까."

피식 웃어넘기면서도 속으로는 안도했다. 정말 별난 녀석이기는 했다. 요즘 젊은 사람들은 다 이런가? 같은 이십 대라고는 하지만 나는 서른을 코앞에 둔 이십 대 후반이라 그런가, 나이로는 네 살 차이라도 우리 둘 사이에는 건널 수 없는 깊은 강이 흐르고 있는 느낌이다. 아니, 실제로 그랬다.

"별종이라는 말 자주 들어요. 제가 좀 그런가 봅니다."

순간 사람 좋게 헤실헤실 웃는 그가 조금 달리 보였다. 기분 탓일까? 속없어 보인다는 말이 아니라 어쩌면 나보다 속이 깊은 사람일지도 모른다는 생각이 들었다.

그사이 신지로는 내가 무슨 생각을 하는지도 모르고 디저트 메뉴를 고르는 데에 열중했다. 뭐가 그리 즐거운지 콧노래까지 부르면서.

"그렇게 먹다가 살찐다."

"디저트를 안 먹으면 잠이 안 온다고요. 미카 과장님도 드실래요?"

그가 펼쳐 보여 준 메뉴판에는 여름답게 빙수 사진이 올라와 있었다. 하지만 흘끗 눈길만 주었다가 손에 있던 맥주잔을 살짝 들어 올렸다.

"난 됐어. 술하고 빙수는 안 어울려."

그가 아쉽다는 표정으로 점원을 부르더니 말차 단팥빙수를 주문했다.

주문을 마치고 메뉴판을 덮더니 나를 뚫어져라 본다. 갑작스러운 시선에 머쓱해진 내가 슬쩍 몸을 뒤로 빼자, 신지로가 등을 곧게 세웠다.

"물어보고 싶은 게 있어요."

"뭔데?"

"제 이름 아세요?"

진지한 표정으로 묻는 어처구니없는 질문에 실소가 터졌다.

"신지로, 다쿠미 신지로잖아. 왜 그런 걸 묻는 거야?"

"항상 '신입, 너'라고 하시니까요. 알고 계셨다니 기분 좋네요."

그가 말 그대로 정말 기쁘다는 듯 활짝 웃었다. 하지만 그 이름을 소리 내어 말한 순간 그대로 어두운 감정에 빠져든 나는 같이 웃지 못했다.

안도 다쿠미.

과거의 기억이 고개를 들었다. 심장을 찌르는 날카로운 고통을 외면하듯 남은 맥주를 전부 들이켜고 한 잔 더 주문했다. 피곤해서인지 평소보다 취기가 빨리 오르는 듯했다.

"그랬네, 그러고 보니 항상 '신입'이라고 불렀어. '다쿠미 씨'라고 불러 줘야 하는데."

"어떻게 부르셔도 괜찮습니다!"

파란 하늘처럼 맑은 그의 미소가 부러웠다. 가만히 보니 조명을 받아 반짝반짝 빛나는 눈이나 양쪽으로 솟은 삐침 머리가 꼭….

"너, 강아지 같은 거 알아?"

전부터 생각했던 말이 무심코 입 밖으로 튀어나왔다.

때마침 새 맥주가 나왔다. 나는 눈이 부셔 시선을 피하는 사람처럼 맥주잔으로 눈을 돌렸다. 맥주의 노란 금빛이 예전에 보던 노을과 닮았다. 그 노을을 함께 보던 그의 이름은….

"다쿠미… 라는 이름이 싫어."

내가 지금 무슨 소리를 하는 거지? 하지만 생각을 앞지른 말이 제멋대로 흘러나왔다.

여전히 그 여름에 머물러

"예전에 사귀었던 사람 이름이 다쿠미였거든. 성이 아니라 이름이었지만…. 아, 미안해. 괜한 소리를 했네."

멋쩍은 탓에 다소 과장된 몸짓으로 손사래를 쳤다. 남의 이름을 가지고 싶다니, 제정신이 아니다. 얼굴이 화끈 달아올라 어디론가 숨고 싶었다.

"아니요, 계속해 주세요. 더 듣고 싶어요."

처음 보는 진지한 표정이었다. 주문한 빙수가 나왔는데도 그가 내게서 눈을 떼지 않았다.

"그만 됐어. 재미없는 얘기야. 자, 어서 먹고 일어나자."

"좋아해요."

"뭐?"

그때 나는 웃고 있었던 것 같다. 당연히 잘못 들었다고 생각했으니까. 평소보다 많이 마셔서 좀 취했나 싶었다. 하지만 신지로가 자세를 고치며 앞으로 다가앉자, 그제야 내가 무슨 말을 들었는지 제대로 이해했다.

"저, 저기…."

"미카 과장님, 좋아해요. 진심입니다."

그가 새빨갛게 달아오른 얼굴로, 그러면서도 나를 똑바로 바라보며 말했다. 나도 모르게 벌어진 입이 다물어지지 않았다.

살면서 주말 내내 머리만 쥐어뜯으며 보낸 건 처음이었다. 읽다만 책도, 아직 보지 못한 OTT 채널 영화도 눈에 들어오지 않았다. 패밀리 레스토랑에서 신지로에게 들은 말만 머릿속을 뱅뱅 맴돌았다. 농담인지 진담인지도 모르겠고, 혹시 빙수에 술이라도 들었던 건 아닌지 의심도 해 봤다.

그날 그는 "대답은 나중에 하셔도 돼요."라는 말을 덧붙이고는, 언제 그랬냐는 듯 회사 이야기나 자주 하는 요리 이야기를 늘어놓았다. 그날 밤은 그렇게 별일 없이 택시 승강장에서 헤어졌다.

월요일이 되고 나는 바짝 긴장한 채로 출근했지만, 그는 평소처럼 부하 직원으로서 일만 할 뿐이었다. 고백 같은 건 한 적도 없다는 듯한 태연한 모습을 보자 그제야 나도 긴장이 풀렸다.

불행인지 다행인지 산처럼 쌓인 서류들을 처리하느라 평소보다 더 바빴고 눈 깜짝할 사이에 한 주가 지나갔다. 내일은 드디어 백중 연휴의 시작인 금요일이다. 물론 오늘은 야근 확정이었지만.

나는 한숨을 쉬며 탕비실로 가서 커피를 진하게 내렸다.

"안녕!"

탕비실로 들어온 나미 씨가 인사를 건넸다. 오늘도 빈틈없이 완벽하게 꾸민 그녀는 얼마 전 이혼을 했으며, 지금은 싱글이다. 오늘 밤에도 미팅 파티에 참석할 예정이란다. 이번이 몇 번째였더라? 가끔 같이 가자고 권하기도 했지만 내키지 않아서 매번 거절했었다.

"커피 드릴까요?"

"응, 고마워."

나미 씨가 내민 머그잔을 받아 커피를 따랐다.

"그런데 자기야."

"네?"

"신지로가 자기 좋아하는 것 같지 않아?"

순간 손에서 힘이 빠져 커피를 쏟을 뻔했다.

"노, 농담하지 마세요."

"어머, 왜? 나이 차이도 별로 안 나잖아."

의외라는 표정에 어이가 없었다.

"아니에요, 그런 말은 신지로한테도 실례고요. 나미 씨가 잘못 보신 거예요."

내가 머그잔을 떠넘기듯 건네자 그녀가 완강하게 고개를 저었다.

"가끔 신지로가 자기 쳐다볼 때 눈빛이 뜨거울 때가 있다니까."

"감기라도 걸렸나 보죠."

소문 제조기인 나미 씨의 레이더망에 걸리면 그야말로 끝장이다. 전에도 불륜이 의심되는 상사의 소문을 마치 사실인 양 이야기한 전적이 있었다. 애초에 싹을 잘라야 한다.

"상상은 자유지만 여기는 직장이에요. 신입이랑은 상사와 부하 직원, 그 이상도 이하도 아닙니다."

"아니 왜? 신지로 정도면 괜찮지 않아? 게다가 장남도 아니라

던데."

직격탄을 날렸는데 그대로 튕겨 되돌아온 기분이다. 하…. 나는 짜증 섞인 한숨을 짧게 뱉고 그녀에게 얼굴을 바짝 들이댔다.

"그런 뜻이 아니에요. 그리고 애당초 연애에 관심도 없고요."

"도대체 왜? 인생 상담 필요하면 말해."

웃기는 소리, 나미 씨에게 말하면 회사 전체에 퍼지기까지 하루면 충분하다.

"괜찮아요, 저는 제가 제일 잘 아니까요."

아무리 웃으며 적당히 넘기려 해도 그녀는 아랑곳하지 않고 고개를 절레절레 흔들었다.

"아니지. 그럼, 안 돼. 연애도 젊을 때 해야지."

"하더라도 신입은 아니죠."

"아, 그래! 다음에 신지로랑 술이라도 한잔해. 서로 좀 알아가다 보면 달라질 걸."

끈질기게 물고 늘어지는 나미 씨에게 얼마 전 둘이 패밀리 레스토랑에 갔었다는 사실은 절대 들켜서는 안 된다. 신지로가 고백했다는 사실은 더더욱.

"나미 씨, 저랑 게임 하나 하실래요?"

곤란한 상황에서 벗어날 때 유용한 게임, 실로 오랜만에 꺼내든 방법이었다.

"눈을 감고 일 분만 세는 거예요. 자, 시작합니다. 시작!"

"일, 이…."

나미 씨는 시작을 외치자마자 눈을 감고 순순히 숫자를 세기 시작했고, 나는 그 틈에 슬쩍 탕비실을 빠져나왔다. 나중에 화를 내도 대충 얼버무리면 그만이다.

그런데 탕비실 앞에서 예상치 못한 얼굴을 마주했다. 신지로였다. 음료수를 들고 서 있던 그는 나와 눈이 마주치자 자연스레 웃으며 인사하고는 자기 자리로 돌아갔다.

설마 방금 한 말…, 들었을까?

야근은 회사원의 숙명인지도 모른다. 하지만 내일 아침 일찍 기차표를 예매해 두었으니 오늘 저녁만큼은 최대한 일찍 퇴근해야 한다. 이제 하나만 더 처리하면 끝이다.

"팔 부 능선은 넘었네요."

갑자기 들린 신지로의 목소리에 흠칫 놀랐다.

"응? 아, 그러네. 이제 끝이 보이네."

바쁜 척 일부러 키보드를 빠르게 두드렸다. 내 머릿속을 그대로 꿰뚫어본 듯한 말에 괜히 낯이 뜨거워졌다. 어둑한 사무실 안, 우리 머리 위 조명만이 스포트라이트처럼 환하게 빛나고 있었다. 오늘도 마지막까지 남은 사람은 나와 신지로뿐이다.

사무실에 단둘이 있다고 생각하니 갑자기 불편해졌다. 이게 다 지난번 고백 때문이다. 그날 이후로 그 일이 머릿속을 떠나지 않앉다. 도대체 내가 왜 좋을까? 어쩌면 그저 자기보다 나이 많은 여자가 빈틈없어 보이는 모습이 특별해 보였는지도 모른다. 그러니 어른답게 아무 말이라도 해서 나는 전혀 개의치 않는다는 인상을 심어 줄 필요가 있었다. 마치 내가 나를 채찍질하는 기분이다.

"연휴에는 뭐해?"

복사기로 향하면서 자연스레 묻자 그가 가볍게 웃었다.

"과장님이 개인적인 일을 묻다니, 해가 서쪽에서 뜨겠는데요? 백중에는-."

막상 그의 대답은 복사기가 보고서를 토해내는 소리에 섞여 잘 들리지 않았다. 나는 자리로 돌아가 다시 한번 서류를 훑어보고 신지로에게 건넸다.

"확인 부탁해."

"네, 내일 몇 시 기차 타세요?"

그가 공손하게 두 손으로 서류를 받아 들고 모니터로 눈을 돌렸다.

"아침 첫 차야. 여섯 시 반이었나? 자, 조금만 더 힘내자. 얼른 끝내고 퇴근해야지."

"네, 패밀리 레스토랑도 가야 하니까요."

순간 흠칫 놀라 옆을 바라봤지만, 그는 쉬지 않고 마우스만 클릭하고 있었다. 모니터에서 나온 불빛이 그의 얼굴을 비췄다. 이유는 모르겠지만 어쩐지 남자다워 보였다.

여전히 그 여름에 머물러

"아… 오늘은 못 갈 것 같은데."

조심스럽게 말을 꺼냈더니 그가 놀란 얼굴로 고개를 돌렸다. 상처받은 듯한 표정에 가슴이 뜨끔했다.

"잠깐이면 되니까 시간 좀 내 주세요."

"아, 저기. 지난번에 한 말 말인데—"

"일단 일부터 끝내시죠. 얘기는 나중에 천천히 하고."

내 말을 끊은 그가 손에 든 자료로 눈을 돌렸다. 손가락으로 한 문장 한 문장 따라가며 중얼거리기 시작했다.

그의 마음이 진심이라면 거절할 생각이었다. 일부러 소리 내어 크게 숨을 들이켜도 봤지만, 그에게는 들리지 않는 모양이었다. 난감해진 나는 손을 멈추고 잠시 생각했다. 그의 말대로 일하는 중에 나눌 이야기가 아니기는 했다.

내 마음을 전하면 분명 상처받겠지? 하지만 내가 다시 누군가를 사랑한다는 건 있을 수 없는 일이다.

아…. 생각이 거기에 미치자 그제야 깨달았다. 나는 아직도… 다쿠미를 잊지 못했다. 과거의 사랑에 얽매여 지금을 살지 못하고 있다. 내 마음은 아직도 그 여름에 멈춰 있었다. 다시금 확인받은 현실에 슬픔만 더욱 짙어졌다.

이번에도 나는 생맥주를, 신지로는 음료 바에서 콜라를 가져와 형식적으로나마 건배를 하고 나니 이미 밤 열 시를 넘긴 시간이었다. 내일부터 백중 연휴라 그런지 가게 안은 비교적 한산했다.

"드디어 연휴네요."

일이 끝나자마자 신지로는 평소처럼 해맑은 모습으로 돌아왔다. 설렘 가득한 표정으로 산더미같이 쌓인 감자튀김을 입안 가득 넣고 맛있게도 먹는다.

"집에 오랜만에 가는 거라 좀 긴장되네."

내가 한 손에 맥주잔을 들고 작게 한숨을 쉬자, 신지로가 의외라는 듯 말했다.

"미카 과장님도 어려워하시는 일이 다 있네요. 부장님께 싫은 소리를 들어도 항상 백 배로 되돌려 주시면서."

"내가 무슨 천하무적 원더우먼이라도 된다는 듯이 말하지 마."

"또 있어요. 입사 삼 일 된 사원이 사장님 앞에서 당당하게 반론을 제기한 일화는 모르는 사람이 없죠."

"그건 얘기가 과장된 거야. 그냥 내 생각을 말씀드렸을 뿐이었어."

듣기 싫다는 듯 샐러드를 찍어 입에 넣었지만, 아까부터 이야기가 겉돌고 있다는 건 알고 있다. 하지만 그의 고백에 대답해야 한다고 생각하면 마음이 착잡해졌다.

게다가 요즘 자꾸만 떠오르는 다쿠미 생각이 기분을 더 우울하게 만들었다. 떠올리고 싶지 않아서 도망쳤는데 정신을 차려 보면 그의 환영이 바로 옆에 있었다. 내일부터 드디어 연휴인데 양쪽에서 몰아붙이는 통에 마음이 온통 잿빛이다.

"과장님, 너무 긴장하지 마세요."

"누, 누가… 긴장했다고 그래?"

눈을 맞추자 신지로가 살짝 고개를 숙였다.

"죄송합니다. 제가 한 고백 때문에 곤란하셨죠."

차분한 표정으로 사과하는 그를 보며, 아무 말도 하지 못하고 고개만 저었다. 신지로가 잠시 말을 멈췄다가 잠깐 기다려달라는 말을 남기고 음료 바 쪽으로 사라졌다.

바늘방석이 따로 없네. 샐러드 속 녹색 잎사귀를 포크로 뒤적거리며 생각했다. 대답을 미루고 찝찝한 상태로 연휴를 보내느니 여기서 확실하게 거절하고 싶었다. 그래야 신지로도 연휴 동안 마음을 정리할 수 있지 않을까?

마음을 정한 나는 컵 가득 콜라를 받아 온 그가 자리에 앉기를 기다렸다가 입을 열었다.

"있잖아…."

그가 대뜸 고개를 저었다.

"대답을 듣기 전에 한 가지만 물어봐도 돼요?"

그때 점원이 새 맥주를 가져왔다. 신지로가 주문한 모양이었다.

"단, 솔직하게 대답해 주셔야 해요. 그래야 저도 깨끗하게 포기할 수 있으니까요."

"솔직하게? 뭐가 궁금한데?"

"중요한 부탁이에요."

그의 표정이 사뭇 진지해서 나도 모르게 고개를 끄덕였다. 테이블로 시선을 내렸던 신지로가 천천히 고개를 들었다.

"다쿠미 씨 이야기를 듣고 싶어요."

"뭐…? 싫어."

고개를 가로저으며 완강하게 거부의 뜻을 표현했지만, 그는 나를 똑바로 응시한 채로 꿈쩍도 하지 않았다. 일단 맥주잔을 들어 목을 축이고 애써 빙긋 웃어 보였다.

"남의 연애 얘기는 들어서 뭐 하게. 그런 건 예민한 부분이라고. 차라리 다른 걸 물어봐."

"계속 지나간 사랑에 얽매여 사실 거예요?"

"얽매이다니, 누가? 신입, 너 좀 무례하다."

살짝 목소리를 높였다. 꿈틀거리며 요동치는 마음을 외면하기 힘들었다.

"말하고 싶지 않아."

다시 한번 거부한 나는 테이블이 쿵, 하고 울리게 맥주잔을 내려놓았다.

"그렇군요."

바로 그때 고개를 숙이고 있던 신지로의 눈에서 툭, 하고 눈물이 떨어졌다. 테이블 위로 떨어진 눈물방울이 산산이 깨져 버렸다.

"자, 잠깐만…. 신입, 지금 울어?"

"꼭 듣고 싶어요."

떨리는 목소리가 심상치 않았다. 신지로는 눈물이 그렁하게 들어찬 눈으로 말을 잇지 못하는 나를 조용히 바라보기만 했다.

도대체 왜 우는지는 이해할 수 없으면서도 그의 눈에 맺혀 있는 슬픔에서 눈을 뗄 수가 없었다.

"슬퍼하는 과장님을 보는 게 괴로워요."

손바닥으로 눈물을 닦는 그의 모습에 나도 모르게 시선을 떨궜다. 원래라면 절대 하지 않았을 얘기다. 하지만 그의 말대로 지금도 생생하게 떠오르는 과거의 장면들 때문에 괴로운 것 또한 사실이었다.

고향 집에 가면 기억은 더 선명하게 살아날 테고 그렇다면… 차라리 지금 속 시원하게 쏟아내는 편이 좋을지도 몰랐다.

"시시한 얘기야."

마음을 굳게 먹고 꺼낸 말에 그가 여러 번 고개를 주억이며 코를 훌쩍였다.

누구에게도 말한 적 없는 내 과거를 꺼내 놓으려니 몸 안의 산소가 바닥나는 기분이었다.

"우리는… 고등학교 이 학년 봄에 처음 만났어."

막 열일곱 살이 된 사월의 어느 날, 벌써 십 년도 더 지난 이야기다. 벚꽃 나무가 보이던 교실에서 나는 그를 처음 만났다.

* * *

올해는 벚꽃이 늦게 피었다지만, 운 좋게도 내 자리에서는 교정에 딱 한 그루 심어진 벚꽃 나무가 잘 보였다.

"미카, 안녕!"

고개를 돌리자 데라다 미치에가 걸어오고 있었다. 짧게 자른 머리가 아침 햇살을 받아 반짝였다.

"또 같은 반이네. 잘됐다."

미치에는 한동안 수다를 떨다가 좌석표에 적힌 자기 자리로 가서 앉았다.

한 학년에 세 학급밖에 없는 학교라 반이 바뀌어도 절반 정도는 아는 얼굴이었다. 어차피 지역 공립 고등학교라 나머지 반도 한 번쯤은 본 적이 있는 얼굴들이지만. 내 자리는 창가 쪽 맨 뒤였다. 신학기부터 운이 좋았다.

중학교 때는 통학길이 등산로나 마찬가지라 힘들었지만, 고등학교는 집에서 가깝기도 했다. 절로 나오는 콧노래를 부르며 다시 벚꽃 나무를 바라봤다. 멀리 하마나호가 보이고 그 위로 드넓은 하늘이 펼쳐져 있었다. 둘 다 푸른색이지만 농도가 달라 경계가 분명했다.

나는 이곳이 좋았다. 미치에는 전부터 대학은 도쿄로 갈 거라는 말을 입에 달고 살았지만, 나는 계속 여기에 있고 싶었다. 집에서 가까운 전문대학에 입학해서 편하게 다닐 생각이었고, 취업도 집에서 다닐 수 있는 곳으로 할 생각이다. 다른 사람들 눈에는 꿈이 너무 작아 보일지 모르지만, 그것이 내가 바라는 미래였다.

덜컹.

오른쪽에서 의자 끄는 소리가 들려서 돌아봤다. 긴 앞머리로 가린 하얀 얼굴에 무테안경을 쓴 남학생이 나를 보고 고개를 까딱하고는 자리에 앉았다.

처음 보는 얼굴… 아니다, 본 적이 있다. 그러니까… 사립 중학교에서 우리 고등학교로 진학했다는 남학생이 분명했다.

"난 야마다 미카야. 잘 부탁해."

내가 자기소개를 하자 그 애가 살짝 놀란 얼굴로 작게 더듬거렸다. 자기도 목소리가 작다고 느꼈던지 "크흠" 하고 헛기침으로 목을 가다듬고 다시 말했다.

"안도 다쿠미야. 잘 부탁해."

"응, 나도."

싱긋 웃으며 대답한 나는 이제 봤다는 듯이 책상에 놓여 있던 인쇄물을 집었다. 왠지 모르게 뺨에서 희미한 열감이 느껴졌다. 눈에 확 띄는 멋진 스타일도 아니었다. 굳이 말하자면 초식남에 속하는 부류랄까? 곁눈으로 슬쩍 확인하니 그 애도 인쇄물을 읽고 있었다.

나는 쌍꺼풀이 진한 눈을 좋아하는데, 다쿠미는 쌍꺼풀이 없었다. 마른 체형에 근육이 탄탄한 몸도 아니었다. 게다가 나는 짧은 머리가 좋았지만, 그 애는 머리가 길었다. 그런데도 왜 신경이 쓰이는지 나로서도 이해할 수 없었다. 우리는 그렇게 처음 만났다.

그리고 일 년간 우리 사이는 아무런 진전도 없었다. 다쿠미는 필요 이상으로 말을 걸어오지도 않았고, 나 역시 그저 평범하게 대했다. 당시 내 감정이 어땠는지는 솔직히 말해 기억나지 않는다. 드라마에서처럼 보자마자 첫눈에 반한 것도 아니고 그저 같은 반 친구로 지냈을 뿐이다.

그런 우리 사이에 조금씩 변화가 생기기 시작한 건 삼 학년이 되고 칠월에 접어들었을 무렵이었다. 나는 평소처럼 미치에와 교문 근처에서 수다를 떨었다. 그날 노을이 참 예뻤던 걸로 기억한다. 주홍빛으로 물든 하늘에 떠 있는 구름이 금빛으로 빛나고 있었다.

"나, 궁금한 게 있는데."

미치에가 얼마 전부터 기르기 시작한 머리를 쓸어 넘기며 무심하게 물었다.

"기말고사 얘기라면 나도 공부 안 했으니까 안심해."

"그게 아니라, 넌 좋아하는 사람 없어?"

미치에는 삼 학년이 되고 옆 반 기타바야시와 사귀기 시작했다. 갑자기 분위기가 어른스러워지고 화장법도 달라졌다. 사랑을 하면 생각이 한쪽으로만 치우치는 걸까? 그즈음 미치에는 툭하면 연애론을 늘어놓곤 했다.

"그만 좀 해. 좋아하는 사람이 있으면 벌써 얘기했지."

내가 눈살을 찌푸리자 미치에가 큰 소리로 웃었다. 나는 그때도 내 마음을 알지 못했다.

"있잖아. 내 남자 친구가 그러는데…."

"응."

"네가 항상 다쿠미를 보고 있다고 하더라."

그 말을 들은 순간 머릿속이 새하얗게 지워졌다. 숨이 턱 막히고 심장이 터질 듯이 세차게 뛰었다. 아니라고 해야 하는데, 그렇게 생각하면 생각할수록 가슴속 깊은 곳에서 감정이 한꺼번에 솟구쳐 나올 것 같아서 꾹 다문 입을 열 수 없었다.

다쿠미는 내게 먼저 말을 거는 법이 없었다. 항상 내가 먼저였다. 다쿠미는 내가 좋아하는 스타일도 아니다. 나는 마른 사람을 싫어하고 머리도 너무 길다. 붙임성도 없고 지나치게 성실한 점도 별로다. 그런데 왜…. 아니라고 부정하기에는 공백이 길어졌고, 그렇다고 무슨 말을 해야 할지도 알 수 없었다.

"아니, 나는…."

미치에가 내 어깨에 손을 올려 다독였지만, 전력 질주한 사람처럼 심장이 찢어질 듯 아팠다.

"괜찮아."

미치에가 내 머리를 가볍게 쓰다듬었다. 왜 울고 싶을까? 왜 코가 찡하게 아픈 거지?

사실 답은 알고 있다. 나도 이미 알고 있었다.

"나… 다쿠미를 좋아하는 걸까?"

내가 묻자 미치에가 눈을 동그랗게 떴다.

"그걸 왜 나한테 물어? 네 마음이잖아."

맞는 말이다. 흥분이 조금 가라앉았다. 차분히 그를 좋아하지 않는 이유를 꼽아보려 해도 조금 전에 생각했던 부분들이 하나도 입 밖으로 나오지 않았다. 대신….

"다쿠미 목소리가 좋은 건지도 몰라."

낮게 깔리는 그 애의 목소리는 언제나 기분 좋게 귓가를 파고들었다.

"그리고 차분한 분위기도."

소란스러운 다른 남자애들과 달리 그의 주변 공기는 늘 고요했다.

"상냥한 점도."

다쿠미는 과묵했지만 늘 상냥했다. 눈물이 툭 떨어졌다. 슬퍼서도 아니고 기뻐서도 아니다. 그저 답답한 마음을 참을 수가 없었다. 아무 말 없이 고개 숙인 내 옆을 지키던 미치에가 울먹였다.

"내가 괜한 소리를 했나 봐. 미안해."

나는 다쿠미를 좋아하고 있었다. 1년 넘게 옆에 있었는데 어째서 몰랐을까?

고백했을 때 내가 들은 대답은 "응." 뿐이었다. 그날은 여름방학 중에 등교하는 유일한 날이었다. 하지만 다쿠미는 그저 고개만 끄덕였다.

"응, 이라니… 무슨 뜻이야?"

의미를 알 수 없어서 묻자 그가 난처하다는 듯 하늘을 올려다봤다. 파란 하늘을 배경으로 서 있는 그 애가 한 폭의 그림 같았다.

"우리, 사귈까?"

"응?"

"그러니까…, 아, 됐어."

고개를 돌린 그 애의 뺨이 붉었다.

"뭐라고? 지금 한 말 다시 한번만 해 줄래?"

부끄럽다는 듯 등을 돌린 다쿠미가 눈앞에 있는 이 현실이 마치 꿈만 같았다. 내가 집요하게 붙잡고 늘어지자 그가 불쑥 눈을 감으라고 말했다.

"눈을?"

"일 분 세기 게임이야. 숫자를 다 셀 때까지 절대 눈을 뜨면 안 돼."

"무서워."

"뭐가 무서워. 일 분 후에 눈을 뜨면 선물이 있을 거야."

그렇게 말하면 감을 수밖에 없었다. 나는 두 손으로 얼굴을 가리고 눈을 감았다.

"일, 이…."

소리 내어 숫자를 셌다. 깜깜한 암흑 속에서 조금 전 다쿠미가 했던 말을 떠올렸다. 좋아하는 사람과 커플이 되다니, 볼이 화끈거리고 가슴이 벅차 터질 것 같았다.

"육십!"

하지만 마지막 숫자를 외친 후에도 다쿠미는 아무 말이 없었다.

"이제 눈 떠도 돼?"

물어봐도 바람 소리만 들릴 뿐이었다.

"다쿠미?"

눈을 떴을 때 그 애는 없었다.

"뭐야, 너무해…."

툴툴거리며 벤치를 돌아보니 조금 전까지 다쿠미가 앉아 있던 자리에 노란 쪽지가 붙어 있었다. 매직으로 쓴 글자가 보였다.

널 좋아해. - 다쿠미

꼼꼼한 성격답게 한 자 한 자 정성 들여 쓴 글자였다. 고작 쪽지로 받은 고백이었지만 나는 소리까지 지르며 기쁨을 감추지 못했다.

그날부터 우리는 끝나 가는 여름방학을 아쉬워하며 매일 만났다. 약속 장소는 우리 집에서 가까운 슨자역이었고, 둥근 벤치에서 넓은 하늘과 호수를 바라보며 이야기를 나눴다. 말이 없다고 생각했던 그 애가 내 앞에서는 많은 얘기를 했다. 목소리는 언제

나처럼 다정했고 내 입가에는 미소가 떠나지 않았다.

계절들이 빠르게 흘러갔다. 우리는 각자 다른 대학에 진학했고 졸업 후에는 둘 다 가까운 회사에 취직했다.

일 분 세기 게임은 우리 사이의 약속 같은 놀이가 됐다. 밸런타인데이에는 내가 초콜릿을 선물했고, 내 생일에는 그가 반지를 선물했다. 둘만의 기념일에는 서로의 눈을 가리고 함께 숫자를 세기도 했다. 눈을 감고 있을 때 두근두근 설레는 마음과 눈을 떴을 때 마주하는 깜짝 선물도 좋았지만, 무엇보다 언제나 다정하게 웃고 있는 그가 있어 행복했다. 몇 년을 사귀었지만 나는 변함없이 다쿠미가 좋았다.

사회인이 되고 일 년이 지났을 때 누가 먼저랄 것 없이 자연스럽게 결혼 이야기가 오갔다. 내게는 그와의 결혼이 당연했고, 다쿠미에게도 그랬다. 팔월의 어느 날 오후, 그 일이 일어나기 전까지….

만난 지 사 주년이 되는 그날은 아침부터 비가 내렸다. 핸드폰이 여러 번 울렸지만 회의 중이라 받지 못했다. 길어지던 회의가 오후 세 시가 되어서야 끝났을 때 핸드폰을 확인하니 다쿠미 어머니에게서 전화가 여러 번 걸려 왔었다.

핸드폰을 들고 회사 현관 밖으로 나갔을 때도 거센 비가 아스팔트를 때리고 있었다. 통화 버튼을 누르자 바로 전화가 연결됐다.

"어머니, 죄송해요. 회의가 길어져서 전화를-."

말을 끝까지 이을 수 없었다. 어머니의 울음소리 때문이었다.

"다쿠미가…."

빗소리에 삼켜질 만큼 작은 목소리였다. 귀에 댄 핸드폰에 온 신경을 집중해도 들리는 건 흐느끼는 울음소리뿐이었다.

"다쿠미가 왜요? 혹시 어디 다쳤어요?"

"아아! 어쩌면 좋니!"

한순간에 몸 안의 피가 싸늘하게 식었다. 무언가 끔찍한 일이 벌어진 것이 분명했다.

"다쿠미가 일하던 중에 쓰러졌어. 구급차가 회사에 도착했을 때는 이미 숨이…."

"다쿠미가…. 그러니까 다쿠미 지금 어디 있어요? 좀 바꿔 주세요."

촤악-. 차가 고인 물을 흩뿌리며 빠르게 지나갔다.

"이미 늦었다. 갔어."

"어머니, 다쿠미 좀 바꿔 주세요."

"숨을 거뒀다. 그 애가… 죽었어."

그 뒤로는 모든 기억이 흐릿하다. 그날의 빗소리만이 계속 귓가에 맴돌았다.

혼자서 그와 함께했던 일 분 세기 게임을 하고 또 했다. 육십 초를 세고 나서 눈을 뜨면 그가 있을 것만 같았다. "놀랐지?"라며 수줍게 웃으면 다 용서할 수 있는데….

여전히 그 여름에 머물러

숫자를 세고 또 세도, 눈을 수없이 감았다 떠도… 다쿠미는 없었다. 심근경색이라는 병이 그를 하늘로 데려갔다. 그렇게 나는 세상에 홀로 남겨졌다.

***

후유-. 길게 숨을 내쉰 나는 눈부신 오렌지색 조명을 피해 눈을 감았다. 간단히 끝낼 생각이었는데 막상 시작하니 다쿠미와의 추억이 끊임없이 떠올라 이야기가 길어졌다.

"여기까지가 내 과거 연애사야. 시시할 거라고 그랬잖아."

"그렇지 않아요."

목소리가 이상해 앞을 보았더니 신지로가 눈물을 뚝뚝 흘리고 있었다.

"뭐야, 네가 왜 울어?"

"괴로운 기억을 떠올리게 해서… 죄송해요."

신지로가 한 손으로 얼굴을 가리고 소리 내어 울자, 다른 손님들까지 눈을 동그랗게 뜨고 흘끔거리기 시작했다.

"진정해. 울어도 내가 울어야지."

"죄송해요."

히끅, 숨을 들이마신 그가 물수건으로 얼굴을 닦았다. 이름은 같은데 성격은 어쩌면 이렇게 다를까. 다쿠미는 감정 표현에 서툰 사람이었지만, 신지로는 감정을 숨김없이 전부 드러낸다.

"이야기하면서 나도 알았어. 아직 그 사람을 잊지 못했다는걸."

신지로가 물수건을 얼굴에 댄 채로 고개를 끄덕였다.

"잊고 싶어도 잊을 수가 없어. 부모님이나 친구들은 다들 시간이 해결해 줄 거라고 했지만, 전혀 그렇지 않았어."

나는 무의식중에 삶을 거부했다. 밥도 먹지 않고 출근도 하지 않았다. 죽고 싶지 않아도 서서히 죽어 가고 있었다. 눈을 감으면 여전히 다쿠미의 숨결이 느껴지는데 눈을 뜨면 없었다.

"그래서 도쿄로 왔어. 사람이 많은 곳에 있으면 잊을 수 있을 줄 알았거든."

묵묵히 살아갈 수는 있었다. 일로도 인정받기 시작했고, 사랑이니 연애니 하는 일에는 관심을 끄고 그저 하루하루 살았다. 학창 시절에 순진했던 모습을 벗어 버리고 다쿠미와 행복했던 시간을 과거에 놓아둔 채로 지금까지 열심히 살아왔다.

하지만 내 시간은 여전히 육 년 전 비 오던 그날에 멈춰 있었다.

"미안해. 즐거운 이야기가 아니라서. 그래도 들어줘서 고마워."

털어놓으면 조금은 편해질 줄 알았는데 조금도 가벼워지지 않았다. 지금도 다쿠미가 옆자리에 있는 것만 같다.

고향 집에 돌아가면 분명 옛이야기가 되겠지. 다들 이제 다 극복했다고 생각할 테고, 다쿠미 어머니를 찾아뵙고 웃는 얼굴을 보여드릴 생각이었다.

여전히 그 여름에 머물러

그때 자세를 고쳐 앉은 신지로가 꾸벅 고개를 숙였다.

"제 부탁 하나 들어 주세요."

나는 바로 손가락으로 가위표를 만들었다.

"부탁은 하나만 할 수 있어. 이미 내 과거를 파헤치는 데 썼으니까 끝이야."

내 말에 휘휘 고개를 저은 신지로가 조금 더 앞으로 당겨 앉았다.

"슨자역이라면 덴류하마나코선이죠? 고향이 하마마쓰라는 건 들었는데 슨자역 근처였군요."

"맞아, 그건 왜?"

"저도 슨자역에 데려가 주세요."

"뭐? 갑자기 그게 무슨 소리야?"

어이가 없어 물었지만, 그는 입을 꾹 다문 채 방금 자신이 한 말을 반추하듯 잠시 생각에 잠겼다. 급변한 분위기에 난감해하고 있는데 그가 결심을 굳혔다는 듯 다시 입을 열었다.

"절 데려가 주시면 다시 한번 다쿠미 씨를 만나게 해 드릴게요."

오랜만에 온 고향 집은 꼭 남의 집 같았다. 집안 전체에서도, 아빠와 엄마의 얼굴에서도 세월의 흔적이 느껴져, 그만큼 내가 오랜만에 돌아왔다는 사실을 실감하게 했다.

엄마는 수다쟁이라도 된 듯 질문 세례를 쏟아냈고, 소파에 앉은 아빠는 주방 식탁에 앉아 있는 나를 슬쩍슬쩍 살폈다.

"그래도 도쿄는 물가가 비싸지?"

물가 얘기는 오늘만 벌써 세 번째다. 예상과 달리 화제는 요즘 내 생활에 관한 얘기들뿐이었다. 어쩌다 우연히 고등학교 친구 얘기만 나와도 엄마가 갑자기 말을 끊고 화제를 돌려 버렸다.

원인은 얼마 전 통화 때문일 터였다. 내가 아직 잊지 못했다는 걸 엄마도 느끼신 거다. 내가 태연한 얼굴로 도쿄 이야기를 하면, 두 사람은 그렇게 재미있는 이야기는 난생처음 듣는다는 듯이 유쾌하게 웃었다.

"이 주변은 그대로네."

창밖의 완만하게 굽은 길 너머로 보이는 슨자 고개의 푸르른 나무들도, 산 너머로 기울어지는 해도 그대로였다.

"그래? 그보다 만주 먹을래?"

"배불러. 맞다! 산마리노는 아직도 있어?"

"글쎄. 요즘은 안 가 봤는데 있지 않을까? 여보, 당신도 만주 먹을래요?"

서둘러 자리에서 일어선 엄마는 또 필사적으로 다른 화제를 찾았다. 아빠까지 똑같이 안절부절못하는 모습을 보니 어쩐지 죄송스러웠다.

"피곤한데 나 그만 씻고 쉬어도 돼?"

"그럴래? 그래. 따뜻한 물에 몸 좀 푹 담가."

한여름에 어울리는 말은 아니었지만, 다행이라는 듯 풀어지는 엄마의 표정에 흔쾌히 고개를 끄덕였다.

　욕조에 들어가 앉으니 원래 이렇게 좁았던가 싶으면서도 마음은 좀 편해졌다.

　"그나저나 난감하네…."

　결국 신지로는 막무가내로 이곳까지 따라왔다. 당연히 집으로 데려오지는 않았다. 지금쯤 하마나호 주변에 있는 민박집에서 지루한 시간을 보내고 있을 거다.

　내가 혼란스러운 이유는 그 때문이 아니다. 패밀리 레스토랑에서 그가 한 충격적인 말을 믿고 싶어 하는 나 자신 때문이었다. 믿는다기보다는 기대고 싶은 마음에 가까웠지만…. 물론 현실적으로 불가능한 일이라는 건 잘 알고, 그에게도 분명 그렇게 말했다.

　─저를 믿어보세요. 아니, 다쿠미 씨를 믿으세요.

　그리고 다음 날, 당연하다는 듯 역 앞에서 기다리고 있었다. 막무가내인 그를 끝까지 말리지 못한 내가 한심할 따름이다.

　혹시라도 정말 만날 수 있다면…. 그런 실낱같은 희망이라도 붙잡고 싶을 만큼 지쳐 버린 건지도 모르겠다.

　양손으로 따뜻한 물을 떠서 얼굴을 묻었다.

　─이곳에 머무는 동안 저녁 시간은 비워 두세요.

　신지로가 한 말은 그것뿐이었다. 이유도 모른다.

　"만날 수 있을 리가 없잖아."

　혼자 멍하니 중얼거리며 물방울이 맺혀 있는 천장을 바라봤다.

육 년 전보다 색이 바래 있었다.

왠지 모르겠지만 해맑게 웃는 신지로의 얼굴이 떠올랐다. 도대체 이런 내가 어디가 좋다는 걸까?

생각해 보면 말도 안 되는 일이다. 업무 실수는 종종 해도 신지로가 인간적으로 좋은 사람이라는 사실은 인정한다. 나름 용기를 내서 고백했을 텐데 단칼에 거절하다니, 나도 참 피도 눈물도 없는 사람이다.

가만히 앉아 있으니 부정적인 생각들만 떠올랐다. 안 되겠다는 생각에 자욱한 김과 함께 도망치듯 욕실을 빠져나왔다. 머리를 말리고 다시 주방으로 돌아왔더니, 아빠는 이미 잠자리에 들었는지 엄마 혼자 계셨다.

엄마가 컵에 보리차를 따라 주고는 슬금슬금 내 눈치를 살폈다.

"너무 걱정하지 마."

"얘는, 누가 걱정을 한다고."

맞은편에 앉는 엄마를 보고 작게 한숨을 내쉬었다.

"내가 잊지 못하고 있다고 걱정하고 있잖아. 다 보여."

"무슨 소린지 모르겠네. 그보다 이 만주 좀 먹어 봐."

엄마가 내민 큼직한 만주는 밋카비역 근처에 있는 화과자 가게에서 파는 귤 만주였다. 얇은 오렌지색 반죽 안에 가득 든 하얀 앙금을 떠올리며 오랜만에 보는 포장지를 물끄러미 바라봤다.

"그대로네. 시간이 이렇게 흘렀는데도 변하지 않았어."

울컥 솟구치는 감정을 간신히 눌러 삼켰다.

다쿠미가 보고 싶었다. 그를 잊고 싶지 않았다. 하지만 이대로 계속 가족에게 걱정만 끼칠 수는 없다. 엄마는 이런 내 마음을 모르지 않을 터였다. 절망에 빠져 있던 날들, 누구보다 가까이에서 나를 지켜 준 사람이었으니까. 일을 핑계로 집에 내려오지 않던 내 마음을, 지금도 다쿠미를 잊지 못하는 내 마음을, 엄마는 전부 이해할 거다.

"엄마가 미안해."

불쑥 들린 목소리에 고개를 들어 보니 엄마가 따뜻한 미소를 머금고 나를 보고 있었다.

"엄마, 아빠가 괜히 호들갑이지?"

"아니야."

"네 마음 이해해. 그런 일을 겪고 어떻게 괜찮겠어. 잊을 수가 없지."

아니라고 말할 수 없었다. 그날 밤 신지로에게 다쿠미 이야기를 한 뒤로 꼭꼭 감춰 둔 감정이 되살아났다.

"도쿄로 가면 잊을 수 있을 줄 알았어. 실제로 바빠서 잊고 지낼 때도 있었지. 그런데 그러다가도 문득 정신을 차려 보면 여전히 제자리더라."

담담하게 말을 이어 갔지만 코끝이 찡하게 울렸다.

"다쿠미가 좀 멋지긴 했지."

육 년 만에 꺼낸 그의 이야기에 마치 과거로 돌아간 기분이었다. 따뜻한 차를 따른 엄마가 두 손으로 찻잔을 꼭 감싸 쥐었다.

"그래도 있잖아. 엄마가 하나만 얘기할게."

"응."

"엄마랑 아빠는 네가 도쿄로 가서 다행이라고 생각해."

귤 만주 포장을 벗기며 "왜?" 하고 물었더니 천천히 차를 한 모금 넘긴 엄마가 다시 말을 이었다.

"살아 줬잖아."

"응?"

"그때는 너도 따라 죽을 것만 같았거든. 그런데 도쿄에서 이렇게 잘살고 있잖아. 집에도 오고. 엄마, 아빠는 그걸로 족해."

울음이 터지려 하는 바람에 오렌지색 만주를 급히 베어 물었다. 그리운 향…, 기억은 만주 향 속에도 살아 있었다.

"그런데, 나… 잊을 수가 없어."

고개를 주억이는 엄마 앞에서 나는 시선을 떨궜다.

"아무리 시간이 지나도 잊을 수가 없어. 나도 이런 내가 싫어. 사실은 오늘도 집에 오고 싶지 않았어."

만약 오늘 아침 신지로가 역에 나타나지 않았더라면, 다른 핑계를 만들어서 집에 돌아오지 않았을지도 몰랐다. 그 정도로 여전히 위태롭게 흔들린다는 사실이 아침부터 마음을 무겁게 짓눌렀다.

"그래도 괜찮아. 살아만 있어 주면 우리는 더 바랄 게 없어."

여전히 그 여름에 머물러

"부모는 원래 그런 거야?"

엄마가 고개를 크게 끄덕였다. 어쩐지 든든했다.

"그리고 얼핏 다 그대로인 것처럼 보이지만 변하기는 했어. 이것 좀 볼래?"

엄마가 귤 만주를 들어 보였다.

"이 만주, 옛날보다 작아지지 않았어? 가게가 좀 어려워졌나 봐."

장난기 가득한 엄마의 눈빛에 결국 웃음이 터졌다. 어깨를 무겁게 짓누르던 짐이 조금은 가벼워진 듯도 했다.

다음 날부터는 계속 비가 내렸다. 신지로에게 여러 번 문자 메시지를 보냈다. 혼자 있을 걸 생각하면 미안하기도 하고, 저녁때가 되어도 연락이 없으니 아무래도 신경이 쓰일 수밖에 없었다.

그때마다 그는 하마마쓰역에 있거나 프루트파크라는 과수원에 있었고, 근처 유원지에도 다녀왔단다.

비는 고향 집에 내려온 지 나흘째 되던 날 오후가 지나서야 그쳤다. 하늘은 아직 흐렸지만, 오늘은 미치에를 만나기로 했다.

하마나코사쿠메역 근처 카페에는 손님이 거의 없었다. 원래라면 가장 가까운 역 근처에 있는 산마리노에서 만났겠지만, 그곳에는 다쿠미와 함께했던 추억이 너무 많았다. 동아리 활동을 하지 않았던 우리는 자주 슨자역에서 하늘과 바다를 보며 시간을 보내다가 하마나호 둘레길에 있는 산마리노에 갔었다. 미치에도 그걸 기억하는지 먼저 산마리노 얘기를 꺼내지는 않았다.

미치에와는 다쿠미 장례식 이후로 만나지 못했다. 얼굴을 마주할 용기가 도저히 나지 않았다.

오랜만에 본 친구는 짧게 자른 헤어스타일 덕분인지 전보다 더 생기 넘쳐 보였다. 미치에가 올겨울에 결혼한다며 행복한 표정으로 약혼자의 사진을 보여 주었다.

"기타바야시 아니네?"

"야, 어디 가서 그런 말 하지 마라."

두 사람이 헤어졌다는 사실은 물론 알고 있었다. 대학교 때 미치에가 냉정하게 차 버렸다는 사실도. 그때는 다쿠미도 살아 있었는데….

"그런데 넌 왜 하마마쓰로 돌아왔어? 도쿄에서 직장 생활하고 싶어 했잖아."

도쿄에 있는 사 년제 대학을 졸업한 미치에는 마치 나와 교대하듯 하마마쓰로 돌아왔다.

미치에가 아이스커피를 쭉 빨아들이더니 고개를 갸웃했다.

"글쎄, 그냥 이유 없이 하마나호가 너무 보고 싶더라고. 한번 그런 생각이 드니까 돌아오고 싶어서 참을 수가 없었어."

"아, 그 마음 나도 알 것 같아. 나도 가끔 하마나호의 바다같이 넓고 잔잔한 물결이 그리울 때가 있어."

"그러는 너야말로 도쿄 물 먹은 티가 확 나는걸. 몰라보게 세련

돼졌어."

"놀리지 마. 나는 그냥 도쿄로 도망쳤을 뿐이잖아."

어…? 나 지금, 웃었어? 이런 얘기를 하면서? 불쑥 든 생각에 미치에를 보니 그녀도 벌어진 입을 다물지 못하고 있었다.

"다행이다. 이제 편하게 얘기할 수 있게 됐구나."

"글쎄…. 사실 나도 처음이야."

"기뻐."

한마디로 짧게 마음을 표현한 미치에의 눈가가 촉촉해졌다.

"나, 사실 계속 걱정했어. 보러 갈까도 생각했는데 괜히 너, 마음만 아플까 봐…. 그래서 지금 너무 기뻐."

"나도."

도쿄가 나를 살렸다. 그렇게 생각하니 회사 창문으로 보이던 좁은 하늘도 왠지 사랑스럽게 느껴졌다. 그렇게 오기 싫었던 고향이었지만 막상 돌아와 보니 그동안 내가 변했다는 사실을 실감할 수 있었다.

결혼식장을 보러 가야 한다는 미치에와 카페 앞에서 헤어진 시간은 오후 세 시였다. 조금 전까지 흐렸던 하늘이 어느새 화창하게 개어 있었다.

이제 뭘 하지? 멍하니 그런 생각을 하고 있을 때 기다렸다는 듯 핸드폰이 울렸다. 화면에 선명하게 '신지로'의 이름이 떴다.

"날이 활짝 갰어요."

대뜸 그렇게 통화를 시작한 신지로에게 "그래."라고 대답하며 발걸음을 옮겼다. 갑자기 뜨거워진 아스팔트 위로 신기루가 아른거렸다.

"과장님, 산마리노라는 카페 아세요?"

그의 입에서 나온 산마리노라는 이름에 흠칫 놀랐다.

"지금 이쪽으로 오시겠어요? 저는 이미 와 있어요."

"그럼….'

쿵쿵, 심장이 크게 고동쳤다.

"네, 약속을 지키려고요. 다쿠미 씨 만나러 가요."

낮게 울린 그의 목소리가 어딘지 다쿠미의 목소리와 닮아 있었다.

하마나호처럼 바닷물과 민물이 섞인 호수를 '기수호汽水湖'라고 한다. 호수에서 불어오는 바닷바람 때문일까? 산마리노는 예전보다 적막했다.

하지만 안으로 들어가려고 문을 연 순간, 그 자리에 우뚝 멈춰 섰다. 벽에 걸린 그림과 카운터 쪽 수조에서 헤엄치는 금붕어, 창가에 올려둔 선인장들까지 다 그대로였다. 마치 과거로 소환된 것처럼. 어디선가 홀연히 다쿠미가 나타날 것만 같아 숨이 턱 막혔다.

"어서 오세요."

마스터는 나를 기억하지 못하는지 처음 보는 손님을 대하듯 상냥하게 웃으며 정중히 고개를 숙였다.

"일행이 있어요."

내 말에 그가 한 손으로 창가 쪽 자리를 가리켰다. 손끝을 따라가니 사 인용 테이블에 홀로 앉아 있는 신지로가 보였다.

"오랜만입니다, 과장님."

다가가 맞은편에 앉으려는데 그가 먼저 인사를 건넸다. 인사에 답하려고 그의 얼굴을 쳐다보다가 그만 풋, 하고 웃음이 터져 버렸다.

"어떻게 된 거야? 새까매졌네."

"낚시에 푹 빠졌어요. 조금 전까지 벤텐지마 해변에서 수영하고 있었고요."

씩, 하고 벌어진 입술 사이로 새하얀 이가 도드라졌다. 나름 즐겁게 보냈다니 다행이다.

메뉴판도 옛날 그대로였다. 반가운 마음에 천천히 페이지를 넘기려는데 다시 신지로의 목소리가 들렸다.

"제가 미리 주문했어요."

"그래? 뭐로? 설마 대낮부터 맥주는 아니지?"

"그럼요. 이곳 대표 메뉴, 점보 푸딩으로 주문했죠."

점보 푸딩은 산마리노의 대표 메뉴로, 나 역시 즐겨 먹었었다. 주머니 사정이 넉넉지 않았던 그때, 점보 푸딩과 탄산음료를 하나씩 주문해서 같이 나눠 먹곤 했는데…. 우리가 자주 앉았던 미팅 룸 앞쪽 테이블도 그대로였다. 그 자리에서 참고서를 넘기던 다쿠미의 모습이 눈앞에 그려졌지만, 지금은 한 가족이 앉아 파르페를 먹고 있었다.

잠시 후 마스터가 점보 푸딩과 아이스커피를 하나씩 놓자, 신지로가 갑자기 꾸뻑 고개를 숙였다.

"지난번에는 감사했습니다."

"아닙니다."

여기도 와 본 건가? 그의 행동력에 내심 감탄하던 찰나에, 나를 보는 마스터의 시선이 느껴졌다.

"오랜만에 오셨네요."

"아… 저를 기억하세요?"

설마 하며 눈을 동그랗게 뜬 나를 향해 그가 지그시 웃었다.

"단골손님을 잊을 리가요. 그사이 멋진 어른이 되었군요."

그때 가게 문이 열리고 다른 손님이 들어왔다.

"꼭 만날 수 있을 겁니다."

마스터가 말했다. 손님에게 자리를 안내하기 위해 황급히 자리를 뜨면서 분명 그렇게 말했다.

만날 수 있다고? 무슨 뜻이지? 설마… 다쿠미를?

그 와중에 신지로는 푸딩을 입에 넣고는 감탄하듯 몸을 부르르 떨었다.

"저기…."

여전히 그 여름에 머물러

"얘기는 나중에 하죠. 일단 드세요. 진짜, 엄청 맛있어요."

"아, 응."

얼떨결에 나도 푸딩을 떠서 입에 넣었다. 그때 가게 밖 주차장에 오도카니 앉아 있는 검은 고양이가 눈에 들어왔다. 노란색 목걸이를 한 채 물끄러미 나를 바라보고 있었다. 고양이 뒤로 호수가 보였고 더 멀리 숲과 작은 산이 있었다.

나는 오랜만에 마주한 점보 푸딩을 크게 한 스푼 떠 올렸다. 스푼 위에서 경쾌하게 춤추는 푸딩을 입에 넣었을 뿐인데 어찌 된 일인지 울컥 슬픔이 북받쳤다.

우리는 해가 지기 시작할 무렵, 카페에서 나왔다. 한낮의 열기는 아직 식지 않았고 산에서 들리는 매미 소리가 돌림노래처럼 이어졌다.

"이쪽이에요."

이 길은 슨자역으로 가는 지름길이었고, 조금 전 내가 걸어온 길이다. 인도를 따라 조금 올라가면 슨자역이 있다. 앞이 탁 트인 슨자역에서 내려다보던 풍경을 도쿄에서도 자주 떠올리곤 했다. 아무도 없는 승강장과 넓게 펼쳐진 파란 하늘, 그리고 호수.

"와, 경치가 정말 멋진데요. 하늘도 바다도 진짜 넓어서 온통 파란색밖에 안 보여요!"

감탄을 쏟아내며 좋아하는 신지로의 모습 위로 다쿠미가 겹쳐 보였다. 다쿠미 신지로와 안도 다쿠미는 같은 '다쿠미'이지만 조금도 닮지 않았다. 그런데도 나는 지금 무슨 생각을 하는 걸까?

처음으로 다쿠미를 배신했다는 죄책감을 느꼈다. 그때 내가 무슨 생각을 하는지 알 리 없는 신지로가 승강장 안 벤치 하나를 툭툭 치며 말했다.

"여기요. 이 벤치예요."

"만남의 벤치잖아? 예전에 여기 자주 앉았었는데…."

나무로 만들어진 벤치는 한 곳이 움푹 패어 군데군데 빗물이 고여 있었다. 신지로가 의자 위에 봉지를 깔고 그 위에 다시 손수건을 올렸다.

"자, 이제 앉으세요."

자리를 가리키는 그를 보며 고개를 갸웃했다.

"앉으라고?"

"어서요. 다쿠미 씨를 만나야죠."

흔들리지 않는 그의 단호한 어조에 눌리듯 자리에 앉았다. 신지로는 내 옆에 서서 주변을 둘러봤다.

"이제 곧 석양이 하늘의 색을 바꿀 거예요. 그때 다쿠미 씨를 만나고 싶다고 간절히 바라셔야 해요."

"지금… 뭐 하는 거야?"

"과장님이 진심으로 바라면 다쿠미 씨를 만날 수 있어요."

잔뜩 미간을 좁힌 나를 보고 그가 새까맣게 탄 팔을 들어 팔짱을 껐다.

"안 믿으시는 거죠?"

"믿을 리 없잖아."

"하긴 그렇죠."

그가 피식 웃더니 몸을 숙여 나와 눈높이를 맞췄다.

"그래도 무조건 믿으세요. 과장님은 다쿠미 씨를 꼭 만나셔야 하니까."

"신입… 너, 진짜 별종이구나."

"그 말 자주 듣는다니까요. 아무튼 믿으세요. 구름 한 점 없는 날 하늘이 석양으로 물들었을 때, 만남의 벤치에 앉아서 보고 싶은 사람을 간절히 그리면 노을 열차가 그 사람을 데려다주거든요. 마스터가 특별히 가르쳐 준 비밀이에요."

"그런 걸… 미신이라고 해."

"원래 미심쩍어도 믿는 게 미신이잖아요. 믿는다고 손해날 것도 없고."

말이 통하지 않는 억지 논리에 나도 모르게 웃음이 났다.

"이제 와서 만나면 뭐 해."

다쿠미는 이미 이 세상 사람이 아닌데. 더는 무언가를 함께 할 수 없고, 내 곁에 있어 줄 수도 없는데….

"제대로 이별하셔야죠. 그래야 과장님도 앞으로 나아갈 수 있어요."

"네가 뭘 안다고 그런 소리를 해."

"하하. 맞아요. 그래도 믿어 주세요. 제 이름이 '신지로'라는 거 잊으셨어요?"

이래서 나는 순수한 사람이 싫다. 도대체 어디까지 나를 괴롭힐 생각이지?

그사이 하늘이 점점 주홍빛으로 변하고 있었다. 신지로는 그 말도 안 되는 미신을 진심으로 믿는지 진지한 눈으로 나를 바라봤다. 잡지 같은 데 실린 기사에서 본 터무니없는 얘기일 것이 분명했다. 하지만 과거에 얽매여 벗어나지 못하는 나를 위해 일부러 이런 촌구석까지 와 준 사람이다. 어차피 다쿠미를 잊고 싶다는 마음으로 허비한 시간이 육 년이었으니, 오늘 하루쯤 더 허비한다고 크게 달라질 것도 없겠지.

"알았어, 믿어 볼게."

"감사합니다!"

뭐가 저렇게 좋을까?

"대신 못 만나면 각오해."

"걱정하지 마세요. 진심으로 바라면 꼭 만날 수 있으니까요."

내가 뭐라고 저렇게까지 할까? 해사한 그의 미소에 괜히 심장이 따끔거렸다. 그런 마음을 부정하듯 일부러 더 귀찮다는 표정을 지었다.

---

* '신지로'는 일본어로 '믿어'라는 뜻이다.

여전히 그 여름에 머물러

"그래, 혹시라도 만나면 내가 근사한 레스토랑에서 밥 살게."

"그보다 저 부탁이 하나 있어요."

"또 부탁이야? 벌써 세 번째인 거 알아?"

처음에는 다쿠미 얘기를 해달라고 졸랐고, 두 번째는 고향에 따라가게 해달라고 억지를 부렸다. 그러고 보니 전부 나를 위한 부탁이었다.

"그래, 일단 들어나 보자. 뭔데?"

허락이 떨어지자 그가 조심스럽게 입을 열었다.

"만약 다쿠미 씨를 만나면 앞으로 '신입' 말고 이름을 불러 주세요."

"뭐? 하, 그래, 그래, 기적이 일어난다면…."

내 말에 활짝 웃은 그가 돌연 걸음을 옮겼다.

"어디 가?"

"방해꾼은 사라져 드려야죠. 이따가 다시 올 테니까 여기서 기다리고 계세요."

신지로는 그 말을 끝으로 뒤도 돌아보지 않고 한 손을 흔들며 유유히 사라졌다.

그의 뒷모습을 멍하니 바라보는데 문득 시선이 느껴졌다. 돌아보니 승강장 끝에 아까 카페에서 본 검은 고양이가 있었다.

"이리 와."

손을 내밀었지만 나를 가만히 쳐다보다가 우아하게 걸어서 역사 뒤쪽으로 사라져 버렸다.

"뭐야, 나 혼자야?"

하늘이 빠르게 변했다. 석양이 주변 하늘을 주홍빛으로 물들이고 이윽고 호수도 물들이기 시작했다.

내가 지금 여기서 뭘 하는 거지? 정말 다쿠미가 나타나면 뭘 해야 할까? 그나저나 쓸쓸하게 웃던 신지로 얼굴은 왜 자꾸 떠오르는 거야.

그러다 누군가 승강장에 서 있다는 걸 알았다.

설마… 다쿠미? 하지만 다음 순간 바로 생각을 지웠다. 남자는 철도회사 유니폼을 입고 역무원인 듯 모자를 쓰고 있었다. 그가 내게 다가왔다.

승객으로 생각할까 싶어 자리에서 일어나려던 순간 그가 말했다.

"그냥 계세요."

호리호리한 체격의 젊은 남자였다.

"미우라라고 합니다. 잘 부탁드립니다."

남자가 먼저 정중하게 고개를 숙이기에 얼떨결에 나도 같이 인사했다. 그런데 초면에 뭘 잘 부탁한다는 거지?

내 표정을 살핀 남자가 힘없이 웃었다.

"아직도 믿지 않으시는군요?"

"…"

"이제 곧 노을 열차가 도착합니다."

노을 열차가 진짜 온다고?

물론 다쿠미가 미치도록 보고 싶었다. 하지만 만날 거라고 믿었다가 만나지 못했을 때 받을 상처를 감당할 자신이 없었다.

"조금 전에 같이 계시던 분은 남자 친구이신가요?"

"아니요, 부하 직원이에요. 그 친구도 노을 열차를 믿더라고요."

"그럼, 손님도 믿어 보세요. 진심으로 바라면 노을 열차가 올 겁니다."

"그런 괴담 같은 이야기를 어떻게 믿겠어요. 그럼, 설마 미우라 씨도 귀신이에요?"

"글쎄요."

남자가 부드럽게 입꼬리를 올리더니 호수를 내려다봤다.

"하지만 그분은 손님을 믿고 있을 겁니다."

"그럴지도 모르겠네요."

믿으니까 이렇게 먼 곳까지 따라왔겠지.

"그렇다면 그분이 한 말을 믿어도 되지 않을까요?"

남자가 승강장 앞으로 걸어갔다.

"이번이 마지막 기회입니다. 간절한 마음으로 바라셔야 해요."

정말 다쿠미를 만날 수 있을까? 아니, 만날 수 있다고 믿자. 어느새 나는 두 손을 꼭 맞잡고 있었다.

지금껏 그리운 마음을 억지로 누르며 버텨 왔다. 나는 나를 옭

아매던 속박을 석양으로 물든 하늘에 던져 버리듯 간절히 빌었다. 다쿠미를 보고 싶다. 다시 한번 만나고 싶다. 예고도 없이 내 곁을 떠난 그 사람을….

그 순간 철길이 울리는 소리가 들렸다. 기차가 철로 위를 달릴 때 나는 소리였다. 퍼뜩 고개를 들어 오른쪽을 돌아보니 금빛에 둘러싸인 열차가 오고 있었다. 타오르는 불꽃에 휘감긴 듯한 열차가 요란한 소리를 내며 속도를 줄였다. 나는 이미 자리에서 일어나 있었다.

열차가 멈추고 문이 열렸다. 한 남자가 승강장으로 내려섰다. 흰색 티셔츠와 자주 입던 청바지….

다쿠미였다.

석양이 선명하게 비추는 그의 얼굴을 그저 바라볼 수밖에 없었다. 조금이라도 움직이면 그대로 사라질 것만 같았다. 다리가 후들거렸다.

나는 내 앞에 선 다쿠미의 얼굴을 꿈을 꾸는 기분으로 멍하니 바라보았다.

"다쿠미….."

"드디어 만났네, 미카."

"다쿠미!"

와락 끌어안은 그에게서 느껴진 그리운 향에 왈칵 눈물이 쏟아졌다. 꾹꾹 눌러 온 감정과 슬픔이 한꺼번에 밀려왔다. 다쿠미를 만났다. 그를 다시 만났다!

내 머리를 다정하게 쓰다듬은 다쿠미가 팔을 풀고 나와 함께 만남의 벤치에 앉았다. 그러고 보니 열차에 올라탔는지 조금 전까지 있던 미우라 씨의 모습이 보이지 않았지만, 그런 생각을 할 여유는 없었다.

기적이 일어났다. 스물둘의 모습을 그대로 간직한 다쿠미가 내 앞에 있었다. 눈물이 멈추지 않았다. 그토록 보고 싶었던 얼굴인데 눈물에 가려 흐릿했다.

"미카, 외롭게 해서 미안해."

나직한 목소리가 귓가를 파고들었다. 너무나도 그리웠던 목소리, 결코 잊을 수 없는 그의 목소리다.

"보고 싶었어, 다쿠미. 너무 보고 싶었어."

아이처럼 우는 나를 보며 그는 연신 고개를 끄덕였다.

"나도. 계속 걱정했어. 그렇게 갑자기 떠나서 정말 미안해."

"괜찮아, 이렇게 만났잖아. 이제 계속 옆에 있을 거지?"

내 물음에 다쿠미는 천천히 고개를 가로저었다.

"석양이 사라지기 전까지만."

"말도 안 돼. 이제 겨우 만났는데."

그가 시선을 떨구었다.

"미카, 내가 죽었다는 사실은 변함없어. 작별 인사를 할 수 있게 신이 기회를 주신 거야."

"그럼, 노을이 사라지면… 떠나는 거야? 다시는 만날 수 없어?"

"울지 마."

뺨에 닿은 그의 손에서 느껴지는 감촉은 꿈이 아니었다.

"헤어지기 싫어. 또 괴로워하면서 살 바에야 나도 갈 거야. 나도 데려가, 다쿠미."

"그건 안 돼."

"나도 죽으면 돼? 그럼 같이 있을 수 있는 거지?"

다쿠미가 슬픈 눈으로 나를 바라봤다.

"주어진 인생을 다 살고 오면 만날 수 있어. 하지만 스스로 목숨을 버리면 우린 두 번 다시 만나지 못해."

"싫어…."

"저쪽 세상에도 지켜야 할 규칙이란 게 있어."

다쿠미다운 말이었다. 누구보다 성실하고 올곧은 그의 성격을 나도 좋아했다. 마음이 서서히 차분해졌다.

"기억해? 우리 여기서 보는 풍경 좋아했잖아."

하마나호를 바라보는 다쿠미의 발밑에 드리워진 그림자가 길어지고 있었다.

"응."

"산마리노 마스터는 잘 지내셔?"

"응."

그런데도 고개를 끄덕이는 게 고작이었다. 만나면 하고 싶은 말도, 묻고 싶은 말도 많았다. 하지만 지금은 그의 목소리를 좀 더 듣고 싶었다. 내가 좋아했던 그의 목소리가 바로 옆에서 울리고 있다.

"있잖아, 미카. 내가 바라는 건 단 하나야. 네가 행복했으면 좋겠어."

행복이라니, 어떻게?

"네가 항상 웃었으면 좋겠어. 내일을 보고 살아가길 바라."

석양이 사라지고 있었다. 해는 이미 산 너머로 저물어 보이지 않았고 하늘은 어두웠다. 다쿠미가 내 손을 꼭 잡았다.

"멈춰 버린 시계를 다시 돌릴 수 있는 사람은 자기 자신밖에 없어."

"나는 못 해. 네가 없으면… 나는 제대로 살 수가-."

그의 손이 쉴 새 없이 흐르는 내 눈물을 닦았다. 그의 얼굴이 점점 어둠으로 덮이고 있었다. 두려웠다.

가지 마. 나를 혼자 두고 가지 마.

애원했지만 그가 다시 고개를 저었다.

"사람은 누구나 괴롭고 슬픈 일을 겪고 상처받을 때가 있어. 억지로 잊으려고 하지 마. 추억을 떠올리면서 울어도 돼. 애써 괜찮은 척하지 말고."

"다쿠미…."

"슬픔을 안고 살아갈 결심이 서면 언젠가 진심으로 웃는 날도 올 거야. 그렇게 살면서 가끔은 주변도 둘러봐. 분명 너를 믿어 주는 사람이 있을 테니까."

순간 신지로의 얼굴이 떠올랐다. 그리고 아빠, 엄마, 미치에….

자리에서 일어선 다쿠미는 열차가 있는 쪽을 바라봤다. 눈부시게 빛나던 노을 열차가 빛을 잃어가고 있었다.

"나는 널 진심으로 사랑했어. 너도 그렇지?"

"응."

힘차게 고개를 끄덕이는 사이에도 눈물이 멈추지 않고 흘렀다. 이제 곧 밤이다.

"그러니까 우리는 여기서 헤어져야 해. 너를 위해서도 나를 위해서도."

"매사에 반듯한 네 성격… 정말 싫어."

다쿠미가 일어서지 못하고 계속 우는 나를 꼭 안고 장난스럽게 말했다.

"나 따라 해 봐. 잘 가."

"싫어."

헤어질 시간이 다가오고 있었다. 우리의 만남에 의미가 있었다면, 우리가 헤어질 수밖에 없었던 것도, 이렇게 다시 만난 것도 전부 의미가 있다면….

배에 힘을 주고 꼿꼿이 서려 해도 눈물만 쏟아졌다. 크게 숨을 들이마시고 내쉬기를 몇 번, 간신히 입이 열렸다. 그에게 꼭 말해주어야 했다. 그것이 내가 그에게 줄 수 있는 마지막 선물이니까.

여전히 그 여름에 머물러

"잘 가, 다쿠미."

길었던 나의 사랑이 끝났다. 다쿠미에게 반했던 여고생 시절부터 사회인이 되고 그를 잃었던 날까지의 일들이 주마등처럼 스쳐 지나갔다. 도쿄에서 일에 파묻혀 살았지만 제대로 이별하지 못했기에 줄곧 잊은 척하며 살 수밖에 없었다.

서로를 놓아 주는 의식을 마쳤으니, 이제 나를 안고 있는 다쿠미는 곧 사라질 것이다. 들리는 건 그의 숨소리와 구슬픈 매미 울음소리뿐이었다.

"일 분 세기 게임 하자."

울음 섞인 그의 목소리가 들린 건 그때였다.

"눈을 뜨면 선물을 줄 테니까 일 분 동안 눈 감아 봐."

"이런 순간에… 싫어."

"어서, 눈 감아 봐."

가빠진 호흡을 거칠게 내쉬면서 눈을 감았다.

그가 내게서 조금 떨어졌다. 하지만 발소리가 들리지 않았으니 아직은 옆에 있을 터였다.

"정확히 일 분을 세는 거야."

마법에 걸린 사람처럼 마음속으로 숫자를 세기 시작했다.

일, 이, 삼….

수도 없이 해 왔던 게임이다. 그때는 이런 날이 올 줄은 꿈에도 몰랐다.

이십오, 이십육….

잘 가라는 말 따위는 하고 싶지 않았다. 계속 옆에 있어 주길 바랐다.

사십오, 사십육, 사십칠….

일 분이 지났다.

"나 눈 떠도 돼? 응? 다쿠미?"

번쩍 눈을 떴을 때는 다쿠미도, 노을 열차도 이미 사라진 뒤였다. 아무도 없는 승강장에 나 혼자 있었다.

"다쿠미…."

하늘은 완전히 어두워졌고 거리에는 가로등이 고요히 빛나고 있었다.

이상하게도 더는 눈물이 나오지 않았다. 우리의 이별을 순순히 받아들이는 내가 낯설었다. 오랜 시간 다쿠미를 놓지 못하던 나 자신과의 이별. 어쩌면 그것이 그가 내게 남긴 마지막 선물인지도 모르겠다.

문뜩 정신을 차려 보니 언제 왔는지 신지로가 옆에 앉아 있었다. 노을은 진즉에 사라졌고 호수도 검게 변해 버렸다.

"만났어. 나, 다쿠미를 만났어."

내가 떨리는 목소리로 말했을 때 그는 울고 있었다. 아이처럼 엉엉….

여전히 그 여름에 머물러

"네가 왜 울어?"

"너무 기뻐서요. 미카 과장님도 노을 열차를 만났다는 사실이."

미카 과장님도…?

그러고 보니 신지로는 산마리노의 마스터에게 "지난번에는 감사했습니다."라고 인사했었다. 며칠 전 일이 아니었다는 말인가?

"저기 말이야. 혹시 전에 여기 왔었어?"

"네."

고개를 끄덕이는 신지로의 표정은 밤의 어둠 속에서도 다정했다.

"저도 노을 열차를 만났어요. 덕분에 소중한 사람과 제대로 이별할 수 있었죠."

생각지도 못했다. 그에게도 잊을 수 없는 사람이 있었다니….

"그래서 힘들어하는 과장님을 모른 척할 수가 없었어요. 제가 그랬듯이 제대로 작별 인사를 해야 한다고 생각했어요."

"그랬구나."

멍하니 중얼거리는 내 옆에서 그가 피식 웃었다.

"인생이란 참 신기하죠? 아무리 힘들고 괴로운 일을 당하고 좌절해도 또 이렇게 살아가잖아요."

무슨 말을 하고 싶은지 알 것도 같았다. 살고 싶지 않아도 아침은 오고, 살고 싶어서 아무리 발버둥 쳐도 어둠에서 헤어 나오지 못하기도 한다. 나는 조용히 고개를 끄덕였다.

"가끔은 이런 기적이 일어나기도 하고요."

여전히 꿈을 꾼 듯한 기분이지만 다쿠미와의 재회는 앞으로의 나를 바꿀 것이다.

"고마워."

진심이었다. 신지로가 민망하다는 듯 자리에서 일어섰다.

"자, 그만 갈까요?"

그는 자신과 같은 아픔을 가진 나를 이해하고 걱정했다. 그 마음이 고마워서 눈가가 다시 뜨거워졌다. 나도 이제 걸어야겠다. 내가 다시 걸을 수 있게 힘을 준 사람은 다쿠미만이 아니다. 아빠와 엄마, 미치에 그리고 무엇보다 큰 선물을 준 신지로 덕분이다.

앞으로도 가끔은 망설이고 주저하는 날이 있겠지만, 마음만 굳게 먹으면 깜깜한 길에서도 걸어 나갈 수 있다.

"있잖아."

앞서 걸어가는 신지로를 부르자 그가 어둠 속에서 뒤를 돌아봤다.

"내일은 내가 하마마쓰 구경시켜 줄게."

"네? 정말요?"

"신지로 사원을 위해서 특별히 시간 내 볼게."

말이 떨어지자마자 그가 또 엉엉 소리 내어 울었다. 나도 같이 울었다. 아니, 웃었다. 기쁘고, 애달프고, 그리고 행복해서.

세 번째 이야기

안녕, 내가 사랑했던 사람

"엄마, 잠깐 이것 좀 봐!"

하나뿐인 딸 마사미가 날 선 목소리로 나를 부르며 식탁 의자에 앉았다. 잔뜩 찌푸린 얼굴을 보니 불만을 터트리기 직전이다. 나는 무를 자르던 손을 멈추지 않고 대답했다.

"왜?"

팔을 쭉 뻗은 마사미가 내 쪽으로 핸드폰 화면을 들이밀었다.

"이 인간, 너무 끈질겨."

시선을 손끝에 고정한 채로 석둑석둑 무를 썰었다.

"엄마! 제대로 좀 보라고."

"알았어, 알았어."

"아, 엄마!"

엄마, 엄마, 하는 소리에 문득 그런 생각이 들었다. 나에게도 '다에'라는 이름이 있는데…, 그 이름을 마지막으로 들어 본 게 언제였지? 뜬금없이 그런 생각을 하다가 피식 웃고 말았다. 나는 딸에게는 엄마고, 손자에게는 할머니다. 이름 따위가 뭐가 중요할까.

"매일 똑같은 메시지만 보내. 질리지도 않나? 사과하고 싶으면 직접 와서 말하면 되잖아."

사위인 다카히로에게 온 메시지 얘기다. 요즘 매일 똑같은 얘기만 되풀이하고 있으니 보지 않아도 무슨 내용인지는 뻔했다.

"백중 연휴에 사과하러 왔었잖아. 애써 먼 길 온 사람을 쫓아낸 건 너였잖니."

끓고 있던 냄비에 무를 집어넣자, 부글부글 끓어오르던 거품이 사라지고 재료들이 국 속을 빙글빙글 떠다니며 춤을 춘다.

"제대로 좀 보라니까."

불만스럽게 재촉하는 딸의 성화에 어쩔 수 없이 고개를 들었다. 하얀 김 너머에 선 마사미가 잔뜩 화가 난 얼굴로 핸드폰 화면을 들이밀었다.

"보고 싶어도 그렇게 작은 글자는 보이지 않아."

딸을 지나쳐 냉장고로 가서 소분해 둔 유부를 꺼내 왔다. 기름기를 빼려고 믹싱 볼에 넣고 뜨거운 물을 부었다. 바짝 말라 있던 유부에서 배어 나온 기름이 물 위를 얇게 덮었다.

"딸이 이혼 위기라는데 어쩌면 그렇게 태연해."

오늘도 똑같은 대화가 시작됐다.

"엄마도 당연히 걱정되지."

이쯤 되면 진지하게 상대해 줘야 한다. 냄비 불을 줄이고 젖은 손을 수건으로 닦은 후에 식탁 앞으로 갔더니, 잔뜩 심통이 난 딸이 부루퉁한 얼굴로 눈을 맞춘다. 친정에 왔다고는 하지만 마흔넷이나 됐으면서 어린애처럼 철없이 구는 딸이다.

"다카히로랑 제대로 얘기를 해 봐."

"싫어."

"그럼, 이혼할 거야?"

의자에 앉는 순간 엉덩이 쪽이 뜨끔했다. 나도 어느덧 예순다섯이다. 매일 여기저기 아프고 쑤셔대는 몸이 나이를 실감하게 한다.

"내가 언제 이혼한대? 그 인간이 반성을 안 하니까 열받는다는 거지."

"남편한테 그 인간이 뭐야."

입술을 삐죽 내미는 딸에게 한마디 했더니 입이 한 자는 더 쑥 나온다.

딸이 집을 나와 친정으로 온 건 칠월 말경이었다. 시작은 사소한 말다툼이었다는데 시간이 갈수록 감정의 골이 깊어져만 갔다. 그래도 팔월 안에는 도쿄로 돌아가겠거니 하고 대수롭지 않게 생각했는데, 구월이 되도 돌아갈 기미가 보이지 않는다.

"너는 그렇다 쳐도 와타루는 무슨 죄니. 유치원도 못 가고 딱해서 못 보겠다."

마당에서 흙장난하고 노는 손자를 바라봤다. 내년이면 초등학교에 들어갈 와타루는 요즘 한창 장난이 심한 시기다. 조금 전에 옷을 갈아입혔는데 그새 또 흙투성이가 된 작은 몸을 보자 헛웃음이 나왔다.

"그게 내 탓이야? 그 인간이 제대로 사과하지 않으면 절대 안 갈 거야."

그때 드르륵 유리문이 열리더니 발랄한 와타루의 목소리가 울렸다.

"할머니! 이거 좀 봐!"

손자의 손에 마당에서 키우는 꽈리가 들려 있었다. 아직 덜 자라 푸르스름하다.

"어머나 귀여워라."

"이게 뭐야? 왜 동글동글해? 응? 왜?"

와타루가 거실로 기어오르면서 물었다. 손자는 요즘 매일 같이 질문을 쏟아내느라 바쁘다. 호기심이 왕성한 건 좋은 일이지만 솔직히 일일이 대답해 주기가 쉽지는 않았다.

"그건 꽈리야. 빨갛게 될 때까지 따지 않으면 더 예뻐진단다."

"할머니, 있잖아, 나는 동글동글해서 귀엽다고 생각했어."

"더러운 손으로 여기저기 만지면 안 된다고 했지! 얼른 손부터 씻고 와."

별안간 딸의 불호령이 떨어졌다. 혼나는 일에 익숙해진 건지, 와타루가 재깍 화장실로 쪼르르 달려갔다. 늦게 본 자식이니 조금은 응석을 받아 줘도 괜찮을 텐데…. 하지만 여기서 참견했다가는 괜히 분란만 만들 뿐이다.

슬슬 냄비 속 재료들이 익었을 시간이다. 의자에서 일어선 나는 다시 싱크대 앞으로 돌아갔다. 오늘 저녁에는 된장국을 끓이고 가지를 볶을 생각이다.

"너도 좀 도와."

그렇게 말해도 마사미는 핸드폰을 만지작거리며 하품만 한다.

"친정에 왔을 때라도 좀 쉬자."

후유…, 그래. 나는 일부러 더 크게 한숨을 쉬고는 서둘러 가지를 다듬기 시작했다. 진한 보라색 가지를 썰고 녹말가루를 눈처럼 얇게 뿌렸다.

"할머니, 나 손 씻었어. 있잖아. 있잖아, 나는-"

와타루의 말에 고개를 끄덕이면서 계속 반찬을 만들었다. 프라이팬이 달궈지는 사이 냄비에 된장을 풀자, 구수하게 퍼지는 익숙한 냄새에 마음이 편안해진다.

구월에 들어서고 아침저녁으로는 선선해졌지만 기름을 쓰는 음식을 만들면 여전히 덥다. 나는 오늘도 이마에 흐르는 땀을 닦아가며 저녁 식사를 준비한다. 몇십 년간 매일 해 온 일이고 앞으로도 계속할 일이다.

그 사이에도 엄마와 할머니를 부르는 소리가 끊이지 않는다. 게다가 슬슬 남편이 돌아올 시간이었다. 빨리 저녁을 준비하지 않으면 심기가 불편해질 사람이 한 명 더 늘어난다는 뜻이다.

"와타루, 할머니 좀 도와줄래?"

그렇게 묻자 손자 녀석이 뒤도 안 돌아보고 도망쳐 버린다. 누가 부모 자식 사이 아니랄까 봐.

다시 마음을 다잡고 저녁 준비를 마무리하려는데 현관 문 열리는 소리가 들렸다.

"이런!"

마사미가 잽싸게 핸드폰을 손에 들고 안쪽 방으로 뛰어 들어가자, 와타루도 꺄아악 소리를 지르며 제 엄마를 따라갔다.

우리 집은 단층이고 옛날식으로 지어진 세로로 긴 구조다. 한때는 이층집이 부럽기도 했는데, 허리도 다리도 약해진 요즘은 오히려 다행이라는 생각이 든다.

삐걱삐걱 복도를 걸어오는 소리와 함께 남편이 들어왔다. 아침에 입고 나간 양복이 조금도 구겨지지 않았고 넥타이도 방금 맨 것처럼 반듯하다. 나보다 세 살이 많은 남편 겐지는 정년퇴직한 후에 재고용되어 여전히 같은 회사로 출근하고 있다.

"왔어요?"

"다녀왔어."

가방을 받아 주자 짧게 대답하고는 다시 복도로 사라졌다. 이제 손을 씻고 입을 헹굴 차례다. 삼 분 만에 옷을 갈아입고 오 분 후에는 식탁에 앉을 테고.

서둘러 메인 반찬을 완성해서 큰 접시에 담고 식탁에 차렸다. 와타루가 쓸 작은 그릇과 숟가락을 놓고 된장국을 떴다. 기계적으로 움직이면서 오늘은 평소보다 식사 준비가 늦었다고 생각했다.

"아직인가?"

편한 옷으로 갈아입은 남편이 식탁에 앉자마자 무뚝뚝하게 물었다. 남편은 공복감을 싫어한다. 오래 같이 살다 보니 자연스레 알게 됐다.

"금방 돼요."

"신문은?"

"여기요."

"차는?"

"잠깐만요."

평소에는 찾기 전에 건넸는데 역시나 오늘은 전체적으로 좀 늦다. 단어뿐인 남편의 말에 대답하면서 마사미를 불렀다. 다녀오셨냐는 인사도 없이 끝자리에 앉은 딸은 아버지와 자기 사이에 제 아들을 앉혔다.

"할아버지, 다녀오셨어요."

"그래."

손자에게도 데면데면한 할아버지는 살짝 고개만 끄덕이고 다시 신문으로 눈을 돌렸다.

결혼한 지 사십 년이 넘었다. 성실한 남편과 결혼한 선택은 틀리지 않았다고 생각한다.

"오래 기다렸죠? 어서 드세요."

내 말에 두 손을 모으고 씩씩한 목소리로 "잘 먹겠습니다!"를 외친 사람은 와타루뿐이다.

남편은 신문을 보면서 젓가락을 들었고, 마사미는 가지 반찬이 마음에 안 드는지 뾰로통한 얼굴이다.

"나, 나, 할아버지랑 같이 잘래!"

"그래."

큰 가지를 입안 가득 물고 초롱초롱 눈을 반짝이는 손자의 말에 남편이 무심히 대답했다. 옆에서 보면 쌀쌀맞기 그지없는 할아버지인데도 남자들끼리 통하는 게 있는지, 와타루는 누구보다 남편을 잘 따랐다.

"할아버지, 오늘은 먼저 자면 안 돼."

"그래, 먼저 자는 사람이 지는 거다."

남편이 아주 잠시 표정을 풀었다가 바로 다시 신문으로 눈을 돌렸다. 그런 두 사람을 보면서 그제야 나도 식탁 앞에 앉았다.

"잘 먹겠습니다."

가볍게 손을 맞대고 식사 인사를 하면 오늘 하루도 무사히 마쳤다는 안도감이 밀려온다.

이제 묵묵히 밥을 먹는 시간이다. 남편이 식사 중에 대화하는 걸 좋아하지 않아서 우리 집 식탁은 늘 고요하다.

이것이 나의 일상이다.

"왜 했어?"

마사미의 질문에는 항상 주어가 없다.

설거지한 그릇의 물기를 닦으며 고개를 돌렸더니 마사미가 목욕을 마치고 나온 맨얼굴로 또 핸드폰을 보고 있었다. 저 작은 화면이 그렇게나 재미있을까? 나는 핸드폰 자체를 잘 쓰지 않는다. 계속해서 발전하는 기기의 변화를 따라가기가 벅차서 벌써 오래전에 포기해 버렸다.

식사를 마치고 욕실로 들어갔던 남편은 어느새 나와서 잔다는 말만 남기고 침실로 들어갔고, 같이 목욕한 와타루도 할아버지를 따라갔다.

나는 마지막 그릇을 식기장에 넣고 싱크대 위 조명을 껐다. 아홉 시 반, 늘 같은 시간이다.

맞은편에 앉자 그제야 대답을 재촉하듯 마사미가 나를 흘끗 쳐다봤다.

"제대로 물어봐야 나도 대답을 할 수 있지 않을까?"

그렇게 대답하면서 두 손을 모아 팔꿈치를 붙이고 팔을 천천히 위로 올렸다가 다시 내렸다.

"뭐 하는 거야? 운동?"

"응, 얼마 전에 밋카비 주민센터에서 체육 교실을 열었거든. 이게 어깨 결림에 좋다고 해서. 그런데 그 체육 교실 이름이 뭐였는지 아니? 노인 체육 교실. 참 배려가 없어."

후유, 크게 숨을 내쉬면서 팔을 올렸다 내렸다 했더니 확실히 뭉쳐 있던 어깨뼈 주변 근육이 풀리는 듯했다.

마사미가 건조하게 웃었다.

"후후, 엄마는 이제 누가 봐도 노인이야."

순간 나도 모르게 욱하는 감정이 치밀었다.

하지만 내가 그러거나 말거나 핸드폰을 식탁 위에 내려 둔 딸은 조금 더 몸을 당겨 앉았다.

"아까 물어보려던 건, 왜 아빠랑 결혼했냐는 거였어."

"그게 무슨 소리야?"

"아빠는 옛날부터 말도 없고 무뚝뚝했잖아. 맨날 하는 말이라고는 '신문은' '차는'뿐이고."

침실 쪽을 힐끗 보고 목소리를 낮추는 딸의 행동에 풋, 하고 웃음이 나왔다.

"그건 네가 있어서 그런 거야. 둘이 있을 때는 가끔 대화도 해."

"거짓말. 옛날에 좀 전에 말한 밋카비 주민센터에서 했던 바자회 기억 안 나? 그때도 아빠는 한마디도 안 했어. 아빠들은 원래다 그런 줄만 알았다가, 그날 다른 아빠들을 보고 내가 얼마나 충격받았는지 알아?"

눈을 동그랗게 뜨고 하는 이 이야기도 벌써 몇 번째인지 모르겠다. 확실히 그날 바자회에서 남편은 망부석처럼 자리만 지키고 있었을 뿐 다른 부모들과는 한마디도 섞지 않았다. 오죽하면 다른 집 부인들이 '화난 거 아니냐'고 물었을까.

"남자는 아빠처럼 과묵한 편이 좋아. 엄마는 말 많은 남자 별로야. 그리고 아빠가 널 얼마나 사랑하는데. 운동회나 입학식, 졸업식 전부 휴가를 내서라도 꼭 참석하셨잖아."

"그랬나?"

마사미는 인정할 수 없다는 듯 시큰둥했지만, 이럴 때 보면 눈 주변과 입 모양이 남편을 꼭 빼닮았다. 물론 이 말을 했다가는 펄펄 뛰면서 아니라고 난리를 치겠지만.

"아빠는 아빠 방식으로 널 아끼시는 거야."

"그래도 나는 사교적인 사람이 좋아. 그래서 그 사람이랑 결혼한 거야. 아빠랑은 성격이 하나부터 열까지 정반대라서."

씩씩대며 열변을 토하는 딸을 보면서 사위 얼굴을 떠올렸다. 다카히로는 영업 일을 하는 사람이라 그런지 싹싹하고 인상이 시원시원하다. 이곳까지 사과하러 왔을 때도 죽을죄를 지은 사람처럼 허리를 90도로 숙였다.

"그럼, 그렇게 사랑하는 남편한테 돌아가. 계속 이렇게 있을 거야?"

"그만. 지금은 내가 질문하는 시간이라고."

내가 고개를 끄덕이자 마사미가 나른한 목소리로 말을 이었다.

"아빠 말이야. 꼭 옛날 무사 같지 않아? 맨날 말없이 입을 꾹 다물고 있지만, 그래도 내가 이 집안의 가장이다, 뭐 그런 거 있잖아. 도대체 엄마는 아빠 어디가 좋았어?"

흥미진진한 이야기를 기대하는 딸을 보면서 나는 입을 다물었다.

자연스럽게 시계를 보고는 자리에서 일어섰다. 남편과 결혼하고부터는 자주 시간을 확인하고 정해진 시간에 정확히 움직이는 버릇이 생겨 버렸다.

"엄마, 씻으러 가야 해. 얘기는 다음에 하자."

"뭐야, 도망치는 거야?"

반쯤 놀리는 어조로 꼬투리를 잡는 딸에게 살짝 눈을 흘겼다.

"내일은 슨자에 가야 한단 말이야."

"아, 지난달에도 그렇게 말하고 일찍 나갔었지? 밋카비에서 슨자는 금방이잖아."

"열차도 자주 안 다니는데 점심때까지는 돌아와야 저녁 준비를 하지. 아니면 네가 대신 저녁밥 할래?"

마사미가 입을 합 다물었다.

"잘 자렴."

인사하고 주방을 나와 복도를 걸었다. 욕실에 들어가 문을 닫자 겨우 혼자만의 시간이 생겼다. 들리지 않게 조용히 한숨을 내쉬었다. 남편이 얼마나 좋은 사람인지 아무리 설명해도 마사미는 이해하지 못할 것이다.

그때 세탁기 안에 들어 있는 와이셔츠와 바지가 눈에 들어왔다. 반듯하게 접혀 있는 빨래, 빨 옷인데도 매번 반듯하게 개어 놓는 사람, 겐지는 늘 한결같다.

그런데 나는… 어떨까? 세면대 거울에 비친 내 얼굴을 바라봤다. 나는 젊었을 때와 달라졌을까?

그러다 과거를 떠올리려는 자신을 꾸짖고 어렴풋이 되살아나는 기억을 머릿속에서 몰아냈다.

지금껏 이렇게 지우고 또 지우며 살았다.

덴류하마나코 철도 밋카비역에서 도보 이 분 거리에 있는 입지 좋은 곳에 집을 짓자고 한 사람은 남편이었다. 지금은 적막해진 거리지만 예전에는 앞으로 점점 번성할 것처럼 보였다. 비록 아무리 기다려도 발전할 기미는 보이지 않고 역 앞인데도 썰렁했지만, 나는 조용한 이 거리가 마음에 든다.

역 쪽으로 가다 보면 폐업한 파친코 가게가 있다. 하마나호에서 불어오는 바닷바람에 색은 바랠 대로 바랬고, 크게 쓰여 있던 가게 이름도 희미하게 지워진 간판 앞을 싫든 좋든 지나쳐야 한다.

역에 들어가 승강장에서 잠시 기다리자 멀리서 다가오는 열차가 보였다. 나는 한 달에 한 번 이 열차를 타고 슨자역에 간다.

열차가 천천히 움직이기 시작했다. 오른쪽으로 펼쳐진 하마나호를 보고 있으면 항상 가슴이 저릿해진다. 외면하고 모른 척하면서 살아온 세월이 사십오 년이다. 긴 세월이었지만 막상 계절은 눈 깜짝할 사이에 지나가 어느새 이렇게 나이를 먹었다.

슨자역에 도착하자 요금통에 돈을 넣고 승강장으로 내려섰다.

언덕 위에 있는 슨자역에서는 하마나호가 한눈에 내려다보인다. 반대편에 울창하게 우거진 산에서 지나간 여름을 아쉬워하는 매미 소리가 쓸쓸하게 울렸다.

"야옹."

소리가 들린 쪽을 돌아보니 검은 고양이 고로가 있었다.

"고로, 오랜만이구나."

가방에서 챙겨 온 마른 멸치를 꺼내 내밀자 기다렸다는 듯 '골골' 목을 울리면서 다가와 냉큼 받아먹는다. 우리는 한 달에 한 번 만나는 친구다.

자갈길 너머로는 넓고 큰 길이 있다. 이 길 너머에는 이런저런 추억이 많았다. 내 친정은 슨자였고 나는 이곳에서 나고 자랐다. 가만히 호수를 바라보고 있으면 그 시절 보던 풍경과 조금도 변하지 않은 듯 보인다.

잠시 멸치를 먹느라 여념이 없는 고로를 보다가 또 보자고 인사를 건네고 도로 옆 인도로 나왔다. 예전에는 이렇게 넓은 도로가 아니었다. 포장된 도로 주변을 그때는 '고개'라고 불렀었는데….

나는 도로를 건너 경사가 급한 비탈길을 오르기 시작했다. 다음 달쯤이면 이 산도 가을빛으로 물들겠다고 생각하면서.

얼마 지나지 않아 산 중턱쯤에 휑하니 비어 있는 공터에 다다랐다. 원래는 친정집이 있던 자리지만 지금은 이름 모를 잡초들만 무성하다.

이곳에서 샛길로 조금 더 가면 왼쪽에 오래된 전통 가옥이 있다. 정성 들여 손질한 정원수가 심어진 저택이다. 내가 한 달에 한 번 슨자에 오는 이유도 이 집에 자란 잡초를 뽑기 위해서다. 집은 사람이 살지 않으면 금세 폐허가 되어 버린다.

나는 어깨에 메고 온 가방에서 목장갑과 쓰레기봉투를 꺼내고 툇마루에 물통을 놓았다. 넓은 마당을 점령한 잡초들이 염치도 좋게 쑥쑥 자라 있었다.

'오늘은 날이 더울 것 같으니 빨리 끝내야겠다.' 그런 생각으로 한동안 아무 생각 없이 잡초와 씨름했다.

나는 한 달에 한 번, 이 시간, 이곳에서만 옛 추억을 떠올린다. 짧게나마 내게 허락된 자유 시간이다.

그는 이 집에서 살았고 부모님과 평온한 일상을 보냈다.

—내가 행복하게 해 줄게.

문득 그리운 목소리가 귓가에 울렸다. 그날 소타가 내게 했던 말. 가만히 눈을 감으면 지금도 그날의 그가 다시 눈앞에 나타날 것만 같다.

* * *

"내가 행복하게 해 줄게."

열차에서 내린 소타는 입을 열자마자 그렇게 말했다. 나는 매일 일과처럼 퇴근길에 슨자역에서 그를 만났다. 정시에 일을 마치는 소타를 역에서 기다렸다가 함께 돌아갔다.

"응? 지금 뭐라고 했어?"

내가 되묻자 쑥스럽다는 듯 뺨을 붉힌 소타가 "두 번은 말 안 해."라며 앞서 걸어갔다.

"기다려."

"싫어."

내가 따라가 옆에 서자 그가 보폭을 줄였다. 곁눈으로 흘끔 나를 보고는 산길을 오르기 시작했다.

하마마쓰역 근처 섬유 공장에서 일하는 소타는 오월이면 스무 살이 된다. 사월에 태어난 내가 먼저 어른이 됐다. 우리는 고등학교를 졸업하자마자 취업했고, 나는 밋카비역 근처에 있는 관광협회에서 일하고 있었다. 둘 다 신입이라고 하기에는 해가 바뀌었고, 중견 사원이 되기에는 경력이 턱없이 모자란 어중간한 위치였다.

"방금 한 말, 프러포즈 맞지?"

"그런 셈이지."

기껏 용기 내서 물었건만 돌아오는 대답이 영 별로다. 고등학교 삼 학년 때부터 사귀기 시작해서 벌써 이 년째, 내가 취업 준비를 하면서 이 지역 회사를 고른 이유도 집을 떠나지 않기로 한 소타의 영향이 컸다. 언젠가는 하겠지 했지만 설마 오늘 프러포즈를 받을 줄은 꿈에도 몰랐다.

"일도 어느 정도 적응했고 이제 슬슬 생각해야지 싶어서."

어색하게 코를 긁적이며 하는 소타의 말에 나는 "응."이라고 대답하며 간신히 고개만 끄덕였다.

"사실은 제대로 준비해서 말하고 싶었는데, 이런 말은 결심이 섰을 때 바로 하는 게 좋잖아."

훤칠하게 멋진 남자가 나를 돌아보며 어깨를 으쓱 올렸다.

"응."

"계속 응, 응만 할 거야? 이번 주 일요일에 정식으로 너희 부모님께 인사드리러 가도 돼?"

"아, 응."

아, 이런, 또…. 소타 말대로 아까부터 바보처럼 같은 대답만 하고 있었다. 이러다 망설인다고 오해라도 하면 곤란했지만, 도무지 다른 말이 생각나지 않았다.

소타가 피식 웃더니 멈춰서 뒤를 돌아봤다. 그의 시선을 따라가 보니, 노을이 수평선을 붉게 물들여 호수와 하늘의 경계를 분명하게 나누고 있었다.

"예쁘네."

"응… 예쁘다."

그의 가느다란 손가락이 내 손가락 사이로 들어왔다. 나는 가느다랗고 고운 소타의 손가락을 좋아했다.

"유람선이다."

그가 한 손으로 가리킨 방향을 보니 멀리 빨간색 여객선이 작게 보였다. 타 본 적은 없지만 배 위에서 보는 호수가 얼마나 아름다울지는 알 것 같았다.

"우리 집에 들어와 살아야 하는데 괜찮겠어?"

"그럼… 네 형은?"

"형이 전근 가게 됐어. 당분간 나고야에 있어야 할 것 같아. 너랑 결혼하고 싶다고 했더니 집은 나보고 물려받으래."

이미 소타네 집에서는 거기까지 이야기가 진행됐다니, 전혀 몰랐다.

이웃사촌인 우리는 이곳에서 태어나 자랐다. 소타네 집까지는 걸어서 삼 분, 그러니까 우리는 흔히 말하는 소꿉친구다. 어린 자식들을 두고 양쪽 부모님이 크면 사돈을 맺자고 농담 반 진담 반으로 약속했던 그런 사이다.

하지만 그런 일들과 상관없이 나는 소타가 좋았다. 남자치고는 마른 편이었지만, 정식으로 사귀기 시작한 뒤로는 무슨 일이든 최선을 다해 열심히 하는 모습이 늘 듬직하게 느껴졌다.

"일본은 엄청난 속도로 발전하고 있어. 고속철도도 생겼고 도메이고속도로까지 생겼잖아."

그의 말처럼 이 근처도 몇 년째 고속도로 공사가 진행 중이었다. 도쿄까지 이어지는 넓은 도로가 생긴다는 사실이 아직은 실감 나지 않았다.

"지금 일하는 섬유 공장도 앞으로 더 발전할 거야. 지금은 월급이 적어서 살면서 힘든 부분도 있겠지만, 꼭 행복하게 해 줄게."

장난기를 지우고 한마디 한마디 신중하게 건네는 소타의 말에 나는 고개를 끄덕였다.

"잘 부탁해."

어떤 어려움이 닥쳐와도 그와 함께라면 살아갈 수 있다. 그렇게 믿었다.

그 뒤로 양가 부모님 상견례까지 일사천리로 진행되고 본격적인 결혼 준비가 시작됐다. 값비싸지도, 화려하지도 않았지만 금빛으로 반짝이는 약혼반지는 보고 또 봐도 행복하기만 했다.

그때 나는 희망으로 가득 차 있었다. 그 옛날 나는 우리가 반드시 행복해질 거라고 굳게 믿었다.

***

시월에 들어서자 갑자기 기온이 떨어졌다. 이제 아침저녁으로 제법 쌀쌀했다.

마사미와 와타루는 지난달에 소타 집에 다녀온 뒤로 얼마 지나지 않아 도쿄로 돌아갔다. 언제 화가 났었냐는 듯 생글생글 웃으며 "나 갈게."라고 인사한 딸은 사위를 따라 뒤도 돌아보지 않고 가 버렸다. 갑자기 텅 비어 버린 집이 적막하기도 했지만, 이제야 제자리를 찾은 듯한 안도감도 들었다.

하고 싶은 대로 하도록 자유롭게 키운 탓인지 딸은 아직도 아이처럼 철없이 굴 때가 있다. 몇 년 전부터 툭하면 집을 나와 친정에 오는 것이 내 책임인가 싶기도 했다. 티는 안 내도 남편은 손자를 보는 게 은근히 좋은지 마사미에게는 싫은 소리를 하지 않는다. 그러니 나라도….

"훗, 내가 어떻게…."

금세 포기하고 손바닥으로 로션을 펴 발랐다. 하얀 크림을 바르며 눈을 감는 순간 다시 소타의 얼굴이 아른거렸다.

미련이 남아서는 아니다. 그날 이후 나는 달라졌다. 모든 사람에게 거리를 두었고, 마음을 솔직하게 드러내지 않게 됐다. 다 큰 어른이면서 한심하다고도 생각했지만 지금까지 별 탈 없이 이렇게 살아온 걸 보면 원래 이런 성격이었는지도 모르겠다.

남편과의 결혼 생활에 불만도 없고 누가 뭐래도 나는 남편을 사랑한다. 그러니 과거 기억 따위는 전부 잊어버리면 좋을 텐데….

욕실 불을 끄고 주방으로 돌아왔더니 웬일인지 남편이 아직 깨어 있었다.

"아직 안 잤어요?"

돋보기를 쓰고 신문을 읽고 있었다. 그와 산 지도 벌써 사십사 년이 흘렀다.

"차 드릴까요?"

"응, 목이 마르네. 한 잔 줘."

그저 평범한 대화일 뿐이지만 고요한 밤에 나누는 둘만의 소소한 대화, 남편의 짧은 말 속에서 문득문득 다정함이 느껴질 때면 마음이 조금은 가벼워진다.

남편과의 결혼 생활은 하마나호에 떠 있는 작은 배 같다. 태풍에 휩쓸려 상처 입은 나를 그가 구해 줬다. 호화 여객선까지는 아니지만, 호수 위를 느긋하게 떠다니며 내 상처를 치유해 줬다.

"스즈키 씨 부인이 만주를 주셨어요. 드실래요?"

"오, 귤 만주인가?"

그는 근처에서 화과자 가게를 운영하는 스즈키 씨가 가끔 선물하는 귤 만주를 좋아했다. 차와 함께 내어놓자 신문을 옆으로 치우고 바로 집어 든다.

"역시 맛있어."

귤 만주의 얇은 오렌지색 반죽은 노을을 떠올리게 한다. 나는 잊고 싶은 과거 기억을 외면하듯 시선을 돌렸다.

"네, 맛있어요."

한동안 차를 마시는 소리만 조용히 들렸다.

"스마트폰에는 좀 익숙해졌어?"

"스마트폰이요? 아, 어디 뒀더라?"

연락이 안 되면 걱정된다고 삼 주 전에 마사미가 억지로 쥐여 주고 간 핸드폰은 아직 어떻게 사용하는지도 모른다. 일단 전화받는 방법까지는 익혔는데 어느새 보면 배터리가 다 되어 꺼져 있을 때가 많았다.

"그래서는 의미가 없지."

거실 테이블에 엎어져 있던 핸드폰을 발견한 남편이 충전기에 꽂았다.

"이 나이에 새로운 걸 배우는 건 힘들어요."

남편도 맞는 말이라며 작게 웃었다.

"시대 변화에는 따라가지 못하지만, 옛날 방식들은 정확히 기억하지. 그게 노인들의 특징인가 봐."

"그런가 봐요."

나도 따라 웃으며 남편을 보는데 또다시 소타의 얼굴이 떠올랐다. 그와의 추억은 다 잊었는데, 지금은 다른 남자의 부인으로 살고 있는데…. 왜 망령처럼 계속 나타나 나를 괴롭히는 걸까.

잠시 상념에 빠졌다가 정신을 차려 보니 남편이 나를 물끄러미 바라보고 있었다. 눈을 조금 더 크게 뜨며 왜 그러냐고 눈짓으로 물었다.

"아니, 사실은…. 모레 목요일에 부탁할 일이 좀 있는데 괜찮을까?"

선뜻 말을 꺼내지 못하는 남편을 보고 깨달았다. 내일도 출근할 사람이 이 시간까지 깨어 있다는 건 무언가 할 말이 있다는 뜻이었다. 내가 자세를 고쳐 앉자 그가 종이 한 장을 내밀었다.

"모레요?"

그날은 십오 일이고 슨자에 가는 날이다. 내 생각을 눈치챈 그가 먼저 말을 꺼냈다.

내가 그 집을 돌보고 있다는 사실은 남편도 알고 있다.

"내 용건도 슨자거든. 미안하지만 세 시까지 여기로 좀 가 줘."

"세 시요?"

종이에 적힌 주소를 보니 슨자역 근처였고 친정이 있던 곳에서도 가까웠다. 남편이 테이블 구석에 놓여 있던 작은 상자를 내 앞으로 밀었다. 손바닥 위에 올라갈 정도로 작은 하얀 종이 상자였고, 옆면에 그가 일하는 회사 로고가 찍혀 있었다. 부품을 제조하는 회사라고 들은 적은 있었지만, 자세히 알지는 못했다.

"납품… 뭐, 그런 일인가요?"

"어, 그래. 바다 관련 상품을 모은다나 봐. 중요한 물건이라 직접 가져다달라고 해서."

남편 회사에서 무엇을 만드는지 처음 들었다.

"부탁해도 될까?"

그답지 않게 말투가 조심스러웠다.

"당연하죠."

그런데 세 시라면 저녁 식사 준비는 어쩌지?

"일 마치면 전화 줘. 그리고 그날 저녁은 밖에서 먹도록 하지."

마음이 놓였다. 외식이라니 얼마 만이더라? 내가 집밥을 선호했던 탓에 우리 집은 외식하는 일이 드물었다.

"이참에 스마트폰 사용법도 익히면 되겠네요."

내가 고개를 끄덕이고 나서야, 남편은 안심하듯 남은 차를 다 마시고 방으로 들어갔다.

***

결혼이 결정된 후부터는 하루하루가 바쁘게 흘러갔다. 결혼식을 석 달 앞두고는 회사도 그만두었다. 몸이 좋지 않기도 했고 결혼 준비까지 겹쳐 버티기가 힘들었다.

그래도 소타는 항상 다정했고, 우리는 같이 살게 될 날만을 손꼽아 기다렸다. 그는 행복하게 해 주겠다는 말을 입버릇처럼 달고 다녔고, 나는 그의 진심을 믿었다.

팔월 말 비가 내리던 어느 날 오후, 집 전화벨이 요란하게 울렸다. 소타의 직장 상사라고 밝힌 남자가 프레스 기계가 고장이 나서 누군가 팔이 끼였다고 설명했다. 처음에는 그 사람이 소타라고는 생각지도 못했다.

집 밖으로 뛰어나갔을 때 먼저 연락을 받은 소타의 어머니가 울며 뛰어오는 모습이 보였다.

그 뒤로는 기억이 흐릿했다. 장면 장면이 사진처럼 기억에 새겨졌을 뿐이다. 어둑한 병원 복도에 수술 중이라는 빨간불이 선명하게 빛나고 있던 장면, 의사가 고뇌에 찬 얼굴로 끊어진 신경을 잇지 못했다고 말하던 장면, 결혼식을 취소했던 날의 일들, 재활 치료를 받던 소타의 뒷모습, 그리고 그와 마지막으로 이야기를 나누었던 날.

"전부 없었던 일로 하자."

고개 숙인 그가 쏟아낸 차가운 그 말이 내가 들은 소타의 마지막 목소리였다.

없었던 일로 해야 하는 것이 결혼인지, 나인지 알지 못한 채로 매일 울기만 했다. 세상에 절망했고 살아가야 할 의미를 알지 못했다. 그런데도 스스로 목숨을 버릴 수는 없었다.

그리고 얼마 뒤 병원을 나온 소타가 행방을 감췄다. 우리는 그렇게 끊어져 버렸다. 매일 함께였는데 그는 안녕이라는 말도 없이 사라지고 말았다.

바람에 흘러가듯 시간이 흐르고 나는 그다음 해에 겐지와 결혼했다.

***

오늘은 시월 십오 일, 소타가 사라지고 사십오 년이 지난 날이다. 남편에게 받은 상자를 가방에 넣고 메모에 적힌 곳으로 향했다. 하마나호 둘레길은 전보다 깔끔해져 있었다. 당연했다. 그만큼 세월이 흘렀고 나도 더 이상 스무 살이 아니니까.

잠시 걷다 보니 금세 오른편으로 목적지인 산마리노가 나타났다. 카페인 듯했는데 하얀 벽이 인상적인 건물이었다. 내가 이곳에 살았을 때는 없었지만 그렇다고 최근에 생긴 가게도 아닌 듯했다.

문을 열고 들어가 "안녕하세요."라고 인사하자 안쪽에서 회색 앞치마를 두른 백발의 신사가 나타났다.

"어서 오세요."

남자가 상냥하게 웃으며 자리를 안내하려 하기에 서둘러 가방에서 상자를 꺼냈다.

"실례합니다. 물건을 전해드리러 왔을 뿐이에요."

상자를 건네자 남자는 용건을 알고 있는 듯 싱긋 웃었다.

"아, 아쓰미 겐지 씨 부인이시군요. 오늘 오실 거라는 말씀 들었습니다."

"아, 예. 잘 부탁드립니다."

마스터는 벽시계를 한 번 보고는 카운터 끝 쪽 자리 의자를 뺐다.

"여기 앉으세요."

"네? 아니에요. 저는….”

"괜찮습니다. 남편분께서 차를 주문하셨거든요.”

그의 말에 어쩔 수 없이 자리에 앉자 남자는 상자를 들고 안쪽으로 사라졌다. 카페 안에는 잔잔한 연주곡이 흐르고 있었다. 둘러보니 여기저기에 바다 관련 물건이 많았다. 내가 앉은 자리 옆에도 하마나호의 사진들이 붙어 있었고, 왼쪽에는 손목만큼 굵은 밧줄과 닻도 장식되어 있었다.

"오래 기다리셨습니다.”

고개를 돌려보니 내 앞에 따뜻한 차가 놓여 있었다.

"감사합니다.”

카페에 혼자 와 본 적이 없던 탓에 어떻게 대응해야 할지 몰라 또 꾸벅 고개를 숙였다.

카운터 안쪽으로 돌아가 상자를 열어 본 남자의 눈이 동그랗게 커졌다. 많이 기대했던 물건이었는지 얼굴에 만족스러운 미소가 번졌다. 저절로 안도의 숨이 새어 나왔다.

남편이 오늘 저녁은 밖에서 먹자고 했지만 지금 돌아가면 저녁 준비도 할 수 있을 것 같다.

그런 마음으로 앞에 놓인 홍차가 빨리 식기만을 바랐다. 게다가 내가 슨자에서 여유롭게 차를 마시는 모습을 아는 사람이 보기라도 한다면 동네에 소문이 퍼질지도 모르고…. 그러다 순간 이런 생각을 하는 내가 한심해졌다.

이제 와서 누가 나를 신경 쓸까. 당시에는 큰 사고였으니 지역 내에 모르는 사람이 없었지만 다 지난 일이다. 나를 기억하는 사람이 있을 리 없었다.

그때 카운터 안쪽에 있던 남자가 창문 밖을 바라보며 말했다.

"오늘은 하늘이 쾌청하네요."

"네, 정말 날씨가 좋네요."

그리고 잠시 이어진 침묵을 재즈 음악이 채웠다.

남자가 불쑥 물었다.

"보고 싶은 사람 없으세요?"

무슨 뜻인지 몰라 가만히 있자, 남자가 고개를 살짝 기울였다.

"두 번 다시 만날 수 없는 사람이지만, 꼭 한번 만나고 싶은 사람 말입니다."

말의 의미를 천천히 곱씹어 보았다. 바로 소타의 얼굴이 떠올랐고, 이어서 고개 숙인 어두운 표정과 슬픈 뒷모습이 차례로 떠올랐다.

"없어요, 그런 사람."

분명한 내 대답에 남자가 고개를 끄덕였다.

"죄송합니다, 이상한 질문을 드렸네요. 이제 돌아가시나요?"

"네, 열차 시간이 다 되어 이만 실례하겠습니다."

반쯤 일어서며 대답하자 남자가 다시 한번 고개를 숙였다.

"가시는 길에 하마나호의 석양을 꼭 보세요. 오늘은 지금껏 볼 수 없었던 아름다운 노을이 질 것 같네요."

그 시절 수도 없이 보았던 노을, 소타가 탄 열차를 기다리는 동안 매일 저물어 가는 하늘을 바라보던 일을 기억한다. 기억을 끊어내듯 내쉰 긴 한숨을 끝으로 인사를 하고 가게를 나왔다. 네 시가 지나 있었다. 아까보다 더 기울어진 해가 눈부시게 빛났다.

역에 도착해서는 햇빛을 피하려고 역사 안에 있는 의자에 앉았다. 이제 곧 열차가 도착할 시간이다.

오늘 남편의 심부름은 내게 큰 모험이나 마찬가지였다. 해냈다는 성취감 뒤로 가벼운 피로가 몰려왔다. 등받이에 몸을 기대며 눈을 들자 멀리 금빛으로 반짝이는 호수가 보였다. 그날 내가 받았던 반지처럼…. 아, 그래서 내가 노을을 싫어하는지도 모르겠다.

순간 어디선가 음악 소리가 들렸다. 처음에는 마을 방송인가 했지만 그런 것 치고는 지나치게 가까이서 들리는….

"어머나."

소리가 내 가방에서 난다는 사실을 깨닫고 황급히 가방 안을 들여다보니 핸드폰이 울리고 있었다. 화면에 '겐지'라는 이름이 떠 있었다. 하지만 수화기 그림이 그려진 버튼을 한쪽으로 민 순간, 그 버튼이 '착신 거부 버튼'이라는 사실이 생각났다.

"이를 어째. 녹색 버튼이었는데."

화면을 집게손가락으로 꾹꾹 눌러 봤지만, 아무 반응이 없었다. 잠시 후 다시 남편에게 전화가 걸려 왔다.

"여보세요, 미안해요."

핸드폰 너머에서 알 만하다는 듯한 남편의 목소리가 들렸다.

"또 잘못 눌렀군."

"미안해요, 나도 모르게 잘못 눌렀네요."

그리고 그제야 생각이 났다. 아, 이런….

"일 마치면 전화하기로 약속했었죠?"

"이제야 생각난 거야?"

허허, 웃는 남편의 목소리에 나는 작아졌다. 주어진 일을 무사히 완수해야 한다는 생각에만 몰두한 나머지 완전히 잊고 있었다.

"괜히 긴장돼서…. 그래도 잘 전해드리고 방금 나온 참이에요. 이제 곧 열차 타니까-."

"잡초 뽑기는 어쩌고?"

"괜찮아요. 다음에 하죠."

"그래…."

그리고 한동안 말이 없었다.

"여보세요?"

"어, 어. 듣고 있어."

갑자기 목소리가 가까워진 느낌이다. 평소와 달리 남편의 말투가 어딘지 다정했다.

"지금 역에 있으면 다음 열차 타지 말고 만남의 벤치에 가서 앉아 봐."

안녕, 내가 사랑했던 사람

"만남의 벤치요?"

"승강장 끝에 의자가 있을 거야. 나무로 만든."

"잠깐만요."

일어나서 밖으로 나가 보니 정말로 역 왼쪽 끝에 작은 벤치가 덩그러니 있었다. 다가가서 손으로 쓸어 보니 닳고 닳은 감촉에 군데군데 갈라진 틈도 보였다.

"이 의자 말인가요? 둥그런…."

"그 의자에 앉으면 하마나호와 하늘이 아주 멋지게 보여. 해가 지면 수평선 너머에서 떠오르는 달도 볼 수 있지."

의자에 앉으니 정말로 눈앞에 멋진 풍경이 펼쳐졌다. 수평선이 옅은 오렌지빛으로 물들어 있었다.

"오늘로 사십오 년이네."

그때 남편이 작게 중얼거렸다.

"여보…."

"소타가 사라지고 사십오 년이 흘렀어. 당신은 그때 고작 스무 살이었지."

무거운 납덩어리가 올라앉은 듯 답답해져서 나도 모르게 가슴에 손을 올렸다. 남편도 기억하고 있을 줄은 몰랐다.

"그다음 해에 당신에게 청혼하고 결혼한 지도 사십사 년이 흘렀어. 인생이란 게 정말 한순간이네."

"그러네요."

"소타는 지금 어떻게 지내고 있을까?"

남편의 입에서 소타의 이름이 나온 건 정말 오랜만이었다. 그날 이후 나는 입에 올리지 않았고 그도 마찬가지였다. 흘러가는 날들 속에서 남편이 나를 구했고, 그렇게 우리는 차츰 행복해졌다.

"사실 당신한테 물어보고 싶은 게 있었어요."

내 말에 그가 이미 예상하고 있었다는 듯 "어." 하고 짧게 대답했다.

"소타는… 이미 이 세상에 없는 거죠?"

줄곧 묻고 싶었다. 물어서는 안 된다고 생각했던 말이지만 결국 꺼내 놓았다. 핸드폰 너머에서 작은 한숨 소리가 들리고, 이윽고 크게 숨을 들이켜는 소리가 이어졌다.

"맞아…."

생각만큼 충격이 크지는 않았다. 벌써 오래전부터 어렴풋이 느끼고 있었기 때문일까? 확신에 가까운 답을 알고 있었으면서 지금껏 확인하지 못했다.

"미안해, 당신한테는 차마 말할 수가 없었어."

"그랬군요…."

이유가 무엇이든 결론은 하나였다. 소타가 그날 나를 두고 사라졌다는 사실, 그건 변함이 없다.

"물어보길 잘했네요. 계속 신경이 쓰였거든요."

"그래, 나도 알아."

상실감이 아니라 이제야 겨우 진실을 알게 됐다는 안도감이 몸 전체로 퍼져 나갔다. 나는 오랫동안 누군가 답을 가르쳐주기만을 기다렸다. 아니, 사실 알고 있었다. 단지 인정하고 싶지 않았을 뿐.

"곧 열차가 올 거예요. 오늘 저녁은 그냥 집에서 먹지 않을래요?"

소타 이야기를 듣고 싶었다. 그동안 꼭꼭 감추어 두었던 과거를 다 꺼내 놓으면 앞으로는 조금 더 편하게 살 수 있지 않을까?

"아니."

남편이 짧게 대답했다.

"미안하지만 그대로 석양을 보면서 소타를 생각해 줬으면 좋겠어. 이제 곧 당신에게 물건이 하나 도착할 거야."

"물건이요?"

되묻는 사이에 열차가 도착했다. 시끄러운 소리를 내며 정차한 열차는 내가 타지 않을 거라는 사실을 확인하듯 다시 움직이기 시작했다.

"지금은 그 물건을 들고 소타를 생각해 줬으면 해."

"그게 무슨 소리예요?"

"기일 하루만이라도 마음껏 그리워해. 나는 당신을 믿어. 질투 같은 거 안 할 테니까 안심하고."

"여보…."

"대신 해가 완전히 지면 우리 집으로 돌아와."

우리 집….

뭉클한 감정이 심장을 울렸다.

"네, 알았어요."

전화를 끊고 올려다보니 조금 전보다 위쪽 하늘은 더 어두워졌고 수평선 주변은 붉게 타오르고 있었다.

다시 열차 도착을 알리는 소리가 들리고 이번에는 가케가와역 방향으로 가는 열차가 도착했다. 그 열차까지 보내고 나니 마음이 훨씬 차분해졌다.

문득 발소리가 들렸다. 돌아보니 젊은 남자가 나를 향해 걸어오고 있었다. 철도회사 유니폼을 입고 있는 걸 보면 역무원인 모양인데…, 슨자역은 무인역 아니었던가?

당황하는 사이 남자가 손에 들고 있던 상자를 건넸다. 상자를 보고 깜짝 놀랐다.

"이건 내가 아까…."

"산마리노의 마스터에게 부탁받았습니다."

내가 전해 줬던 작은 상자였다. 이걸 왜 내게…?

그렇게 묻듯이 남자를 바라보았더니 그의 입꼬리가 부드럽게 올라갔다.

"그 물건의 원래 주인이라고 하시더군요."

"네…? 그게 무슨?"

남자는 더 대답하지 않고 그대로 역사 쪽을 향해 가 버렸다.

어쩌지? 받은 물건을 돌려주었다는 건 마음에 들지 않는다는 뜻일까?

나는 잠시 망설이다 상자를 열어 보았다. 하얀 솜 위에 작은 물건 하나가 놓여 있었다. 물건을 집어 들었다. 손끝이 파르르 떨렸다. 금반지…. 소타에게 받았던 약혼반지였다.

이 반지가 왜 여기에? 남편은 왜 이 반지를 마스터에게 주었을까? 그러고 보니 지금까지 어디에 있었던 거지?

의문이 끝도 없이 떠오르던 가운데 아까 남편이 한 말이 생각났다.

반지를 높이 들고 원 안을 바라보니 노을로 물든 오렌지빛 하늘이 있었다.

"소타…."

없었던 일로 하자는 말을 들은 이후로도 처음에는 보고 싶었다. 하지만 결국 체념이란 감정에 굴복했고, 보고 싶다는 생각조차 하지 않고 살았다.

하지만… 지금, 이 순간 그가 보고 싶었다. 만나서 꼭 하고 싶은 말이 있다.

노을은 이제 하늘 전체로 번져 있었다. 희미하게 소리가 들렸다. 귀를 기울여 보니 분명 열차가 오는 소리였다.

"이게 어떻게 된…."

양방향 열차가 조금 전에 모두 지나갔다. 다음 열차는 삼십 분 후에나 와야 했다.

하지만 단풍 옷을 입은 나무들이 만든 터널 사이로 눈이 부실 정도로 강한 빛을 발하는 열차가 분명 다가오고 있었다. 현실이라고 믿기 힘들 만큼 눈부시게 빛나는 열차는 내가 오른손에 쥔 반지와 똑같은 금빛으로 둘러싸여 있었다.

서서히 속도를 줄이던 열차가 곧 멈췄고, 한 남자가 내렸다. 그의 얼굴을 본 순간 나는 그대로 숨을 삼켰다.

"소타…?"

옛날 그때처럼 나를 향해 걸어오는 그를 멍하니 보기만 했다.

꿈…인가?

가느다란 몸으로 시선을 내린 채 그가 내 앞에 와 멈춰 섰다.

"안녕."

짧은 인사… 그의 목소리였다. 꼭꼭 잠가 뒀던 기억의 문이 열렸다. 소타, 정말 당신이야?

"앉아도 될까?"

내가 왼쪽으로 조금 물러나자 그가 조용히 옆에 앉았다.

"정말… 소타 맞아?"

익숙했던 옆얼굴이 눈앞에 있었다.

"그렇게 빤히 보지 마. 도망가고 싶어지니까."

그리운 목소리에 프러포즈 받았던 날의 기억이 되살아났다. 행복하게 해 주겠다고 맹세하던 소타의 진지한 눈빛과 오렌지빛으로 물들었던 하늘, 숨 막힐 정도로 짙게 풍기던 풀 냄새가 되살아

나 가슴이 먹먹해졌다.

"어떻게… 이게 어떻게 된 거야?"

혼란스러워하는 날 보고 그가 조금 놀란 표정을 지었다.

"모르고 온 거야?"

"무슨… 소리야?"

"구름 한 점 없는 날, 해 질 녘에 보고 싶은 사람을 간절히 그리면 노을 열차가 온다는 얘기 몰라?"

영문 모를 소리를 중얼거린 그가 갑자기 휙 고개를 돌렸다.

"아, 형 짓이군."

"뭐?"

"전부 형이 계획한 일이야. 나를 보고 싶다고 생각하게 만들려고 너를 일부러 여기로 보낸 거야."

남편과 소타는 형제 사이다. 소타가 사라지고 일 년 뒤에 나는 그의 형인 겐지에게 청혼을 받았다.

문득 조금 전 남편이 한 말이 떠올랐다.

―지금은 소타를 생각해 줬으면 해.

그러고 보면 남편이 내게 무언가를 부탁하는 것 자체가 이상한 일이기는 했다. 갑자기 슨자에 가서 물건을 전해달라고 했던 부탁이 일부러 소타를 만나게 하려던 계획이라고? 그렇다면 산마리노의 마스터도, 조금 전 역무원도 모두 남편에게 부탁받았다는 말인가?

"사실은 지난달에 형도 만났어."

멋쩍게 머리를 긁적이던 소타가 어깨를 으쓱해 보였다.

"만나자마자 흠씬 두들겨 맞았어. 아직도 그때 맞은 자리가 아프다니까."

"겐지 씨를 만났어?"

"어디서 노을 열차 소문을 들은 모양이야. 그래서 너랑도 만나게 해 주고 싶었던 거겠지. 아무리 그래도 말도 안 하고 보낼 줄은 몰랐네."

하하하. 그가 잠시 허탈하게 웃었지만 바로 표정을 정돈했다.

"미안해. 너한테 정말 몹쓸 짓을 했어."

그리고 머리를 숙였다.

내가 아무런 대답도 하지 않자 그가 다시 꺼질 듯한 한숨을 뱉었다.

"지금도 내가 왜 그런 짓을 했는지 모르겠어. 깨어났을 때는 세상에서 도망치고 싶다는 생각뿐이었어. 내가 미쳤었나 봐."

"소타…."

"아무리 그래도 스스로 목숨을 끊다니. 나는 너와의 결혼, 그리고 뱃속에 있던 아기에게서… 도망친 거야."

순식간에 시야가 흐려지고 눈물이 뚝 떨어졌다.

"미안해."

소타가 사라졌을 때 내 뱃속에는 이미 마사미가 있었다.

나는 미친 듯이 그를 찾아 헤맸고 부모님은 그런 나를 말렸다. 배가 점점 불러 오던 그때 남편에게 청혼을 받았다.

한꺼번에 되살아난 괴로웠던 기억에 나도 모르게 입술을 짓씹었다.

"형에게도 죄를 지었지. 나는 정말 몹쓸 놈이야. 스스로 목숨을 버린 벌인가 봐. 내 왼팔은 여전히 이 모양이야."

그가 몸을 움직여도 왼팔은 미동조차 하지 않았다.

"아이는… 잘 지내지?"

"응, 잘 지내. 이름은 마사미야."

천천히 고개를 끄덕이는 소타를 보고 있자니 마음속에 휘몰아치던 폭풍이 점차 잦아드는 기분이었다.

"소타, 꼭 하고 싶은 말이 있었어."

"무슨 말이든 다 들을 각오가 돼 있어. 한 대 쳐도 괜찮아."

그가 나를 똑바로 바라보고 있었다.

내가 사랑했던 사람, 함께 행복해질 거라고 굳게 믿었던 사람. 내가 어떻게 당신을 탓할 수 있을까. 나라도 그런 사고를 당했다면 제정신으로 버티지 못했을 터였다.

오른손에 있는 반지를 꽉 쥐였다. 추억을 하늘로 올려보내듯이, 내 안에서 사라지길 간절히 바라면서… 나는 반지를 그의 오른손에 올렸다.

"이거 돌려줄게."

노을이 사라져 가는 하늘 아래 있는 반지는 더 이상 빛나지 않았다. 모질게도 길었던 나의 미련이 끝을 맺을 때였다.

"소타, 고마워."

고개를 숙이는 나를 보고 그가 영문을 모르겠다는 듯 얼굴을 일그러뜨렸다.

제대로 말해야 한다. 줄곧 마음속에 간직해 왔던 이 말은 지금이 아니면 영원히 할 수 없을 테니까.

"네가 사라졌을 때 죽을 만큼 괴로웠어. 하지만 겐지 씨가 옆에 있어 줬어. 오래전부터 알고 지낸 사이지만 내게 그 사람은 네 형, 그래, 솔직히 무섭고 무뚝뚝한 형이었지."

"형은 낯가림이 심한 편이니까."

"하지만 나는 겐지 씨 덕분에 살았어. 그 사람이 날 살렸어. 그리고 고마움이 언젠가부터 사랑이 됐어."

남편은 나와 둘이 있을 때만 웃는다. 밖에서는 무뚝뚝한 표정을 풀지 못하는 사람이지만, 사실은 누구보다 다정하다는 걸 나는 안다.

"겐지 씨랑 결혼해서 행복하게 지냈어. 언젠가 네게 그 말을 꼭 하고 싶었어."

더는 눈물이 흐르지 않았다. 편안하게 웃을 수 있었다.

"그래." 소타는 짧게 대답했을 뿐이다.

"나는 앞으로도 잘 지낼 거야. 그러니까 고마워."

노을이 사라지고 있었다. 가볍게 고개를 끄덕이는 소타의 등 뒤로 보이는 하늘에는 붉은빛이 희미하게 남아 있었다. 우리는 45년이라는 시간이 흘러 지금에서야 영원한 이별을 맞이하려 한다.

"나이를 먹어도 너는 여전히 예쁘네."

그의 마지막 말과 함께 그동안 무겁게 어깨를 짓눌렀던 짐들이 하늘로 날아간 듯 마음이 홀가분해졌다.

안녕, 내가 사랑했던 사람. 내가 천천히 손을 흔들자 그가 고개를 끄덕였다. 멀어지던 열차는 하늘에서 노을이 사라짐과 동시에 연기처럼 사라져 버렸다.

슬프지 않았다. 다시 새롭게 시작하는 기분이었다. 그대로 앉아 잠시 더 기다리자, 헤드라이트를 켠 열차가 승강장으로 들어왔다.

이제 돌아갈 시간이었다. 소중한 가족이 기다리는 우리 집으로.

가을은 눈 깜짝할 사이에 지나가고 어느덧 겨울 색이 완연해졌다. 하마마쓰시는 눈이 거의 내리지 않지만, 대신 엔슈 지방에서 불어오는 차고 건조한 계절풍이 곧 다가올 새해를 알려 준다. 새해를 앞둔 일요일, 오랜만에 집이 북적였다.

"할머니, 나 또 여기 살아?"

천진한 얼굴로 묻는 와타루에게 우유를 건네자 좋아하며 받아 마신다. 그 옆에 마사미가 식탁에 얼굴을 대고 엎드려 있었다. 미간에 잔뜩 힘을 준 남편은 거실에서 몇 번째인지도 모를 신문을 읽고 있다.

"제발 그만하자. 내가 잘못했다니까."

사위는 아까부터 계속 똑같은 말만 반복하고 있었다. 금요일 밤에 사소한 일로 부부 싸움을 한 마사미는 정해진 절차를 밟듯 가출을 감행했다.

"듣기 싫어!"

마사미는 귀를 막으며 들으려고 하지 않았다.

하, 일단 한숨을 내쉰 나는 남편을 불렀다.

"여보."

"응."

"와타루 데리고 시내에 좀 다녀와 줄래요?"

"내가?"

"귤 만주 좀 사다 주세요."

말이 끝나기가 무섭게 신문을 접는 소리가 들리는가 싶더니 벌써 일어나 나갈 준비를 한다.

"와타루, 가자."

"응!"

그렇게 서둘러 나가는 두 사람을 배웅하고 나서 다시 의자에 앉았다.

"마사미."

"듣기 싫다고!"

"적당히 좀 해!"

탕 소리가 나게 테이블을 내리치자 마사미가 깜짝 놀라 몸을 일으켰다.

"엄마, 왜 그래…."

"자네도 마찬가지야. 둘 다 똑바로 허리 펴고 앉아."

지금까지 한 번도 목소리를 높여 본 적 없던 나였다. 당황한 두 사람은 눈을 동그랗게 뜨고 시키는 대로 허리를 곧게 폈다.

"마사미, 너는 엄마야. 지금 와타루는 정서적으로 아주 예민한 시기고. 이것저것 보이는 대로 흡수해서 성격을 형성하고 세상을 배운다고. 그런 시기에 너 지금 뭐 하는 거니?"

"아니, 나는…."

"핑계 대지 마! 엄마는 지금 엄마로서 아이에게 줄 수 있는 모든 애정을 쏟아야 한다고 말하는 거야. 툭하면 가출이나 하고! 아이가 뭘 보고 배우겠어! 부부 문제는 차분히 대화로 풀 생각을 해야지!"

따끔하게 훈계를 들은 마사미는 즉각 얼굴에 불만을 드러냈다.

"그러는 엄마도 아빠랑 대화 안 하잖아."

그렇게 말할 줄 알았다. 나는 거실장 아래 서랍에서 앨범 한 권을 꺼내 마사미에게 건넸다. 못마땅한 표정으로 한 장 한 장 넘기던 딸의 눈동자가 점점 흔들리기 시작했다.

"요즘 아빠랑 엄마는 여행 다니느라 바빠."

"거짓말…. 둘 다 나돌아다니는 거 싫어하잖아."

최근 몇 달 동안 남편과 나는 전국을 돌아다녔다. 어디를 가든 둘이 함께 있으면 즐거웠고 선명한 추억이 새로 그려졌다. 마치 뒤늦게 떠난 신혼여행처럼.

"이제 곧 아빠 고용 연장 기간도 끝나니까 이번에 이집트에 가 볼 생각이야. 너희도 차분히 대화로 풀어. 그리고 자네!"

"아, 예!"

화들짝 놀란 다카히로가 몸을 떨었다.

"앞으로는 마사미가 가출해도 데리러 올 필요 없어. 내가 바로 쫓아 보낼 테니까."

"잠깐만, 엄마!"

불만을 터트리는 딸을 무시하고 말을 이었다.

"그리고 자네도 미안하다고만 하지 말고 제대로 설명하고 대화로 풀어. 마사미한테 불만이 있으면 언제든지 전화하고. 다 들어 줄 테니까."

내가 싱긋 웃어 보이자 다카히로도 배시시 따라 웃었다.

"뭐 하자는 거야."

나는 여전히 툴툴거리는 딸의 손을 꼭 잡았다. 하고 싶은 말은 지금 하지 않으면 후회한다.

"마사미, 잘 들어. 사람은 언젠가는 죽어. 그렇지?"

"그걸… 누가 몰라?"

"아니, 몰라. 혹시라도 내일 다카히로가 죽는다면 너는 평생 후회하며 살 거야. 그건 다카히로도 마찬가지고."

"무슨 말이야…."

고집이 센 마사미가 내 손을 뿌리치고 자리에서 일어섰다.

"알았어, 가면 되잖아. 가면."

"다음에는 가족이 다 같이 오렴. 아, 여행 중에는 안 된다. 참고로 다음 주에는 미야기현에 가기로 했어."

내 말에 마사미가 떡 벌어진 입을 끝까지 다물지 못했다.

주방에서 귤 만주를 먹는 남편에게 차를 내어 주었다.

"고마워. 이건 언제 먹어도 맛있어."

가출 가족이 떠난 우리 집은 활기를 잃었지만 평온함을 되찾았다.

"구름 한 점 없는 하늘…이네요."

내가 멍하니 중얼거리자 남편도 창밖으로 하늘을 올려다봤다.

"노을 열차를 만나기 딱 좋은 날이네."

"그러네요."

우리는 둘만의 비밀을 이야기하며 작게 웃었다.

"당신이 있어 줘서 다행이었어요."

남편이 자랑스러울 정도였지만, 그는 무슨 말이냐는 듯 미간을 좁혔다.

"정말 고마워요."

불쑥 전한 내 진심에 남편이 "별소리를."이라며 한마디 툭 내뱉고는 다시 신문을 읽기 시작했다. 하지만 살짝 코를 훌쩍이는 소리에 표정을 살폈더니 코끝이 빨갛다.

붙임성 없고 무뚝뚝한 남편과 나는 처음부터 서로를 사랑하지는 않았다. 우리는 서로의 상처를 감싸 주기 위해 결혼했다. 하지만 오랜 세월을 함께하면서 서로에게 없어서는 안 될 존재가 되었다.

많은 일을 겪으며 지나온 세월이 철길처럼 이어져 지금에 이르렀다. 이 여행이 끝날 때까지 우리는 웃으며 함께할 생각이다. 그 끝에서 기다리고 있을 소타와 다시 만날 그날까지.

네 번째 이야기

애매한 시월

아빠, 잘 지내?

나는 잘 지내고 있어.

하마마쓰는 시월인데도 아직 여름 같아.

아빠, 나 다음 달이면 열일곱 살 되는 거 알지?

고등학교 이 학년이면 어른이 되는 줄 알았는데 아빠랑 살던 때랑 별로 달라진 건 없네.

여기 학교로 전학한 지 벌써 일 년이나 지났다니 시간이 정말 빨라, 그렇지?

일 년 전만 해도 아빠 고향에서 살게 될 줄은 꿈에도 몰랐는데 말이야.

아! 할아버지랑 할머니도 건강하셔.

할머니는 점점 더 젊어지시는 거 같다니까.

나 친구도 많이 생겼다. 그래서 요즘은 이름보다 별명으로 불릴 때가 많아.

'아이다 마이'라는 내 이름 때문에 생긴 별명인데, '아이마이'야.

'애매하다'라는 뜻이라 그다지 마음에 들지는 않지만….

아빠 일은 잘돼 가? 바쁘겠지만 시간 나면 한번 와. 보고 싶어.

그럼, 또 편지할게.

— 마이

마지막 줄을 쓰자마자 웅성거리는 주변 소음이 다시 들리기 시작했다.

순간 이곳이 학교이고, 지금이 점심시간이라는 사실을 새삼 깨달으며 꿈에서 깬 듯 펜을 내려놓았다. 시계를 보니 5교시 시작까지 십오 분이 남아 있었다.

"야."

그때 갑자기 들린 목소리에 깜짝 놀라 자리에서 벌떡 일어났다.

"아, 미안! 이제야 고개를 들길래. 방금까지 너무 열중하고 있어서 말을 걸 수가 있어야지."

같은 반 남학생이 까무잡잡하게 탄 얼굴로 미안하다며 머리를 긁적였다. 구스이 다쓰야였다. 야구부인 다쓰야는 짧게 깎은 머리에 눈썹도 굵어서 남자다운 인상이다.

애매한 시월

"무슨 일이야?"

나는 감추듯이 재빨리 편지지를 뒤집었다.

"편지 썼어?"

다쓰야의 투박한 손가락이 파란 하늘과 구름이 그려진 편지지를 가리켰다.

"아, 응."

"흐음… 누구한테?"

"아빠…."

내가 나지막하게 대답하자 그의 눈이 크게 벌어졌다.

"아빠한테 편지 같은 걸 썼다고?"

"우리 아빠는 일 때문에 멀리 계시거든."

다쓰야가 눈을 반짝이며 나를 향해 몸을 돌린 채 앞자리에 앉았다.

"어디서 일하시는데?"

호기심이 잔뜩 어린 눈이 반짝반짝 빛났다.

"해외에… 계셔."

"우아, 대박!"

흥분한 다쓰야의 고함에 가까이 있던 다른 애들까지 이쪽을 돌아봤다.

"우리 아버지는 어부라 집에 가면 항상 계시거든. 새벽에 일어나시니까 밤만 되면 일찍 자라고 성화인데. 와, 부럽다."

천진하게 웃는 다쓰야에게서 시선을 돌린 나는 숨기듯이 편지를 봉투에 집어넣었다. 역시 학교에서 편지를 쓰는 게 아니었다.

다쓰야가 내게 관심이 있다는 소문이 반 애들 사이에 파다한데도 그는 굳이 부정하지 않았다.

저쪽이야 그저 장난일 테지만, 솔직히 나는 껄끄러웠다. 지금도 교실 구석에 모여서 이쪽을 쳐다보며 키득거리는 여자애들의 시선이 부담스러웠다. 하마마쓰에 처음 왔을 때는 공기가 참 좋다고 생각했는데 그것도 고작 며칠뿐, 요즘은 매일 숨이 막힌다.

다쓰야가 내 편지를 봤을까? 만약 봤다면 내가 쓴 거짓말들을 보고 뭐라고 생각했을까? 난 그저 아빠에게 걱정을 끼치고 싶지 않았을 뿐인데….

내가 의자를 뒤로 빼고 일어서려고 하자 다쓰야가 눈썹을 찌푸렸다.

"화장실… 가려고."

쭈뼛쭈뼛 그렇게 말하자, 다쓰야는 잘 다녀오라며 손을 흔들고는 바로 다른 애를 붙잡고 말을 붙였다.

시월인데도 학교 복도에선 아직 여름이 묻어났다. 나는 무더운 공기를 헤치듯 화장실로 가는 발걸음을 재촉했다.

이곳 슨자는 시골 동네다. 기차역도 무인역일 만큼 작은 마을이고, 만화 카페라도 가려면 역에서 열차를 타고 나가야 하는 촌구석이다. 같은 반에 친구라고 부를 만한 애도 없다. 그나마 연락하고 지내는 친구는 전에 다니던 고등학교에서 같은 반이었던 애들뿐이다. 나는 지난 일 년간 마을은 물론, 학교에도 스며들지 못하고 줄곧 겉돌기만 했다.

"아이마이!"

부르는 소리에 걸음을 멈췄다. 뒤를 돌아보니 레이코와 고즈에가 보였다.

"잠깐만! 하여간 아이마이는 걸음이 진짜 빠르다니까."

단발머리 레이코의 말에 단정하게 머리를 땋은 고즈에가 고개를 끄덕였다.

"아, 미안해."

입속말이나 다름없는 사과에 레이코가 보조개를 만들며 웃었다.

"뭐가 미안해. 그보다 오늘 노래방 같이 갈 거지?"

"남자애들도 간대."

고즈에가 옆에서 거들었다.

"저기, 나는… 아무래도 못 갈 것 같아."

간신히 거절의 뜻을 밝힌 순간 고즈에의 얼굴이 딱딱하게 굳었다.

"왜? 같이 간다고 했잖아."

"미안해."

시선이 저절로 실내화 앞코를 향했다. 뭐라고 핑계를 대면 좋을까….

"감기 기운이 좀 있어서…."

레이코와 고즈에가 서로 눈빛을 교환하는 모습이 얼핏 보였다.

"그럼, 너, 슈지 일은 어떻게 할 거야?"

둘 중 총대를 멘 레이코가 물었지만 나는 입을 뗄 수 없었다.

옆 반 사토 슈지에게 고백을 받은 건 여름방학이 시작하기 전이었지만, 뭐라고 대답해야 좋을지 몰라 피하다 보니 어찌어찌 오늘까지 와 버렸다. 노래방은 그 사실을 안 레이코와 고즈에가 부탁하지도 않았는데 먼저 나서서 계획한 일이었다. 물론 슈지가 두 사람에게 고민 상담을 했기 때문이겠지만….

시골 마을의 작은 고등학교에서는 같은 반이 아니어도 대부분 예전부터 서로를 알고 있다. 다쓰야와 슈지, 레이코, 고즈에도 소꿉친구였다.

레이코와 고즈에가 대답을 재촉하듯 말없이 내 눈을 응시했다.

다쓰야까지 오는 자리라면 더 가기 싫었고 슈지에게 뭐라고 대답해야 할지도 여전히 모르겠다. 애당초 이런 나한테 고백했다는 것 자체를 이해할 수가 없다. 그저 전학생이라는 점이 특별해 보였기 때문일 거다. 어쩌면 장난일지도 모르고….

"미안해. 아무래도 오늘은 안 되겠어."

오늘 노래방에 갔다가는 두 사람의 등살에 떠밀려 슈지와 사귀게 될지도 모른다는 예감이 들었다.

애매한 시월

"정말 안 갈 거야?"

"다들 기대하고 있단 말이야. 같이 가면 안 될까?"

두 손을 맞잡고 "제발."이라고 애원하는데도 고개를 들 수 없었다. 그때 고즈에가 일부러 들으라는 듯 크게 한숨을 뱉었다.

"하, 당일에 갑자기 이러는 게 어딨어."

"미안해…."

"그럴 거면 처음부터 안 간다고 했어야지."

"고즈에, 그러지 마."

레이코가 말렸지만 고즈에는 화난 목소리로 말을 이었다.

"그렇잖아. 지금도 우리가 물어보지 않았으면, 가기 직전까지 아무 말 안 했을 거라고."

"고즈에, 괜히 심술부리지 마."

"심술이 아니야. 아이마이, 일 년이나 같은 반 친구로 지냈으면 이제 우리한테 마음 열 때도 되지 않았어?"

"정말 미안해."

결국 또 미안하다는 말뿐이다. 더는 한심한 모습을 보이고 싶지 않아서 먼저 몸을 돌렸다. 두 사람도 더는 붙잡지 않았다. 그대로 화장실 문을 열고 안으로 뛰어 들어간 나는 가장 끝 쪽 칸에 들어가서 두 손으로 볼을 감싸고 쏟아지려는 눈물을 눌렀다.

고즈에 말이 맞다. 언제부턴가 내 생각을 솔직히 말하지 못하게 됐다. 그러니 '아이마이'라는 별명이 생길 만도 했다. 누가 나처럼 우유부단하고 소심한 애와 친구가 되고 싶을까. 나라도 싫다. 하지만 나도 어쩔 수가 없었다. 도대체 어떻게 하면 분명하게 내 생각을 말할 수 있는지 도무지 모르겠다.

결국 수업 종이 울리기 직전에서야 교실로 돌아왔다. 레이코와 고즈에, 그리고 다쓰야의 시선이 느껴졌지만, 누구도 먼저 말을 걸어오지는 않았다.

학교에서 집까지는 걸어서 간다. 비탈길을 내려갔다가 다시 오르막을 올라야 하기에 꽤 힘든 여정이다. 전에 살던 기후현 하시마시는 대부분 평지였고 비탈길이 거의 없었는데, 이곳은 반대로 평지가 더 적다. 늦은 오후인데도 살갗에 닿는 햇빛이 따가웠다.

조금 돌아가는 길이었지만 나는 슨자역 앞길로 들어섰다. 아빠에게 보내는 편지는 항상 슨자역 뒤쪽에 있는 작은 우체통에 넣었다. 오늘도 파란 편지지에 답장을 기다리는 마음을 담아서 우체통 안으로 밀어 넣었다.

마침 역에는 아무도 없었다. 나는 노을빛을 머금은 구름이 둥둥 떠 있는 하늘을 바라보며 근처에 있는 둥근 나무 벤치에 앉았다.

"예쁘다."

멀리 있는 수면이 반짝반짝 빛을 반사했다. 하마나호는 호수라기보다는 넓은 바다 같았다. 하마나호에서 유람선을 타고 찍은 옛날 사진이 있기는 했지만, 너무 어릴 때 일이라 기억은 나지 않는다. 그런데도 이 호수를 보고 있으면 어쩐지 그리운 마음이 든다. 세 식구가 오순도순 살던 그때로 돌아가고 싶다.

엄마는 내가 초등학교 오 학년이 되던 해 여름에 돌아가셨다. 사 학년 겨울부터 입원과 퇴원을 반복하는 엄마를 보면서 어린 마음에도 어느 정도 각오는 하고 있었다. 그래서 물려주듯 내게 집안일을 가르치는 엄마에게 불평 한마디 하지 않았다. 엄마의 말을 조용히 수첩에 적어 내려갔다. 점점 야위어 가는 엄마를 애써 태연한 얼굴로 마주했다. 그것이 내게 주어진 사명이라고 생각했으니까.

엄마가 돌아가신 날의 기억은 희미하다. 정신을 차려 보니 아빠와 둘이 살고 있었다. 그래도 외롭지는 않았다. 지금 와서 생각해 보면 엄마의 빈자리를 느끼지 않도록 세심하게 신경 써 주신 아빠 덕분이었지만.

아빠는 수제 구두를 만드는 공방을 운영했다. 공방은 집 근처였고 단골손님도 꽤 많았다. 일 년 치 예약이 꽉 찼다며 흐뭇하게 웃던 아빠 얼굴이 기억난다. 작은 공방이었지만 나는 그곳이 좋았다. 문을 열면 항상 나를 반기던 가죽 냄새, 향기롭고 달콤했던 그 냄새를 지금도 잊지 못한다. 그곳에서 두꺼운 가죽에 굵은 바늘을 찔러 꿰매는 아빠의 모습을 질리지도 않고 몇 시간씩 지켜봤다. 지친 아빠는 집에 돌아오시면 항상 소파에 축 늘어져 있었지만….

―해외로 나가서 일해 볼 생각이다.

미안한 표정을 감추지 못하던 아빠가 그 말을 했던 날은 별로 떠올리고 싶지 않다. 셋이었던 우리 가족은 그렇게 한 명씩 흩어져 이제 나 혼자 남았다. 내가 좋아하는 사람은 항상 내 곁을 떠난다. 내가 누군가에게 마음을 열지 못하는 이유는 어쩌면 불안하기 때문인지도 모른다.

"보고 싶어."

목소리가 승강장을 스치는 바람을 타고 허공으로 흩어졌다. 멀리 하늘을 날아가는 새 한 마리가 보였다. 얼핏 붉은부리갈매기인가 했지만 겨울에만 오는 철새이니 그럴 리는 없고, 아마 까마귀인 모양이다. 나는 생각을 갈무리했다. 집에 돌아가면 씩씩하게 웃어야 한다. 할머니 할아버지께 괜한 걱정을 끼칠 수는 없으니까.

그때 역사 안에서 한 남자가 나왔다. 아무도 없다고 생각했었기에 순간 흠칫 놀랐다. 무슨 일인지 그가 나를 향해 다가왔다.

"안녕하세요. 오늘은 구름이 껴서 어렵겠네요."

이제 막 성인이 된 듯한 젊은 남자가 친근하게 말을 걸어왔지만, 무슨 소리인지 이해할 수 없어서 고개를 숙여 버렸다.

"너무 실망하지 마세요."

흘끗 살펴보니 남자는 단추가 네 개 달린 남색 유니폼을 입고 있었다.

"아, 역무원이세요?"

"네."

상냥하게 고개를 끄덕인 남자의 눈이 갈매기 날개처럼 부드럽게 휘었다.

"그런데 여기는, 그러니까… 무인역 아닌가요?"

"맞습니다. 저는 이 시간에만 근무하는 미우라라고 합니다."

영문 모를 소리만 하는 남자가 조금 무서워졌다. 나는 슬그머니 두 손으로 가방을 들어 가슴에 안았다.

"네…, 그럼 전… 그만 가 보겠습니다."

슬슬 뒷걸음질 치며 물러났다. 무례한 행동이라고 생각하면서도 몸이 멋대로 움직였다. 남자가 그런 나를 잠시 바라보다가 싱긋 웃었다.

"네, 맑은 날 다시 들러 주세요."

"네."

까딱 고개 숙여 인사하고는 서둘러 역을 빠져나와 큰길가 인도로 올라섰다. 돌아보니 미우라라는 남자가 모자를 들어 내게 인사하고 있었다.

이곳은 석양이 산 너머로 사라지면 밤이 잰걸음으로 찾아온다. 가로등이 많지 않아서 주변이 금세 어둠으로 뒤덮인다.

집에 도착해 현관문을 열려는 순간, 마당 한쪽에서 깜빡이는 희미한 빨간 불빛이 시야에 들어왔다.

"할아버지."

"그래, 어서 오너라."

"또 담배 태우시는 거야? 금연한다고 하셨잖아."

"할머니한테는 비밀이다. 몰래 빠져나왔거든."

앞니로 담배를 문 할아버지가 입꼬리를 올리며 히죽 웃자 금세 얼굴이 주름투성이가 된다. 나는 할아버지의 웃는 얼굴이 제일 좋다.

"오늘은 늦었구나."

"응, 볼 일이 좀 있었어."

아빠한테 편지를 보냈다는 말은 하지 않는다. 항상 내 걱정뿐인 할아버지가 아시면 신경 쓰실 게 분명하니까.

"학교에는 좀 익숙해졌니?"

순간 풋, 하고 웃음을 터트렸다.

"그 질문만 벌써 몇 번째인지 알아? 여기 온 지 일 년이나 지났어. 나도 이제 여기 사람 다 됐다고. 하하하."

억지스럽다는 걸 알면서도 절대 티 내지 않으려 애써 미소를 지어 보였다.

"그래? 우리 마이, 대견하네."

"대견하기는…. 그보다 나, 배고파."

배에 손을 올리면서 실제로도 배가 고팠다는 사실을 깨달았다.

"그래, 그래."

할아버지가 벽 아래쪽에 숨겨 둔 재떨이를 꺼내려고 허리를 굽

했다. 그 순간 마당으로 통하는 유리문이 드르륵 열렸다. 긴 머리를 하나로 묶은 할머니가 얼굴을 쑥 내밀었다.

"마이, 다녀왔니?"

환하게 웃으며 나를 반겨 준 할머니가 바로 슬쩍 몸을 일으키는 할아버지 쪽으로 얼굴을 돌리며 미소를 지우신다.

"당신, 금연하기로 약속하지 않았어요?"

"아, 그랬지."

"그럼, 손에 들고 있는 그건 뭐죠?"

"이건…."

우물쭈물하는 할아버지를 노려볼 때 할머니는 언제 봐도 박력이 넘친다. 체구는 왜소한 편이지만 호통칠 때만큼은 여장부가 따로 없다.

"지키지 않을 약속은 약속이 아니죠. 젊었을 때는 자기가 마을에서 제일 잘난 사내였다고 하더니, 자기 입으로 한 말도 지키지 못하면 사내이기 전에 사람이 아니지 않나요?"

이렇게 되면 할아버지에게 승산은 없다.

"나, 옷 갈아입고 내려올게. 할아버지, 빨리 잘못했다고 해."

"자, 잠깐! 같이 가야지!"

현관 쪽으로 쪼르르 달려가는 내 뒤로 당황하는 할아버지의 외침이 안타깝게 울렸다.

이 층 내방으로 올라가 옷을 갈아입고 나면 잠시지만 아무도 신경 쓰지 않아도 되는 혼자만의 시간이 생긴다.

　같이 살기 전에는 할아버지, 할머니를 자주 찾아뵙지 않았었다. 하지만 지금은 나의 소중한 가족이자 유일하게 마음을 터놓을 수 있는 상대다. 할아버지, 할머니 앞에서는 생각하기도 전에 말이 술술 흘러나왔다.

　"그런데 왜…."

　무심코 새어 나온 혼잣말이 죄책감이 되어 날카롭게 가슴을 찔렀다. 무슨 말이든 편하게 할 수 있는 상대인데도 왜 정작 중요한 말은 하지 못하는 걸까. 아빠에게 편지를 보낸다는 말도, 친구들과 잘 지내지 못한다는 말도 두 분에게는 할 수 없었다. 나는 왜 할아버지, 할머니 앞에서까지 씩씩한 척하는 걸까? 결국 나는 세상 누구에게도 마음을 열지 못하는 거다. 어떻게 해야 이런 나를 바꿀 수 있는지 모른 채 그저 하루하루 버티고 있을 뿐이다.

　책상 위에 올려둔 사진을 바라봤다. 공방에서 나를 보고 빙그레 웃고 있는 아빠 사진, 가죽으로 만든 갈색 앞치마가 멋지게 어울린다.

　―지키지 않을 약속은 약속이 아니죠.

　문득 조금 전 할머니가 한 말이 떠올랐다. 머리가 지끈 조여들었다. 언제나 셋이 함께하자고 약속했는데, 나는 왜 혼자 여기 있지? 나는 아빠만 같이 있어 주면 다른 건 아무래도 상관없는데….

　"자, 그만!"

스스로를 타이르며 마음을 다잡은 나는 다시 얼굴에 미소를 그렸다. 아래층으로 내려갈 시간이었다.

그때 들린 대화는 결코 우연이 아니었다. 시작은 점심시간이라 벽 쪽에 서서 이야기하던 여자애들의 시선이었다. 손을 씻고 교실로 돌아와 별생각 없이 고개를 돌렸다가 고즈에와 눈이 마주쳤다. 고즈에가 "그런데 말이야."라며 돌연 목소리를 한 톤 높였다.
"저번에 노래방 갔을 때 정말 재밌었지. 노래를 너무 많이 불러서 목이 쉬었다니까."
"네가 많이 부르기는 했지. 얘가 다른 사람이 예약한 노래까지 가로채서 불렀다니까. 슈지가 황당해하며 쳐다보는데 어찌나 웃기던지."
레이코의 말에 다른 애들이 까르르 웃었다.
나는 가방에서 점심으로 먹을 빵을 꺼내어 조심스럽게 봉지를 풀었다. 그때였다.
"뭐, 누구는 당일에 펑크냈지만."
고즈에의 목소리가 내게 날아와 꽂혔다.
"너무했다. 미리 약속했던 거잖아."
옆에서 거드는 다른 애들의 목소리를 들은 순간 나는 빵을 손에 든 채로 얼어 버렸다.
"야, 너희들 그만해."

레이코가 말리자 고즈에가 불만 가득한 목소리로 "우리가 뭐." 라며 투덜거렸다.

"너는 왜 항상 아이마이 편만 들어? 우리가 피해자야. 약속을 어긴 사람이 잘못이라고."

"편드는 게 아니라 애초에 우리가 멋대로 같이 가자고 했을 뿐이잖아."

"그게 아니지! 싫으면 싫다고 말했어야지. 쟤는 우리랑 어울리기 싫은 거라고."

레이코가 여전히 나를 흘겨보는 고즈에에게 뭐라고 말하려다가 그대로 고개를 푹 숙였다.

"아무튼 그만해."

레이코는 시선을 떨어뜨린 채로 입술을 꽉 깨물더니 복도로 나가 버렸다.

"뭐야, 레이코. 화장실이라도 급해?"

고즈에의 말에 모두가 까르르 웃음을 터트렸다. 그 뒤로 화제는 텔레비전 이야기로 넘어갔지만, 애들이 여전히 나를 쏘아보는 것만 같아서 고개를 들 수 없었다. 못 들은 척하려고 해도 시야가 멋대로 일렁였다. 울음을 참으려고 어금니를 꽉 깨물었더니 손이 바들바들 떨려 왔다.

나도 알고 있다. 잘못한 사람은 나다. 처음부터 거절했으면 될 일이었는데 고작 그 말을 하지 못했다. 눈물이 나는 이유는 나를 비난하는 반 애들 때문이 아니라 이런 내가 너무 싫어서다.

"야, 조용히 좀 해!"

별안간 머리 위에서 고함이 쏟아졌다. 깜짝 놀라 고개를 들어 보니 못마땅한 표정으로 애들을 노려보는 다쓰야의 턱선이 보였다.

"그런 쓸데없는 얘기나 할 거면 나가서 해."

아아, 한계다. 이제 정말 눈물이 쏟아질 것 같았다.

"뭐야, 너한테 한 말 아니거든!"

"너야말로 왜 남의 얘기 엿듣고 그래!"

지지 않고 되받아치는 여자애들을 향해 다쓰야가 다시 한번 목소리를 높였다.

"시끄러우니까 나가라고! 나가!"

벌레라도 쫓듯 휘휘 손을 내젓는 다쓰야를 보고, 나는 자리에서 일어났다. 내게 집중된 시선들이 따가워서 더는 견딜 수가 없었다.

"그만해, 나 괜찮아."

"뭐가 괜찮아, 너도 참지만 말고 말해."

다쓰야가 불같이 화를 낼수록 여자애들은 더 흥미진진하게 눈을 반짝일 뿐이다.

나는 빵을 가방에 다시 집어넣고 빙긋 입꼬리를 올렸다. 왜 그랬는지는 나도 모르겠다.

"참기는 누가 참아. 정말 괜찮아. 사실 나, 노래방 가는 거 안 좋아하거든. 처음부터 확실히 말할 걸 그랬어."

"그런데 표정이 왜 그래?"

하지만 안타깝게도 얼굴이 이미 내 통제를 벗어나 제멋대로 움직이는 모양이었다.

"내가 나빴어. 다들 잘못한 거… 없어."

완전한 실패였다. 눈물이 뺨을 타고 주르륵 흘러내렸다. 억지로라도 입꼬리를 올려 봤지만 울며 웃는 괴상한 표정이 될 뿐이었다.

"야…."

"미안, 몸이 좀 안 좋아서. 너무 많이 먹었나? 나… 오늘 조퇴해야 할 것 같아."

그대로 가방을 손에 들고 교실 뒷문으로 뛰쳐나왔다.

"마이!"

다쓰야가 부르는 소리가 들렸지만 돌아보지 않고 그대로 복도를 달렸다. 도중에 교실로 돌아오던 레이코와도 마주쳤다.

"저기, 마이…."

당황한 레이코가 뭐가 말을 꺼내려고 했지만, 나는 단숨에 계단을 뛰어 내려갔다. 건물 입구에서 신발을 갈아 신고 또다시 교문까지 뛰었다. 비탈길을 내려오는 사이에도 애들의 웃음소리가 귓가를 떠나지 않았다. 고개 아래까지 내려와서야 겨우 숨을 제대로 쉴 수 있었다.

어쩔 수 없었다. 그 상황에서 계속 교실에 있을 수는 없었으니까. 그런데 이제 어쩌지? 얇은 구름이 하늘을 뒤덮고 있는 모양새가 당장이라도 비가 쏟아질 것 같았다. 하지만 이 시간에 집에 돌아가면 할아버지, 할머니가 걱정하실 텐데, 아, 어차피 학교에서 연락이 갈 테니 숨길 수 없으려나? 그렇게 생각하니 오히려 마음이 편해졌다.

학교에서도 있으나 마나 한 존재고 여전히 이 마을에도 적응하지 못했다. 가면을 쓰고 하루하루 억지로 버티고 있으니 괴로울 수밖에….

나도 모르게 슨자역을 향해 걷기 시작했다. 우중충한 내 마음과 똑같이 뿌옇게 흐려졌을 풍경이 보고 싶었다. 승강장으로 나가 늘 앉던 자리에 앉았다. 지난번에 만났던 역무원과 또 마주치면 어쩌나 싶었지만, 저녁 시간에만 일한다고 했던 말이 떠올랐다. 오늘은 진짜 무인역이라는 생각에 조금은 마음이 놓였다.

나는 발을 쭉 펴고 눈앞의 풍경을 바라봤다. 끝없이 이어진 하늘이 무거운 구름으로 뒤덮여 당장이라도 빗방울이 떨어질 것 같았다.

"아아…."

상대도 없는 탄식을 뱉었을 때였다. 역사 안에서 검은 고양이 한 마리가 불쑥 모습을 드러내더니 우아한 걸음걸이로 다가왔다.

"넌 이름이 뭐야?"

사람 말을 알아들을 리 없었다.

"야옹."

짧은 울음으로 대답한 고양이가 발밑으로 바짝 다가와 몸을 붙였다. 목걸이에 매직으로 글자가 쓰여 있었다.

"이름이 고로야?"

고로는 사람을 잘 따르는 모양이었다. 내가 톡톡 무릎을 치자 스르륵 일어나 다리 위에 올라앉았다. 살살 머리를 쓰다듬어 주자 기분이 좋은지 금세 골골 목을 울리는 소리를 냈다.

"너, 그래서 이름이 고로구나?"

재차 물었지만 고로는 내 존재 따위는 안중에 없다는 듯 제 털을 핥느라 정신이 없다.

지난번 슨자역에 왔을 때 미우라 씨가 맑은 날 다시 들러달라고 했던 말이 떠올랐다. 하지만 공교롭게도 오늘은 짙은 구름이 하늘을 뒤덮고 천천히 흘러가고 있었다. 예전에 아빠랑 살던 곳은 날씨가 어땠더라? 떠올려 봤자 소용없는 짓인 줄 알면서도 늘 돌아가고 싶고 그 시절이 그립다. 어차피 이제 그곳에도 내 가족은 없는데…. 나는 낯설기만 한 이 작은 마을에서 혼자 하늘을 보는 외톨이일 뿐이다.

"아빠, 엄마…."

또 눈물이 흘렀다. 다른 사람 앞에서는 잘도 웃으면서 혼자 있으면 맨날 눈물 바람이다. 훌쩍 코를 들이마시던 순간이었다.

"요놈."

깜짝 놀라 고개를 들었더니 모종삽을 든 할아버지가 신기하다는 표정으로 나를 보고 있었다. 하얀 머리에 긴 눈썹, 수염을 덥수룩하게 기른 모습이… 꼭 날씬한 산타클로스 같다.

"여기 있었구나."

내가 멍하니 바라만 보고 있자 그의 시선이 내 허벅지 위에 웅크리고 있는 고로에게로 옮겨 갔다.

"야옹."

대답하듯 울며 일어난 고로가 할아버지 옆으로 가 버렸다. 고로의 주인인지도 모르겠다고 생각하며 치마에 달라붙은 검은 털을 털어냈다.

"학생, 산 뒤에 있는 고등학교 학생인가?"

중저음의 목소리가 나직하게 울렸다. 고개를 끄덕이다가 속으로는 아차 싶었다. 평일 대낮에 밖에 있는 학생이라니, 누가 봐도 수상해 보일 터였다. 하지만 할아버지는 더는 묻지 않고 고개를 들어 하늘을 올려다봤다.

"비가 오네."

"네?"

고개를 든 순간 툭, 이마에 빗방울이 떨어졌다.

"고로, 산책은 그만하고 어서 가서 점심 먹으렴."

할아버지의 말을 알아듣기라도 한 건지 훌쩍 선로로 내려선 고로가 그대로 둑 아래로 내려가 버렸다. 목에 감았던 수건을 푼 할아버지가 이번에는 내게 말했다.

"학생도 같이 갈까?"

"네?"

똑같은 말만 되풀이하는 나를 보고 그가 눈을 가늘게 접었다.

"안심해요. 이상한 사람 아니니까. 이 언덕 아래에서 카페를 하는데, 잠시 비 좀 피했다가 가라고…."

나는 천천히 일어서서 고개를 저었다.

"괜찮습니다. 집이 여기서 가깝거든요."

내 말에 빙긋 웃는 할아버지의 미소가 어쩐지 쓸쓸해 보였다.

"그런 얼굴로 가면 가족들이 걱정할 텐데."

투둑투둑, 승강장에 굵은 빗방울이 떨어졌다. 내 속을 꿰뚫어 보는 듯한 눈동자를 피해 땅바닥에 점점이 그려지는 얼룩을 응시했다.

"그래도…."

여기 더 있으면 비에 흠뻑 젖을 테지만 집에는 돌아갈 수 없었다. 그렇다고 모르는 사람을 무작정 따라갈 수도 없고…. 나는 고개를 돌려 옆을 봤다. 역사 안에도 의자가 있으니 비를 피할 수 있겠다 싶었다.

"뭐 하나 물어봐도 될까?"

할아버지가 차분한 목소리로 물었다. 반사적으로 고개를 끄덕였지만 빨리 비를 피하고 싶은 마음에 내 발은 이미 역사를 향해서 조금씩 뒷걸음질 치고 있었다.

애매한 시월

그가 다시 물었다.

"소중한 사람을 잃은 게 언제쯤이었나?"

카페 이름은 산마리노였다.

할아버지는 이 카페의 마스터였다. 그가 문에 걸린 안내판을 떼어내고 안으로 들어가도록 문을 열어 주었다. 안내판에는 "역에 있습니다. 부르시면 바로 오겠습니다."라고 적혀 있다. 안은 생각보다 넓었고, 바다 관련 아이템들이 여기저기 장식되어 있어서인지 활기찬 분위기가 느껴졌다.

"잠시만 있어. 따뜻한 음료를 내올 테니까."

"네, 아, 저, 그런데…."

얼떨결에 의자에 앉았다. 조금 전 마스터가 한 말의 의미를 알고 싶은 마음도 없지 않았기에 결국 따라오고 말았다. 이 할아버지, 아니 마스터는 우리 엄마가 돌아가셨다는 걸 어떻게 알았을까?

"그새 젖어 버렸네."

그가 내민 하얀 수건을 감사하다는 말도 하지 못하고 받아 들었다. 지금 보니 나보다 마스터가 더 많이 젖어 있었다.

"우연히 역에 있는 화단을 보러 갔을 뿐인데 예쁜 숙녀를 만났네. 오늘은 운이 좋은 날인가 보군."

마스터가 소심하게 고개를 끄덕이는 나를 향해 부드럽게 미소 지으며 손을 씻었다.

"찻값은 신경 쓰지 않아도 돼. 말벗이 되어 준 보답으로 대접하는 거니까. 어차피 이 시간에는 한가하거든."

마스터의 손에서 하얀 김이 확 뿜어져 나왔다. 마술사 같다고 생각한 순간 달콤한 향이 주변으로 퍼졌다.

"여기, 코코아."

"감사…합니다."

머그잔을 받아 든 나는 입을 작게 오므리고 호호 불어 한 김 식힌 후에 입으로 가져갔다. 익숙한 달콤함이 몸을 따뜻하게 데우자 마음이 한결 차분해졌다. 지금이라면 조금 전 마스터가 한 말의 의미를 물을 수 있을 듯했다.

"저기, 아까 하신 말씀 말인데요. 그러니까… 저기, 어떻게…."

역시나 말이 제대로 나오지 않았다. 그런데도 마스터는 내가 무슨 말을 하고 싶은지 알겠다는 듯 아, 하는 짧은 감탄사와 함께 고개를 끄덕였다.

"실례되는 말이긴 하지만, 돌아가신 분이 어머니이신가?"

"아… 왜 그렇게 생각하셨어요?"

마른 행주로 스푼을 닦던 마스터가 길게 숨을 내쉬었다.

"학생 얼굴이 너무 슬퍼 보여서. 소중한 사람을 잃은 사람에게서 느껴지는 특유의 분위기가 있거든. 연륜에서 오는 감이랄까? 틀렸다면 미안해."

마스터가 살짝 고개를 숙였다. 나도 모르게 머그잔 손잡이를 쥔 손에 잔뜩 힘이 들어갔다. 조용히 잔을 내려놓자 초콜릿색 수면 위로 잔물결이 일었다.

"맞아요, 엄마가 돌아가신 게."

"그랬군."

한동안 서로 말을 잇지 못했다.

나는 어색하게 이어지는 침묵을 메꿔 보려 다시 코코아를 입으로 가져갔다. 조금 전까지 학교에 있던 내가 처음 온 카페에서 코코아를 마시고 있다니, 생각할수록 묘한 일이다.

"혹시 하고 싶은 말이 있으면 해요. 나라도 괜찮다면 들을 테니."

세차게 쏟아지는 빗소리가 카페 안에 흐르는 재즈 음악을 덮었다. 장대비가 쏟아지는 모양이다.

"아니에요…."

카운터 너머 의자에 앉아 있는 마스터의 다리 위에 어느새 고로가 올라앉아 있었다. 고로는 큰 눈으로 물끄러미 나를 보다가 천천히 눈을 감았다. 그와 동시에 나는 눈을 들었다.

"저는… 엄마가 안 계셔서 슬픈 게 아니에요."

나도 모르게 숨겨둔 말이 흘러나왔다. 믿을 수 없었다. 내가 먼저 이런 말을 꺼내다니. 순간 흠칫 놀라 다시 입을 다물었지만, 마스터가 가볍게 고개를 끄덕이며 계속하라는 신호를 보냈다. 어째서일까. 여기서라면 왠지 마음에 담아두었던 말을 할 수 있을 것 같았다. 달콤한 코코아와 차분한 가게 분위기 덕분일까? 아니면 세차게 내리는 비에 마음이 약해지기라도 한 걸까?

"엄마는… 제가 어렸을 때 돌아가셨어요. 지금은 슬프다기보다는 그냥 무덤덤해요."

"그렇군."

마스터가 고로의 머리를 쓰다듬으며 대답했다.

"제가 슬픈 이유는 그 후로 제가 이상해졌기 때문이에요. 사람들에게 미움받고 싶지 않아서 어떻게 말할지 고민하다가 결국 애매하게 얼버무리기만 해요. 그러니까 친구들이 절 싫어하는 건 당연해요."

레이코나 고즈에와도 처음부터 이렇지는 않았다. 관계가 틀어진 건 무슨 일이든 너무 깊이 생각하다가 결국 모호한 말로 회피해 버린 내 탓이다. 하지만 나도 어떻게 해야 변할 수 있는지 모르겠다. 달라질 용기, 그런 건 아무리 찾아도 보이지 않았다.

"할아버지, 할머니 앞에서도 항상 눈치만 봐요. 걱정 끼치고 싶지 않거든요. 아빠랑 살던 때로 돌아가고 싶어요."

또 눈물이 흘렀다. 나는 매일 괜찮은 척, 씩씩한 척, 상처받지 않은 척하며 산다. 그렇게 살 거면 차라리 끝까지 가면을 벗지 않으면 될 텐데, 결국 그렇지도 못하고 매번 좌절하고 울어 버린다. 나는 한심한 겁쟁이일 뿐이다.

"그렇군."

조금 전과 똑같이 대답하는 마스터의 눈빛이 어딘지 슬퍼 보였다. 기분 탓일까?

"슨자역에는 사람들이 잘 모르는 전설이 하나 있지."

조언을 기대하지는 않았지만 예상치 못한 말에 흐르던 눈물이 뚝 멈췄다. 뭐라고? 전설?

"보고 싶은 사람이 있나?"

내가 깜짝 놀라 고개를 들자, 마스터가 목을 울리며 골골거리는 고로를 바라보며 덧붙였다.

"더는 이 세상에서 만날 수 없는 사람 중에."

"이 세상에서…."

"그 사람을 다시 한번 만날 수 있다면 어때? 자신을 바꿀 수 있겠어?"

나는 잠시 말없이 그를 바라보다가 대답했다.

"모르겠어요."

혼란스럽게 뒤엉키는 생각을 정리하지 못하고 솔직히 대답하자 그가 가볍게 웃으며 다리 위에 있던 고로를 내려 주었다.

"구름 한 점 없는 맑은 날 저녁, 하늘이 노을로 물들었을 때 슨자역에 있는 만남의 벤치에 앉아 봐."

"만남의 벤치라면 아까 그…."

고개를 끄덕이는 마스터에게서 눈을 뗄 수 없었다.

"진심으로 그 사람을 만나고 싶다고 간절히 바라면 기적이 일어날 거야."

"기적이요?"

되물었지만 그는 웃기만 했다. 그의 눈동자에 맺혀 있던 슬픔은 사라졌고, 따뜻한 김을 타고 퍼지는 코코아 향기는 여전히 달콤했다.

>아빠, 잘 지내?
>할아버지는 무더위 때문에 얼마 전까지 몸이 안 좋으셨는데 지금은 괜찮아지셨어. 할머니는 여전히 건강하시고.
>그런데 아빠, 나 얼마 전에 신기한 이야기를 들었어. 역 아래에 있는 카페 마스터가 그러는데, 슨자역에 신기한 전설이 있대. 긴 얘기라 편지에 자세히 적을 수는 없지만, 기회가 되면 나도 한번 도전해 볼까 해.
>그나저나 요즘은 가을이 왔다는 걸 실감할 때가 많아. 나무에 달린 밤이랑 감이 제법 커졌고, 고개에 있는 나무들도 조금씩 붉어지고 있거든.
>나는 건강히 잘 지내고 있으니까 걱정하지 마.
>그럼, 또 편지할게. 시간 나면 답장 보내 줘. 기다릴게.
>   - 마이

그날 학교를 뛰쳐나오고 일주일이 지나 어느덧 시월 하순이 됐다. 나는 그 뒤로 학교에 가지 않았다. 매일 아침 이불 속에서 고민

애매한 시월

하기는 하지만 도저히 결심이 서지 않았다.

학교에서 연락이 오면 할머니가 적당히 둘러댄 덕분에, 나는 오늘도 아무 일 없는 것처럼 잠옷 차림으로 팔자 좋게 식탁에 앉아 여유롭게 우유나 마시고 있다.

그러고 보니 레이코도 매일 집으로 전화를 걸었다. 레이코에게 전화가 왔다는 말을 들을 때마다 난처한 기색을 드러냈더니, 요즘은 할머니도 '잔다'는 핑계를 대면서 아예 바꿔 주지 않으셨다.

"마이."

세탁실에서 나온 할머니가 내 맞은편에 앉으셨다. 학교 얘기를 하려는 게 분명했다. 지금까지는 내가 쉬고 싶다고 하면 두말없이 그러라고 하셨다. 혼자 고민한 시간이 아까울 만큼 선뜻 허락했지만, 언제까지고 이렇게 지낼 수는 없다.

"응, 왜?"

마음을 굳게 먹고 물었다. 하지만 돌아온 건 할머니의 밝은 미소였다.

"도쿄, 어떻게 생각해?"

"도쿄? 일본 도쿄 말이야?"

"일본 말고 도쿄가 또 있어? 자, 이거 좀 봐."

'도쿄'라는 글자가 크게 쓰여 있는 여행 팸플릿이 눈앞에 놓였다. 표지에 스카이트리 전망대 사진이 크게 찍혀 있었다.

"할머니가 도쿄에 가 본 적이 없어. 전부터 한 번이라도 좋으니까 아사쿠사에 가서 가미나리몬을 보고 싶었는데 말이야."

팸플릿을 넘기자 하마마쓰역에서 출발하는 2박 3일 여행 상품에 빨간 동그라미가 그려져 있었다.

"고속철도를 타면 도쿄까지 금방이잖아. 할아버지랑 같이 다녀와."

"늙은이 둘이 가면 짐 들어 줄 사람이 없어서 힘들어. 네가 같이 가면 또 모를까…."

"나도 도쿄에 가 본 적 없는걸. 도움이 안 될 거야. 결국 셋이 다 같이 헤매기만 할 걸."

"패키지여행이니까 그럴 일은 없어. 그래도 짐 들어 줄 사람이 하나 있었으면 좋겠는데, 응? 어때?"

할머니가 내게 무언가를 부탁하는 일은 흔치 않았다. 할머니가 원하시는 일이면 뭐든 들어드리고 싶기도 하고, 어차피 학교도 가지 않으니…. 하지만 좋다고 대답하려던 순간 나온 할머니의 말에 말문이 턱 막혔다.

"죽기 전에 꼭 한번 가 보고 싶어."

"뭐…?"

"나나 할아버지나 이제 살면 얼마나 더 살겠니. 마지막 추억 여행, 뭐 그런 거지. 더 나이 먹으면 다리에 힘이 없어서 가고 싶어도 못 간다니까. 호호호."

할머니가 또 유쾌하게 웃으셨다. 나는 피가 통하지 않는 듯 온

몸이 저리고 움직일 수 없었다. 그런 말은 듣고 싶지 않았다.

"죽는다니 무슨 그런 소리를 해. 할머니 아직 젊어."

"그래도 나이는 못 속인다. 지금은 도쿄에 가고 싶다는 생각도 하지만, 더 기력이 떨어지면 누가 가자고 해도 갈 수가 없어. 노인은 말이다, 매일 하나씩 잃어 가며 사는 거야."

차를 마시는 할머니를 똑바로 바라볼 수 없어 손에 쥐고 있는 차가운 유리잔으로 눈을 돌렸다. 어쩌면 죽음을 당연하다는 듯 말할 수 있을까.

"할머니랑 할아버지도 언젠가 돌아가시겠지?"

"그야 그렇지. 물론 네가 어른이 될 때까지는 무슨 일이 있어도 이 악물고 살 테지만, 사람 목숨은 내 맘대로 되는 게 아니잖니."

할머니의 덤덤한 반응에 결국 고개를 끄덕였다.

"알았어. 같이 갈게."

"정말? 할아버지가 좋아하시겠다."

할머니가 콧노래를 흥얼거리며 싱크대 앞으로 가셨다. 물끄러미 그 뒷모습을 바라보며 생각했다. 언젠가는 할머니도 돌아가신다. 모두가 내 곁을 떠난다. 나와 가까워진 사람들은 모두 떠난다.

"할머니."

"응?"

"왜 학교에 안 가는지 안 물어봐?"

"네가 가고 싶을 때 가면 돼. 쉬고 싶은 만큼 쉬렴."

나를 이해해 주려는 할머니의 마음이 느껴져 눈가에 열이 올랐다.

"미안해."

끼익, 수도꼭지를 잠그는 소리가 들리고 할머니가 뒤를 돌아봤다.

"마이, 네 인생의 주인은 너야. 네가 하고 싶은 대로 하면 돼. 학교를 그만두더라도 네가 행복하면 그걸로 된 거야."

"응."

"다만 누가 못살게 굴어서 그런 거면 할머니한테 꼭 말해야 한다. 이 할머니가 창이든, 대포든 들고 학교에 쳐들어갈 테니까."

할머니의 기운찬 목소리가 깜깜한 구멍에 빠져 있던 나를 단숨에 끌어올렸다. 할머니에게 힘이 되어 드려야 하는 사람은 나인데 항상 이렇게 품에 숨기만 한다.

"고마워."

창문 밖으로 고개를 돌렸다. 오랜만에 날씨가 쾌청했다. 아빠에게 보내는 편지에는 가을이 느껴진다고 썼는데 오늘은 좀 더울 것 같다.

그때 집 전화가 울렸다. 내가 흠칫 놀라자 할머니가 눈을 찡긋하며 신호를 보냈다. 시간상 학교에서 온 전화일 확률이 높았다.

"여보세요."

전화를 받은 할머니가 잠시 후 "어머나." 하며 활짝 웃었다.

"요네야마 씨, 아침부터 우리 집 양반이 폐를 끼치지 않았나 모르겠네요. 날이 더워서 잡초 제거 작업하기 힘드-."

갑자기 말이 끊겼다. 느낌이 이상해서 돌아보니 무슨 일인지 할머니가 눈을 질끈 감고 계셨다.

"네, 아 네. 듣고 있어요."

처음 듣는 어두운 목소리에 나도 모르게 의자에서 일어섰다. 할머니가 무언가를 쪽지에 받아 적고는 조용히 수화기를 내려놓았다.

"왜 그래?"

내가 옆에 있다는 사실조차 잊고 있었는지 내 목소리에 흠칫 놀란 할머니가 고개를 돌렸다.

"할아버지가… 쓰러지셨대. 숨을 쉬지 않았다는데…."

온몸이 쇠사슬로 칭칭 감긴 듯 꼼짝할 수 없었다. 내가 지금 무슨 말을 들은 거지?

"말도 안 돼."

"아무튼 병원에 가야겠다. 종합병원으로 가셨대."

멈췄던 시간이 다시 흐르기 시작한 것처럼, 할머니가 서둘러 앞치마를 벗어던지고 방으로 들어갔다.

"나도 같이 가."

"너는 집에서 기다려. 노인회 사람들이 또 연락할지 몰라."

허둥지둥 집을 나서는 할머니를 배웅하는 일 말고 내가 할 수 있는 일은 없었다.

숨을 쉬지 않는다…. 분명 그렇게 말씀하셨다.

나는 그 자리에 털썩 주저앉았다. 눈부신 하늘을 멍하니 올려다봤다. 할아버지가 돌아가신다. 또 나만 남겨 두고 떠날지도 모른다. 겨우 찾은 보금자리인데 또다시 반복이다. 모두가 한 명씩 한 명씩 떨어져 나가듯 사라진다. 어쩌면 좋을까. 아무것도 할 수 없는 자신이 비참해서 눈물조차 나오지 않았다.

"어떡해…."

나쁜 쪽으로만 뻗어 가는 생각을 멈추려고 머리를 세차게 흔들었다. 아니야. 할아버지는 아직 돌아가시지 않았어. 그래, 잠깐 멈췄을 뿐 금방 다시 숨을 쉬셨을 거야. 이러고 있을 때가 아니야. 빨리 병원에 가서 할아버지가 정신을 차리시도록 옆에서 힘을 드려야 해.

단숨에 이 층으로 뛰어 올라가 잠옷을 벗고 교복을 입었다. 서둘러야 했다. 나는 지갑과 핸드폰만 챙겨 들고 집을 나섰다.

할아버지! 할아버지!

마음속으로 계속 할아버지를 부르며 모퉁이를 돌았을 때였다. 맞은편에서 같은 교복을 입은 여자애가 걸어오는 모습이 눈에 들어왔다. 고개를 숙이고 걷던 그 애의 시선이 나를 향했다. 레이코였다.

반사적으로 걸음을 멈췄다. 레이코도 나를 알아봤는지 놀란 표정으로 내 쪽을 향해 다가왔다. 학교에 가는 중이라고 생각하기에는 등교 시간이 이미 지나 있었다.

"마이, 저기, 할 말이 있어서…."

늘 활기가 넘치던 목소리가 오늘은 가라앉아 있었다. 눈썹을 가운데로 모으고 시선을 떨군 레이코의 표정을 보아하니 무슨 말을 하고 싶은지 알 것도 같았다. 다만 지금은 시간이 없었다.

"일이 좀 있어서. 나중에 들을게."

그렇게 말하고 서둘러 옆을 지나치려는데 레이코가 팔을 붙잡았다. 깜짝 놀라 돌아보니 잔뜩 화가 난 듯한 눈빛이 내게 꽂혔다.

"사과하고 싶어."

뜬금없는 말에 당황하는 사이 레이코가 머리를 숙였다.

"미안해, 우리가 너무 심했어. 정말 미안해."

"레이코…."

가슴속 깊은 곳에서 불편한 감정이 스멀스멀 고개를 들었다. 이럴 때는 평소처럼 적당히, 좋게 좋게 넘기면 된다. 생각과 동시에 나는 입꼬리를 부드럽게 늘였다.

"아니야. 내가 감기에 걸려서, 그래서 학교에 못 갔던 거야."

레이코가 고개를 가로저었다.

"거짓말이잖아."

"거짓말 아니야. 지난번 일은 전혀 신경 쓰지 않아."

"거짓말!"

레이코가 내 두 손을 꽉 잡고 버럭 소리치는 바람에 나도 모르게 한걸음 뒤로 물러섰다.

"너는 항상 거짓말만 해. 진짜 마음은 얘기하지 않잖아. 슈지 일만이 아니야. 우리가 아무리 친해지려고 해도 적당히 거리를 두려고만 하고."

"그렇지… 않아."

아니라며 눈을 동그랗게 떠도 레이코는 고개를 저으며 내 말을 인정하려 하지 않았다. 레이코의 눈에 눈물이 맺혔다. 어째서 이 애가 우는 걸까?

"우리가 억지로 밀어붙였다는 건 인정해. 하지만 제대로 말할 기회는 줘야지."

"말…."

몸집을 불린 불편한 감정들이 입 밖으로 와르르 쏟아질 것만 같았다. 나는 필사적으로 말을 삼켰다.

"그래도 우리가 싫다면 어쩔 수 없겠지. 애초에 심하게 말한 건 우리니까."

"아니야…."

"하지만 나는 너랑 친하게 지내고 싶었어. 아무리 미움받아도 친구로-."

"아니라고!"

레이코의 손을 거칠게 뿌리쳤다.

"싫지 않아. 나도 친하게 지내고 싶어!"

늦었다. 더는 입에서 튀어나오는 말들을 막을 수가 없었다.

"하지만 생각나는 대로 아무 말이나 했다가 너희가 날 싫어하면 어떡해. 미움받고 싶지 않단 말이야! 그래서 필사적으로 참는 거라고. 안 그러면… 다 내 곁을 떠날 테니까. 내가 좋아하는 사람들은 다 떠나 버린단 말이야!"

놀란 나머지 시간이 멈춘 듯 얼어 버린 레이코의 얼굴이 뿌옇게 흐려지더니 곧바로 뺨을 타고 눈물이 흘러내렸다.

"마이…."

레이코가 다시 내 손을 잡았다. 뿌리치고 싶었지만 굳은 결심이라도 선 듯 레이코가 손에 힘을 풀지 않았다.

"할아버지가 위독하셔. 숨을 쉬지 않으신대…. 나 때문이야. 전부 내 탓이야! 내가 할아버지 명을 재촉한 거야!"

터져 버린 울음과 함께 그대로 주저앉았다. 목을 찢고 나오는 울음을 막을 수가 없었다.

그 순간 무언가 몸을 덮었다. 정신을 차려 보니 레이코가 나를 감싸안고 있었다.

"이거 놔."

"싫어, 절대 안 놓을 거야!"

나를 안은 채로 흐느껴 우는 레이코의 따스한 온기가 느껴졌다. 처음이었다.

"같이 가자."

울먹이는 레이코의 목소리가 귓가에 따뜻하게 울렸다.

"너희 할아버지 계신 곳에 같이 가."

몸을 세우고 나를 보는 레이코의 얼굴이 엉망이었다.

"분명 괜찮으실 거야. 나도 간절히 빌고 있으니까."

천천히 일어선 레이코가 멍하니 주저앉아 있는 나를 잡아끌었다.

"기적을 믿어 보자."

카페 마스터도 비슷한 말을 했다. 그때는 반쯤 농담으로 넘겼었지만, 만약 믿지 않아서 기적이 일어나지 않는 거라면….

나는 레이코와 나란히 걸으며 속으로 간절히 빌었다. 제발 할아버지에게 기적이 일어나게 해 주세요.

그때 갑자기 울린 소리가 정적을 깼다. 주머니에서 핸드폰을 꺼내 보니 화면에 '할머니'라는 글자가 떠 있었다. 심장이 요동치고 한 발짝도 뗄 수 없었다. 할아버지에게 무슨 일이 생겼다. 심장은 터질 듯이 빠르게 뛰었지만, 딱딱하게 굳은 몸은 조금도 움직이지 않았다.

"이리 줘."

레이코가 내 손에서 핸드폰을 가져가 통화 버튼을 누르고 귀에 댔다.

"여보세요. 아, 마이 핸드폰 맞아요. 할아버지는 어떠세요?"

애매한 시월

가슴을 칼로 저미면 이렇게 아플까. 신이시여. 기적이든 뭐든 다 믿을게요. 제발 제게서 할아버지를 데려가지 마세요.

"네, 아아."

레이코가 크게 고개를 끄덕였다. 뛰지도 않았는데 가쁘게 몰아쉬는 숨, 다음 순간 딱딱하게 굳었던 레이코의 얼굴이 스르륵 풀어졌다.

"그랬군요. 네, 알겠습니다. 괜찮으셔서 다행이에요."

레이코가 핸드폰을 들지 않은 오른손으로 오케이 사인을 그린 순간, 나는 두 손으로 얼굴을 감쌌다.

할아버지…!

내가 기쁨의 눈물을 흘리는 사이, 레이코는 할머니와 통화를 이어 갔다.

"네, 맞아요. 레이코예요. 네, 매번 전화해서 죄송했어요. 제가 마이랑 제일 친한 친구거든요."

친구, 그 말에서 퍼지는 온기와 다정함에 또다시 눈물이 흘렀다. 전화를 끊은 레이코에게 핸드폰을 돌려받은 나는 간신히 입을 열었다.

"고마워, 기적이 정말 있나 봐."

"십년감수했네. 너무 다행이다. 너희 할아버지 지금은 팔팔하시대."

코를 훌쩍이며 고개를 끄덕였다.

"있잖아, 마이. 앞으로는 뭐든 솔직하게 말해 줘. 좋든 싫든. 부탁이야."

레이코가 손수건으로 눈가를 닦으며 말을 꺼냈다.

내가 할 수 있을까? 지금껏 이렇게 살아왔는데… 그런데 내가 언제부터 이렇게 살았지? 생각해 보니 아빠가 해외로 떠나고 난 후부터였다.

"알았어. 하지만… 바로 고쳐지지는 않을지도 몰라."

"괜찮아, 그런 마음이면 충분해. 언젠가는 꼭 달라질 테니까."

이 애는 강하다. 막연히 그런 생각이 들었다. 공황 상태에 빠진 나를 지켜 줄 만큼 강한 아이였다. 처음부터 벽을 쌓은 건 나였다. 만약 내가 처음부터 솔직하게 속마음을 털어놓았다면 우리는 달라졌을까?

"고마워. 어쩐지 마음이 편해졌어."

"나도. 역시 오길 잘했어."

젖은 눈으로 웃는 레이코를 보다가 문득 깨달았다. 지금 오전 아홉 시쯤 아닌가?

"그런데 지금 수업 중 아니야?"

"아 아, 이제 알았어? 고즈에랑 애들한테 협조 좀 받아서 조퇴했지."

자랑스럽게 턱을 치켜드는 레이코를 보자 또 눈물이 차올랐다.

"바래다줄게."

레이코가 내 손을 잡아끌었다. 오랫동안 어둠에 뒤덮여 있던 마음속이 머리 위에 펼쳐진 하늘처럼 맑게 갠 기분이었다.

요 며칠 사이에 바람이 겨울옷을 입었다. 슨자역에 도착하니 막 출발한 열차가 승강장을 빠져나가고 있었다. 한 량뿐인 열차가 천천히 멀어지는 모습을 뒤로하며, 오늘도 나는 우체통 앞에 섰다.

가방에서 봉투를 꺼내 가만히 바라봤다. 그 사이 아빠에게 쓴 편지가 두 통 늘어서 손에는 세 통의 편지가 들려 있었다. 하지만 넣기 직전에 손을 멈췄다.

그만두자.

봉투를 손에 든 채로 자갈길을 걸어 승강장에 있는 만남의 벤치에 앉았다. 날씨가 맑았다. 새파랗던 하늘이 서서히 주홍빛으로 물들기 시작했다. 눈 아래 펼쳐진 하마나호에서 반짝이는 윤슬이 마치 호수 위에 떠 있는 작은 별들 같다. 뚜벅뚜벅, 조용히 구두 소리가 울렸다. 고개를 돌리자 낯익은 남자가 걸어오는 모습이 보였다. 미우라 씨라고 했던가?

"안녕하세요."

먼저 인사를 건네자 그가 살짝 놀라는 듯하다가 금세 눈을 가늘게 뜨고 미소 지었다. 옆으로 다가온 그가 "어?" 하고 고개를 갸웃하며 내 교복을 가리켰다.

"오늘은 토요일이니까 학교는 쉬지 않나요?"

"다 같이 모여서 문화제를 준비했거든요. 이제 준비는 끝났고, 무사히 해내는 일만 남았어요."

"문화제라… 뭘 하나요?"

호기심 어린 목소리로 묻는 그의 얼굴을 처음으로 제대로 보았다. 전에 봤을 때보다 더 젊어 보였고, 날씬하다기보다는 좀 마른 편이었다.

"카페를 하기로 했어요. 카페 이름이 '저승 카페'라 전부 귀신 분장을 할 거예요."

피식피식 새는 웃음을 참으며 대답하자 그가 눈을 동그랗게 키웠다.

"오, 그거참 재밌겠네요. 그런데… 오늘은 지난번에 만났을 때랑은 분위기가 다른데요? 꼭 다른 사람 같아요."

나는 평소와 다르지 않다고 생각했는데 그의 눈에는 그렇게 보이는 모양이다.

그가 하늘과 호수 쪽으로 시선을 돌렸다. 파랗던 하늘과 호수가 수평선을 향해 점점 붉게 물들어 갔다. 하늘이 매일 색을 바꾸듯이 사람 또한 항상 변하는 존재인지도 모르겠다.

"사실 요즘 달라지려고 노력 중이거든요. 아직 어렵기는 한데 겁내지 않고 조금씩이라도 달라져 보려고요."

그날 이후 나는 다시 학교에 나갔다. 레이코나 고즈에와도 편하게 대화를 나누게 됐다. 거기서부터 조금씩 바꿔 가는 중이다.

나를 보며 흐뭇한 표정으로 천천히 고개를 주억이던 미우라 씨의 시선이 문득 내 손에서 멈췄다.

"그런데 오늘은 아버님에게 편지를 보내지 않을 건가요?"

"네?"

그걸 어떻게…?

놀란 나를 보고 그가 당황하며 머리를 긁적였다.

"이제 그만 보낼래요."

"아, 그, 그런 뜻으로 한 말은 아니에요. 그저…."

"죄송합니다. 다음에 우체국 직원분께도 사과드릴게요. 주소도 없는 편지가 들어 있었으니 곤란하셨을 거예요."

파란 하늘이 그려진 편지 봉투 주소란에는 "아빠에게"라는 글자만 적혀 있었다. 보내는 사람 이름을 적는 칸도 언제나 비어 있었다. 배달도, 반송도 할 수 없었을 테니 우체부 아저씨도 난감했을 거다.

"주소를 모르시나요?"

안타깝다는 듯 묻는 미우라 씨의 목소리는 다정했다. 이 남자도 분명 좋은 사람일 거다. 생각해 보면 모두가 그랬다. 레이코도, 고즈에도, 할아버지, 할머니도 모두가 내게 따뜻하게 대해 주었는데 나는 그들의 마음을 순수하게 받아들이지 못했다. 그저 과거의 추억만 붙잡고 살았다.

"아니요. 저는 모두에게… 그리고 저 자신에게도 거짓말을 하고 있었어요."

깊이 숨을 들이마시고 천천히 말을 이었다.

"아빠는 작년에 돌아가셨어요. 믿을 수가 없었어요. 항상 곁에 있겠다고 약속했으면서 어느 날 갑자기 제 곁을 떠나 버렸으니까요."

"그랬군요."

"그즈음 아빠가 해외에 나가서 일하려고 준비하고 계셨거든요. 그래서… 아빠가 아직 살아 계시고 외국에 가셨을 뿐이라고 생각해 버렸어요."

악몽이라 믿고 싶었다. 그때 해외 연수를 가고 싶다고 했던 아빠 말이 생각났고, 그 말을 곱씹으며 스스로 허상을 만들어냈다. 나 자신을 속여서라도 슬픔에서 도망치고 싶었다. 하지만… 이제는 달라지고 싶다. 최선을 다해 하루하루 살다 보면 언제가 다시 이별이 찾아와도 받아들일 수 있지 않을까?

"기적은 진심으로 믿는 사람에게 일어나겠죠?"

미우라 씨가 부드럽게 웃었다.

"저는 그렇게 믿고 있답니다."

"산마리노의 마스터도, 제 친구도 그렇게 말했어요. 진심으로 믿으면 제게도 기적이 일어날까요?"

그가 천천히 고개를 들어 하늘을 바라봤다. 그의 시선을 쫓아 나도 점점 짙어지는 오렌지빛 하늘을 올려다봤다.

"오늘처럼 맑은 날이라면 분명 학생의 소원도 하늘에 닿을 겁니다."

가볍게 날아올라 나를 둘러싸는 듯한 그의 말은 마치 하늘에 올리는 기도 같았다. 나도 눈을 감고 기도했다.

아빠를 만나게 해 주세요. 만나서 꼭 하고 싶은 말이 있어요. 더는 도망치지 않을게요. 그러니까 제발 제 소원을 들어 주세요.

꼭 감았던 눈을 뜨기도 전이었다. 멀리서 희미한 소리가 들려왔다. 이건… 열차 소리?

천천히 눈을 뜨자 조금 전보다 더 붉어진 하늘과 어두워진 호수가 보였다. 주위를 둘러봤지만 미우라 씨는 보이지 않았다. 대신 언덕 위 나무들이 만든 녹색 터널에서 강렬한 빛이 뿜어져 나오고, 금빛으로 둘러싸인 열차가 나타났다. 잠시 후 석양을 받아 눈부실 정도로 환한 빛을 내는 열차가 천천히 승강장에 멈춰 섰다.

"노을 열차…."

목소리가 바람결에 흩어졌다. 문이 열리는 소리가 들리고 다음으로 가죽 구두를 신은 발이 눈에 들어왔다. 저 구두는….

승강장에 내려선 남자의 얼굴을 확인한 순간 나는 곧장 그에게 달려갔다. 가죽 앞치마를 두른 아빠도 나를 발견하자마자 하얀 이를 보이며 활짝 웃었다. 예전 모습 그대로 멋진 수염을 기른 아빠였다.

"아빠!"

"어이쿠!"

달려가 와락 품에 안기자 아빠가 깜짝 놀라며 나를 안았다. 너무나도 그리웠던 아빠 냄새에 필사적으로 매달렸다.

"아빠! 아빠!"

듬직한 팔이 나를 꼭 안았다. 그토록 보고 싶었던 아빠였다.

"마이, 보고 싶었다."

내가 제일 좋아했던 아빠 목소리, 그 목소리에 지금껏 팽팽히 유지했던 긴장의 끈이 힘없이 툭 끊어져 버렸다. 울음이 터졌고, 우는 것 말고는 아무 말도 할 수 없었다. 아빠는 우는 나를 벤치로 데려가 앉히고 옆에 앉아 큰 손으로 머리를 쓸어 주었다.

"아빠가 우리 딸한테 미안하다는 말을 꼭 하고 싶었어. 만나서 다행이구나."

슬픔으로 얼룩진 아빠의 얼굴이 눈앞에 있었다.

"갑자기 혼자 두고 가서 미안해. 전부터 가슴이 좀 이상하다는 생각은 했지만, 설마 그렇게 한순간에 멈출 줄은 몰랐어. 미리 검사 좀 받을걸."

공방에 쓰러져 있던 아빠를 발견한 사람은 나였다. 차갑게 식어 버린 아빠를 떠올리면 지금도 심장을 도려내듯이 고통스럽다. 해외 연수를 앞두고 평소보다 바빴던 아빠는 몸 상태가 좋지 않았다. 그 사실을 알아채지 못했던 나 자신을 매일 자책하고 원망했다.

슬픔이 나를 집어삼키고 하루하루 몸도 마음도 망가져 가던 그때, 나는 아빠의 죽음을 없었던 일로 만들었고, 그제야 간신히 숨이 쉬어졌다.

"엄마가 돌아가셨을 때."

내가 입을 열자 아빠가 고개를 끄덕였다.

"아무도 말해 주지 않았지만 어린 나도 엄마가 돌아가실 거라는 걸 알았어. 그래서 나도 모르게 죽음을 받아들일 준비를 했었나 봐."

"그랬구나."

"그런데 아빠는 너무 갑자기 떠나 버려서 얼마 전까지도 받아들일 수가 없었어. 그런데 이제 괜찮아. 다 슨자에서 만난 사람들 덕분이야."

울면 안 된다고 속으로 아무리 다짐해도 흐르는 눈물이 멈추지 않았다. 이번이 정말 마지막이니까 씩씩한 모습으로 보내드려야 하는데….

요즘 부쩍 감정에 솔직해진 탓인지 눈물이 고장 난 수도꼭지처럼 흘러내렸다. 하지만 조금 전까지도 붉었던 하늘이 점점 어두워지고 있었다. 시간이 얼마 없다.

"아빠, 나 아빠한테 편지를 보냈어."

"그래? 아빠가 보지 못해서 미안해."

어깨를 감싸안아 준 아빠의 가슴에 얼굴을 묻고 고개를 가로저었다.

"주소도 없는 편지였으니 볼 수 없는 게 당연하지. 그리고 편지 내용도 다 거짓말이었어. 그런데 아빠, 나 아빠한테 이 말만은 꼭 하고 싶었어."

"응?"

나는 사랑하는 아빠의 품에서 떨어져 몸을 바로 했다. 만나면 울면서 원망만 할 줄 알았는데, 이번이 단 한 번의 기적이라면 아빠를 이렇게 보낼 수는 없었다. 지금 마음을 전해야 했다. 솔직한 마음을 거짓 없이 그대로.

"아빠 사랑해. 앞으로도 영원히 사랑할 거야. 나, 앞으로 더 씩씩해질게. 그러니까 내 걱정은 하지 마."

말을 마친 순간 다시 왈칵 눈물이 쏟아졌다.

"고마워, 우리 딸."

자리에서 일어선 아빠의 등 뒤로 보이는 하늘은 이제 검은 보랏빛으로 변해 있었다. 수평선에 걸린 노을도 곧 사라질 듯 보였다.

"그래도 혼자 힘들어하지는 마. 너는 혼자가 아니야. 할아버지, 할머니도 계시고 친구들도 모두 널 지켜 줄 거야. 너도 모두를 지켜 줘."

"응, 그럴게."

"엄마랑 아빠가 길고 긴 네 인생의 끝에서 기다리고 있을 테니까, 우리 딸, 행복하게 살아야 한다."

애매한 시월

아빠가 눈자위를 꾹 눌렀다. 항상 듬직했고 다정하면서도 때로는 호탕했던 아빠의 눈물을 보며 나는 다시 한번 굳게 맹세했다. 더 꿋꿋하게 살아가겠노라고.

"다음에 만나면 내가 얼마나 행복하게 살았는지 얘기해 줄게."

"기대하고 있으마."

서쪽 산 너머로 사라져 가는 석양 속에서 아빠와 손을 잡고 걸었다. 열차에 탄 아빠와 승강장에 서 있는 내가 사는 세계는 다르다. 그런데도 아빠는 노을 열차를 타고 나를 만나러 와 주었다.

나는 크고 투박하면서도, 무척이나 따뜻한 손을 먼저 놓았다. 앞으로는 혼자 힘으로 걸어야 한다.

"잘 지내렴, 마이."

"응, 그럴게."

아직 웃는 가면을 완전히 벗지는 못했다. 하지만 다시 만날 그날에는 진짜 미소를 보여드릴 것이다.

다시 한번 굳게 다짐하는 사이 노을 열차의 문이 닫히고, 순자에 밤이 찾아왔다.

'저승 카페'는 대성공이었다. 소문을 듣고 찾아온 손님들이 물밀듯이 몰려들어서 나중에는 음향 담당이었던 나까지 귀신 분장을 해야 할 정도였다.

저녁때가 되고 문화제는 끝이 났다. 하지만 아직 뒷정리가 남았다. 나는 오늘 번 돈과 장부를 교무실에 있는 선생님께 제출하고 다시 교실로 향했다. 복도를 걷는데 축제가 끝났다는 아쉬움과 해 냈다는 성취감, 그리고 기분 좋은 피로감이 한꺼번에 몰려왔다.

"여기 있었어?"

맞은편에서 걸어오던 다쓰야가 말을 걸었다. 오늘 드라큘라 분장을 했던 그는 왜 외국 귀신 분장을 했냐며 딴지를 거는 손님 때문에 곤욕을 치렀다.

"너 어디가? 설마 혼자 도망가는 거 아니지?"

일부러 짓궂게 물었더니 다쓰야가 아니라며 얼굴 앞에서 손을 휘휘 저었다.

"빌려 온 테이블 미술실에 갖다 놓고 오는 길이야. 뭐, 잠깐 주스 사러 갈까 하기는 했지만."

피식 웃음이 샜다.

"그럼, 주스만 마시고 빨리 돌아와. 할 일이 태산이야."

"나도 알아."

입술을 삐죽이는 다쓰야의 표정에 나도 모르게 웃음이 터져 버렸다. 다쓰야도 나를 따라 웃었다. 그러다 문득 뭔가 생각났는지 급히 표정을 갈무리했다.

"그나저나 너희 할아버지는 괜찮으셔?"

"응, 완전히 건강해지셨어. 내가 집에 가면 매일 밖에 나와서 담배를 피우고 계신다니까. 그러다 할머니한테 들켜서 매번 잔소리를 들으시면서. 하하하."

나는 웃었지만 다쓰야는 고개를 갸웃했다.

"항상 밖에 나와서 담배를 피우고 계신다고?"

"응, 매일."

어깨를 으쓱하며 대답하자 그가 "그거 말이야."라며 팔짱을 꼈다.

"네가 걱정되니까 핑계를 만들어서 밖에서 기다리시는 거 아니야?"

그러고 보니 충분히 가능성 있는 말이었다. 하지만 아무리 할아버지의 다정한 배려라 해도 그대로 둘 수는 없다.

"난 생각도 못 했어. 다음부터는 추우니까 집 안에서 기다리시라고 말씀드려야겠다. 다쓰야, 고마워."

"아, 뭘."

뺨에 옅은 홍조를 띤 다쓰야가 숨을 크게 들이켜더니 다시 말을 이었다.

"그런데 말이야. 대답하기 싫으면 안 해도 되는데…, 너, 슈지랑 어떻게 하기로 했어?"

"아, 그냥 뭐…."

안 돼! 마이. 피할 생각하지 마. 나는 또 적당한 말로 상황을 피하려 하는 자신을 꾸짖었다.

"확실히 거절했어."

"어? 진짜?"

속마음이 표정에 그대로 드러났다. 다쓰야는 좋은 교과서다. 언젠가 나도 이 애처럼 솔직하게 감정을 표현할 수 있겠지?

"저, 저기, 그, 그럼, 너 좋아하는 사람… 있어?"

더듬거리며 묻는 말에는 고개를 저어 대답했다.

"그런 건 일단 나부터 좋아하게 된 다음에 하기로 했어. 몇 년이 걸릴지 모르겠지만 노력해 보려고. 약속했으니까."

"응? 누구랑?"

"다시는 만날 수 없는 사람. 하지만 언젠가 또 만나고 싶은 사람."

아버지가 돌아가셨다는 사실은 모두에게 털어놓았다. 다쓰야도 눈치챘는지 조용히 입을 다물었다.

하늘이 주홍빛으로 물들고 있었다. 아빠를 만난 그날 이후 나는 새 인생을 걷기 시작했다.

아빠, 다시 만날 그날까지 나, 열심히 살 거야, 꼭 지켜 봐.

"내가 이럴 줄 알았어. 다쓰야!"

레이코와 고즈에가 쿵쿵 발을 울리며 뛰어왔다.

"윽!"

"뭐가 윽, 이야! 내가 마이 귀찮게 하지 말라고 그랬지!"

허리에 손을 올린 레이코가 소리치자 다쓰야가 얼굴을 와락 구겼다.

"또 시작이네."

"마이, 가자! 빨리 정리하고 가야지."

고즈에가 내 팔을 붙잡고 매달렸다.

"알았어."

고개를 끄덕이고 발걸음을 옮겼다.

"너도 빨리 와. 늦으면 두고 갈 거야."

레이코의 엄포에 다쓰야도 툴툴거리며 뒤를 따라왔다.

친구들과 함께 웃었다. 웃으며 다시 한번 창밖의 석양으로 눈을 돌렸다.

아빠, 나는 여기서 내 인생을 열심히 살아갈게.

그러니까 꼭 지켜봐 줘.

다섯 번째 이야기

당신이 남긴 숙제

슨자역에는 처음 와 봤다.

"같은 하마마쓰시인데도 꽤 멀구나."

긴 한숨으로 상념을 털어내고 주위를 둘러봤다. 무인역인지 개표구도 역무원도 보이지 않았다. 그래도 전망 하나는 더할 나위 없이 훌륭했다.

십이월에 들어서고 나니 오후가 되면 기온이 급격히 떨어진다. 팔을 들어 시계를 확인하니 오후 네 시가 지나고 있었다.

"야옹."

어디선가 들린 소리에 문득 발밑을 보니 언제 왔는지 고양이 한 마리가 앉아 있었다. 고로라고 했던가? 카페에서 넉살 좋게 뒹굴뒹굴하던 검은 고양이였다.

또 한 번 찬바람이 휑하니 지나갔다. 나는 수도 없이 읽었던 작은 쪽지를 꺼내 다시 펼쳤다.

구름 한 점 없는 맑은 날, 덴류하마나코 철도 슨자역 근처에 있는 산마리노에 갈 것. 점심쯤에는 도착해야 함.

단정한 글씨로 쓰인 그녀의 메모를 손가락으로 덧그려 봤다. 가슴이 답답하게 조여 왔다. 수도 없이 반복되어 익숙해진 감각이고, 앞으로도 계속 나를 괴롭힐 고통이다.

쪽지를 원래대로 접어 다시 주머니에 넣었다. 주변을 둘러보다가 조금 떨어진 곳에 서 있는 한 남자를 발견했다. 나처럼 전설을 믿고 온 사람인가?

"그냥 앉아 계셔도 됩니다."

남자가 가까이 다가오자 그의 남색 유니폼이 눈에 들어왔다. 가슴 부근에 '덴류하마나코 철도'라는 글자가 수놓여 있었다. 자세히 보니 왼쪽 가슴에 달린 플라스틱 명찰에 '미우라'라고 새겨져 있었다. 무인역 아니었던 건가?

"노을 열차는 반드시 올 겁니다."

"네?"

묘한 말을 건네는 남자의 얼굴을 찬찬히 살폈다. 이십 대 초반에 호리호리한 체형이었고, 어딘지 쓸쓸해 보이는 인상을 풍겼다.

"노을 열차가 이곳에서는 꽤 유명한가 보죠?"

가볍게 고개를 끄덕인 그가 승강장에 그려진 하얀 선 위에 서서 하늘을 올려다봤다.

"다만 선택받은 사람들에게만 안내하고 있습니다. 그중 한 명이 되신 거죠. 네 시 삼십 분에 열차가 올 겁니다."

순간 부르르 몸이 떨렸다. 추워서인지 두려워서인지는 알 수 없었다.

"그 전설이…, 아니, 기적 같은 일이 정말로 일어난단 말입니까?"

그럴 리가 없다. 세상은 비극으로 채워져 있다. 기적이 비집고 들어올 틈이 없을 만큼 슬픈 일이 잇따라 찾아와 마음을 메마르게 했다. 희망에 기대를 거는 일 따위는 그만둔 지 오래였다.

"믿으면 이루어질 겁니다."

"그럴까요?"

내 것이라 믿기 어려울 만큼 힘없이 새어 나온 목소리에 그가 작게 고개를 끄덕였다.

"다시 한번 진심으로 믿어 보세요. 두 번 다시 만날 수 없는 사람을 만날 수만 있다면 그 정도쯤은 할 수 있지 않을까요?"

말을 마치고 등을 돌린 그에게서 시선을 거두고 하늘을 봤다. 쾌청한 하늘 아래 있는 호수가 오렌지빛으로 물들기 시작했다. 누가 봐도 감탄을 터트릴 만한 환상적인 풍경이었지만, 나는 아무것도 느끼지 못했다. 감정이 메말라 버린 걸까? 이제는 슬픔조차 느껴지지 않았다.

하지만 만약 다시 만날 수 있다면… 보고 싶은 사람은 단 한 사람뿐이다.

"시호…."

사랑스러운 이름을 담은 목소리가 하얀 입김이 되어 허공에서 흩어졌다.

지난 몇 달간의 기억이 천천히 되살아났다.

***

"이런 말씀 드려서 유감입니다만, 마음의 준비를 하셔야 할 것 같습니다."

말과 다르게 담당 의사의 목소리에서는 조금의 유감도 느껴지지 않았다. 모니터 화면에는 시호의 정밀검사 결과가 떠 있었다.

당연히 퇴원 날짜를 정하려고 부른 줄 알았기에 말뜻을 바로 이해하지 못했다. 지금 내가 무슨 말을 들은 거지?

"저기… 지금 무슨 말씀인지…."

의사 뒤에 서 있는 젊은 간호사를 쳐다보자, 그녀가 시선을 피했다. 늘 활기가 넘치던 사람이었는데 왜 그러지? 그러고 보니 왜 나 혼자만 오라고 했을까? 시호는 분명 내가 병실을 나오기 전까지 방긋방긋 웃고 있었는데….

"야마모토 씨, 야마모토 준 씨, 제 얘기 듣고 계세요? 아내분께 남은 시간이 길지 않습니다."

"하…."

나도 모르게 헛웃음이 튀어나왔다. 그럴 리가 없지 않은가.

시호의 몸 상태가 나빠진 건 봄이 끝나가는 무렵이었다. 배가 아파서 내과 진료를 받았다는 말을 들었다. 감기라고 했는데 영 낫지를 않아서 복부 초음파와 혈액 검사를 했고, 이 병원을 소개받았다고.

지금 앞에 있는 의사는 처음 입원했을 때부터 시호를 맡아 준 담당의다. 양성 종양이 발견됐다는 말도 그에게 들었다. 하지만 그때 분명 수술하면 괜찮을 거라는 말도 같이 들었다. 그래서 수술 동의서에도 서명했다.

"말씀이 다르지 않습니까, 선생님이 분명–."

"혈행성 전이가 있었습니다."

조금도 동요하지 않는 담당 의사의 태도에 거부감이 밀려왔다. 감정이라고는 전혀 없는 말투다.

"죄송하지만, 전이…라니요. 무슨 말씀이신지."

의사는 덤덤하게 손에 들고 있던 진료 차트로 시선을 돌렸다.

"남편분께 꼭 드려야 할 말씀이 있습니다."

한순간에 주변 공기가 차갑게 식었다. 간호사는 책상과 눈싸움이라도 하는지 여전히 눈을 내리깔고 움직이지 않았다.

"지금까지는 아내분이 강하게 원하셔서 진료 결과를 본인에게만 말씀드렸습니다만, 수술 결과를 보시고 아내분도 허락하셔서 말씀드리는 겁니다."

"네…."

"아내분은 대장암 3기입니다."

"네? 잠깐만요."

순간 머리가 핑 돌았다. 흘러내리는 안경을 손으로 추켜올리며 말을 끊었지만, 의사는 멈추지 않고 설명을 이어 갔다.

"세포 검사를 진행했는데 혈액을 통해 간과 췌장으로 전이된 것이 확인됐습니다."

"아니…."

"이제 항암 치료를 받으시거나-."

"그만! 잠깐만 기다리라고 했잖아!"

둥근 의자를 박차고 일어선 내게 두 사람의 애처로운 시선이 꽂혔다.

"아, 죄송합니다."

쓰러진 의자를 보면서 반사적으로 사과했다.

그럴 리가 없다. 이런 일이 우리에게 일어날 리 없다. 분명 뭔가 잘못됐다. 시호가 죽을병에 걸렸다니 이런 터무니없는 허풍이 또 어디 있을까.

그 뒤로는 항암 치료에 관해 설명하는 의사의 말을 들으며 기계적으로 고개만 끄덕였다. 진료실을 나오고 나서야 엉망으로 구겨진 바지가 보였다. 땀이 난 손으로 꼭 쥐고 있었던 탓이다.

이건 분명 악몽이고, 나는 지금 꿈을 꾸는 것뿐이라고 되뇌면서 병원 복도를 걸었다. 하지만 몇 번이고 눈을 질끈 감았다 떠도 악몽이 끝나지 않았다.

엘리베이터 버튼을 누르고 나서야 손에 무언가를 들고 있다는 사실을 깨달았다. 조금 전 들은 설명이 적힌 서류였다. 다시 보니 내 서명이 꼴사나울 정도로 삐뚤빼뚤했다. 일그러진 글자들이 이것이 현실임을 알려 주는 듯했다.

엘리베이터에 올라 시호가 있는 팔 층 버튼을 눌렀다. 시호의 병실은 오른쪽 끝에 있는 일 인실이다. 병실로 들어가자 책을 읽던 아내가 눈을 들고 싱긋 미소 지었다.

"어서 와."

가까이 다가가 살펴도 평소와 조금도 다르지 않았다.

"책, 사 왔어?"

"아, 응."

대답하며 서점 봉투를 건네자 신이 난 얼굴로 받아서 끌어안는다.

"우아, 다 사 왔네. 신나라. 책 찾느라 힘들었지?"

"스즈모토 씨 부인이 그 서점에서 일하시더라. 갑자기 말을 걸어서 깜짝 놀랐어."

그녀는 같은 단지 건너편 동에 사는 주부였다.

시호가 못 말린다는 듯 작게 웃었다.

"내가 전에 말했잖아. 그 서점에서 일한 지가 벌써 몇 년짼데. 당신 그 얘기 처음 들었을 때도 똑같이 놀랐다는 거 알아? 하여간 금세 잊어버린다니까."

"그랬나?"

반쯤은 내가 무슨 말을 하는지도 모른 채 아무 말이나 내뱉었다.

"그런데 굉장하네. 그렇게 큰 서점도 아닌데 찾은 책이 다 있었어. 물론 내가 아니라 스즈모토 씨 부인이 찾아 줬지만."

내 말에 시호가 고개를 끄덕였다.

근무 중에 시호에게 받은 메시지에는 열 권이 넘는 책 제목과 되는대로 찾아서 사다달라는 말이 적혀 있었다.

다행히 기적적으로 찾던 책이 모두 있었다.

나는 의자에 앉아서 아내의 얼굴을 물끄러미 바라봤다. 얼굴색도 나쁘지 않고 분명 수술도 잘 됐다고 들었다. 역시 조금 전에 들은 말은 뭔가 착오가 있었던 거다. 시호가 죽는다니, 그런 일이 일어날 리가 없다.

그 사이 시호는 봉투에서 책을 꺼내 한 권씩 살폈다. 보물이라도 되는 듯 조심스럽게 집어 들고 표지를 보며 눈을 가늘게 뜨고 웃는다. 책을 뒤집어서 뒤표지에 적힌 줄거리를 읽는 모습을 보고서야 겨우 숨을 편하게 쉴 수 있었다.

우리는 대학을 졸업하고 바로 결혼했다. 대학교 이 학년 때 생일이 같다는 우연에 동시에 비명을 질렀고, 자연스럽게 연인이 됐다. 일부러 결혼을 서두르지는 않았다. 그저 당연한 절차처럼 자연스럽게 그렇게 됐다.

우리의 생일인 십이월 이 일에 혼인신고를 했으니 올해가 십일 주년이다. 가을이 끝나면 우리는 동시에 서른넷이 된다.

"있잖아. 조금 전에-."

"다 읽을 수 있을까?"

조금 전 있었던 일을 우스갯소리 삼아 이야기하려던 순간이었다. 시호가 한발 앞서 내 말을 잘랐다.

"죽기 전에 다 읽을 수 있으려나?"

발밑에서 시작된 전율이 전신을 관통했다.

"그게 무슨…."

더는 듣고 싶지 않았다.

"마쓰우라 선생님께 들었지?"

제발 더 이상 아무 말도 하지 마.

"말 못 해서 미안."

마음속으로 아무리 그만하라고 외쳐도 시호에게는 닿지 않았다.

"나 없어도 잘 살 수 있지?"

지독한 현실이었다.

우리 부부가 단지형 빌라에 자리 잡은 이유는 시호가 강하게 원했기 때문이었다. 나는 고층 아파트나 다세대 주택이 어떠냐고 했지만, 시호는 끝까지 물러서지 않았다. 원래 고집을 부리는 성격이 아니라 이상하다는 생각에 이유를 물었더니 "단지형 빌라는 주민들과 대가족처럼 왁자지껄하게 지낼 수 있잖아."라며 기대에 찬 눈을 반짝반짝 빛냈었다.

시호는 맞벌이 가정의 외동딸로 자랐다.

―초등학생 때 학교에서 돌아오면 늘 혼자 엄마가 오시기만을 기다렸어. 무서우니까 집안 불을 전부 켜 놓았는데, 그러면 어쩐지 집이 더 휑하게 느껴지는 거야.

언젠가 그런 말도 했었다. 시호의 고향 집은 오래된 옛날식 주택이라 안쪽으로 깊숙한 구조였다. 확실히 아이가 혼자 있으면 무섭고 쓸쓸할 만했다.

우리 집은 낡은 사 층 건물의 삼 층에 있다. 집 앞에 공원이 있어서 오늘 같은 일요일이면 아침부터 아이들 소리가 소란스럽게 들린다. 윗집에서는 어린아이가 쿵쾅거리며 뛰어다니고, 아랫집에서는 갓난아기가 쉴 새 없이 울어댄다.

본격적으로 가을이 시작됐는지 요즘 들어 꽤 쌀쌀해졌다. 이불을 젖히고 혼자 몸을 일으킨 순간, 수면 부족으로 인한 두통이 가볍게 머리를 때렸다.

그 뒤로 사흘이 지났다. 병원에 가 봐야지 하고 매일 생각하지만 여전히 머릿속이 뒤죽박죽 혼란스럽다. 시호를 보고 싶다는 마음과 보고 싶지 않다는 마음이 파도처럼 번갈아 가며 밀려왔다.

"이 집이 이렇게 넓었던가?"

싱겁게 뱉은 혼잣말에 그대로 무너져 버릴 것만 같았다. 아내가 없는 집은 텅 빈 듯 휑하고 쓸데없이 넓었다. 어렸을 때 시호가 느꼈던 기분이 이런 걸까?

며칠 동안 줄곧 그날 병원에서 있었던 일만 곱씹었다. 어쩌면, 혹시라도, 라는 희망적인 생각을 해 보기도 했지만 담당 의사나 간호사, 그리고 시호가 했던 말들을 떠올리면 삽시간에 모든 희망이 거품처럼 사라져 버렸다.

다시 카펫 위에 벌렁 누웠다. 거실장 아래에 뽀얗게 쌓인 먼지가 눈에 들어왔다. 분명 입원하기 전에 아내가 청소했을 텐데, 집이라는 곳이 이렇게 금방 더러워지는 줄 처음 알았다.

그때 침실에서 작은 전자음이 울렸다. 아마 시호가 보낸 메시지일 터였다. 그 소리를 듣고도 일어날 수 없어서 한동안 그대로 누워 카펫에 그려진 무늬만 멍하니 바라봤다.

내가 지금 뭐 하는 거지?

겨우 정신을 차리고 몸을 일으켜 핸드폰을 가지러 갔다. 확인하니 역시나 시호에게서 온 메시지였다.

좋은 아침. 늦잠꾸러기 씨. 요즘 날이 춥네. 겨울용 이불은 벽장 안쪽 깊은 곳에서 자고 있을 거야. 슬슬 깨워야 할지도 모르겠네. 꺼내서 일단 커버부터 씌워. 다 하면 연락하고.

신뢰도가 바닥이구나. 쓴웃음이 잇새를 비집고 나왔다. 시호의 말대로 벽장 문을 열었더니 바로 압축팩에 든 이불이 보였다. 이불을 꺼내 커버를 씌우는 데 생각만큼 쉽지가 않았다. 다 끝냈을 때는 이마에 땀까지 맺혀 있었다.

임무를 마친 나는 핸드폰을 들어 메시지를 입력했다.

다 했어.

그렇게만 보냈다. 바로 '읽음' 상태로 바뀌었다. 지금 우리가 같은 메시지를 보고 있다고 생각하니 어쩐지 신기하다. 그런 생각을 하는 사이에 시호가 보낸 답장이 도착했다.

좋아, 다음 지시야. 역 앞에 있는 서점에 가서 다음 메시지에 적힌 책들을 사다 줘. 제한 시간은 오후 두 시. 그럼, 부탁해.

이어서 도착한 메시지에는 책 제목과 저자명이 죽 나열되어 있었다. 답장을 보내려고 손가락을 움직이다가 곧 나도 모르게 멈췄다. 잠시 생각하고 메시지를 적었다 지우기를 반복하다 결국 답장을 보내지 못하고 그대로 핸드폰 화면을 꺼 버렸다.

잠시 창밖 풍경을 바라봤다. 어차피 식료품을 사러 나가야 했다. 옷을 갈아입고 지갑과 핸드폰을 챙겨 밖으로 나가 좁은 계단을 내려갔다. 집 앞에 있는 공원을 가로지르면 역까지 가는 시간을 줄일 수 있었다.

"안녕하세요."

잰걸음으로 지나가다 아이와 함께 놀고 있는 남자와 눈이 마주치자 가볍게 목례했다. 나도 언젠가 저렇게 시호와 함께 아이를 데리고 공원에서 놀고 싶었는데…. 다시 마음이 무거워졌다.

살면서 남을 부러워해 본 적이 없었다. 시호는 이런 한심한 남편을 뭐라고 생각할까?

공원 밖으로 나온 뒤에야 아내에게 메시지를 보냈다.

지금 서점에 가는 중이야.

응, 건투를 빌어.

태연한 메시지에 꽉 막혔던 가슴이 조금 뚫리는 듯도 했다. 아내의 메시지가 내게는 진정제였다.

건널목을 건너자 가까운 역이 보였다. 역사라기에는 조금 소박한 건물 일 층에 이 근방에서 가장 큰 서점이 있다. 가장 크다고 해 봤자 대도시에 있는 대형 서점과는 비교도 안 될 규모지만.

나는 예전부터 서점을 좋아하지 않았다. 글자만 보면 졸음이 쏟아지던 어린 시절, 내게 서점은 만화책을 사러 가는 곳이었을 뿐이다. 지난번에는 건너편 동에 사는 스즈모토 씨 부인이 있어서 다행이었는데….

자동문을 지나 안으로 들어서자 일요일이라 그런지 막 문을 연 시간인데도 손님들로 붐볐다. 서점에서도 애들 울음소리가 들렸다. 인파들 사이에서 핸드폰을 들고 메시지를 보면서 책을 찾아봤지만 좀처럼 눈에 띄지 않았다. 애초에 제목과 저자 이름만으로는 정보가 부족했다.

"출판사 이름을 모르면 힘들겠네."

책장에 꽂혀 있는 책등을 손가락으로 하나하나 짚어 가며 찾았지만 한 권도 보이지 않았다. 이래서 될 일이 아니라는 생각에 가까이 있는 직원에게 도움을 청하기로 했다.

"실례합니다. 책을 찾고 있는데요."

"무슨 책인데요?"

귀찮다는 표정을 한껏 드러낸 아르바이트생에게 핸드폰 화면을 보여 주려던 참이었다.

"어머나, 야마모토 씨."

맞은 편에서 스즈모토 씨 부인의 목소리가 들렸다.

"도모코 씨 아는 분이세요?"

아르바이트생이 말꼬리를 늘이며 묻자, 그녀가 힘차게 고개를 끄덕였다.

"여기는 나한테 맡기고, 카운터 좀 도와줘."

화장을 두껍게 한 스즈모토 씨 부인이 입은 앞치마에 '스즈모토 도모코'라고 새겨진 플라스틱 이름표가 달려 있었다.

아… 이름이 도모코였구나.

"지난번에도 잔뜩 사가시더니 또 찾는 책이 있으세요?"

"아, 네."

퍼뜩 정신이 든 나는 바로 핸드폰 화면을 보여 주었다. 지난번과 똑같이 흘러가는 상황에 이제야 마음이 놓였다. 고생하며 찾지 않아도 될 듯했다.

"꽤 많네요."

도모코 씨가 팔을 쭉 뻗어서 핸드폰 화면을 멀찍이 놓고 눈을 가늘게 떴다.

"재고가 있는 책만 주시면 됩니다. 번거롭게 해서 죄송하네요."

내 말에 눈을 동그랗게 뜬 그녀가 쾌활하게 웃었다.

"죄송하긴요. 이렇게 많이 사 주시는데요."

앞치마 주머니에서 작은 수첩을 꺼낸 도모코 씨가 핸드폰을 보면서 빠르게 옮겨 적었다.

"잠시 기다려 주세요. 최대한 빨리 찾아올게요."

꾸벅 고개를 숙인 나는 특별히 할 일이 없어 책장을 바라봤다. 어딘지 집에 있는 책장과 비슷했다. 우리 집 침실에도 좁은 집에 어울리지 않는 큰 책장이 있다. 시호가 엄선한 책들이 가득 꽂혀 있는 책장에는 소설도 있고, 시집이나 그림책도 있다.

시호는 매일 잠자리에 들기 전, 잠시 짬을 내서 창문가에 앉아 책을 읽었다. 은은한 간접 조명이 어둠 속에서 아내의 옆얼굴을 비췄다. 내가 불을 켜고 보라고 말하면 시호는 늘 고개를 저었다. 그러고는 꼭 이렇게 대답했다.

"딱 이 정도 불빛 속에서 읽어야 재미있거든."

책을 읽지 않는 나는 이해할 수 없었지만, 푹 빠져서 책 속 세상을 여행하는 시호는 언제 봐도 예뻤다. 아내의 얼굴을 보고 있으면 어느새 스르륵 눈이 감기곤 했다.

그렇게 매일 먼저 잠드는 사람은 나였지만, 아침마다 나보다 일찍 일어나 집안일을 하는 사람은 시호였다.

"거기 서! 뛰지 말라니까!"

당황하는 목소리와 동시에 작은 남자아이가 나를 스치듯 치고 지나가 순식간에 멀어졌다. 그제야 또 멍하니 생각에 빠져 있었다는 걸 깨달았다.

"죄송합니다."

아이 엄마로 보이는 여성이 꾸벅 고개를 숙이고는 아이를 쫓아가는 모습을 보다가 나도 모르게 한숨을 쉬었다. 시호가 시한부 선고를 받은 뒤로는 종일 그녀 생각이 머릿속을 떠나지 않았다. 그러면서 정작 병원에는 가지 못했다. 이런 한심한 놈.

"야마모토 씨, 오래 기다리셨죠?"

도모코 씨가 책을 한가득 안고 밝은 목소리로 나를 불렀다.

"책이 다 있던가요?"

"네, 정말 신기하죠? 이번에도 다 재고가 있어요."

진심으로 기뻐하는 그녀의 표정에 내 입꼬리도 저절로 올라갔다. 오랜만에 웃은 것 같다. 나는 도모코 씨를 따라 카운터로 향했다.

"그런데 시호 씨는 계속 병원에 있어야 하나요?"

바코드를 찍던 도모코 씨의 물음에 지갑을 열던 손이 우뚝 멈췄다.

"네…?"

"입원하기 전날 우연히 만났는데, 그때 입원이 길어질 것 같다고 해서요."

아, 그런 뜻이었구나.

"조금 더 걸릴 것 같습니다. 그런데 이 정도 책은 금세 읽어 버리니까 또 사러 와야 할 것 같네요."

일부러 별일 아니라는 듯 가볍게 말하자 도모코 씨가 고개를 끄덕였다.

"시호 씨는 정말 책을 좋아하죠. 여기 오면 이미 읽은 책에 대해 신나게 얘기해 주곤 했어요. 그런데 들어 보면 항상 작품의 좋은 부분만 얘기하더라고요."

"그랬나요?"

시호답다. 아내는 책만이 아니라 사람이나 사물까지 눈에 비친 모든 것을 받아들이는 다정한 사람이다. 지금처럼 타인의 행복을 질투하는 내 못난 모습까지도 웃으며 감싸 줄 그런 사람이다.

"오래 전에 출간된 책도 있었는데 재고가 다 있다니 기적이네요."

"맞습니다, 정말 운이 좋았네요."

만 엔짜리 지폐를 건네고 거스름돈을 받았다. 이런 일에도 기적이 일어난다면 아내에게도 기적이 일어나지 않을까?

이제야 현실을 마주할 수 있을 것 같았다. 나는 책이 든 봉투를 서둘러 건네받았다. 다시 한번 봉투 안을 들여다보니 이번에는 단

행본이 아닌 책도 섞여 있었다.

"언제든지 또 오세요. 월요일하고 화요일만 빼면 제가 이 시간에 항상 있어요."

"네, 감사합니다."

시계를 보니 아직 정오 전이었다. 아직 여유가 있다. 나는 무거운 봉투를 들고 옆에 있는 카페로 들어갔다. 병원에 가자. 시호가 기다리고 있다. 머리는 그렇게 생각하는데 이상하게도 발이 떨어지지 않았다. 서두르면 서두를수록 말로 설명할 수 없는 무거운 압박감이 발목을 잡았다. 마시고 싶지도 않던 커피를 마시고 핸드폰을 보면서 시간을 보내도 마음은 나아지지 않았다. 그때 유리창 너머로 한 가족이 단란하게 걸어가는 모습이 눈에 들어왔다.

나도 모르게 테이블 위에 놓아둔 책 봉투 손잡이를 묶고 또 묶었다. 왜 우리만 이렇게 괴로워야 할까. 멍해진 머리를 깨워 보려고 쓴 커피를 마시는데 어째 기분만 점점 더 우울해진다. 그날 이후로 머릿속이 엉망진창이다. 냉정해져야 했다. 어찌 되었든 아내에게 걱정을 끼칠 수는 없다.

"정신 차려야지."

눈을 감고 자신을 타이른 뒤 자리에서 일어났다. 약속한 두 시가 가까워지고 있었다.

무거운 책 봉투를 들고 밖으로 나왔더니 하늘이 두꺼운 구름으로 뒤덮여 있었다. 걸음을 옮길수록 책이 든 봉투의 무게가 손가락을 파고들었다. 매듭이 점점 더 단단히 조여오는 듯했다.

 병실 앞에서 심호흡하며 마음을 가라앉혔다. 병문안을 왔으니 환자에게 기운을 북돋아 줘야 마땅하다. 그 순간 문득 궁금해졌다. 나는 평소에 시호 앞에서 어떤 얼굴을 하고 있었을까? 생각하면 할수록 병실 문을 열기가 무서워졌다.
 그때 저쪽에서 간호사가 걸어왔다. 어쩔 수 없이 문을 두드렸다. 문을 열고 얼굴을 내밀었더니 침대 위에 앉아 있던 시호가 팔짱을 끼고 나를 노려봤다.
 "임무 완수 실패! 타임 오버!"
 작전 지시를 내린 대장처럼 입을 일자로 굳게 다물었다.
 "겨우 오 분 늦었어. 서점에서 생각보다 시간이 걸려서."
 "변명 따위 필요 없네!"
 컨디션이 좋아 보였다. 안색도 좋았고 크게 달라진 점은 없어 보였다.
 "이번에도 전부 구해 왔다고."
 "정말? 꽤 소수 취향인 책도 있었는데?"
 좋아라 웃으며 봉투를 열려던 시호가 갑자기 손을 멈췄다. 그제야 봉투 입구를 꽉 묶어둔 것이 생각났다. 가위로 매듭을 자르자마자 더는 못 기다리겠다는 듯이 재빨리 안에 든 책을 꺼내 들었다. 아내의 눈이 아이처럼 초롱초롱 빛났다. 한 권 한 권 꺼내며 기

당신이 남긴 숙제

쁨의 함성까지 질렀다.

"우아, 굉장해! 이 책, 계속 찾았었는데, 이 책이 있었네."

"있더라고."

"이렇게 책만 읽다가 벌 받을 것 같아."

"가끔은 괜찮아."

힘없이 웃는 내가 어딘지 낯설다고 느끼는 순간 시호가 불쑥 말을 꺼냈다.

"도모코 씨에게 감사 인사를 해야겠어. 이번에도 찾아 주셨지?"

"어? 아니, 그게…."

내가 주뼛주뼛 말을 잇지 못하는 사이, 아내가 봉투 안에서 카드 한 장을 꺼내 내밀었다. 유명한 캐릭터 그림이 인쇄된 카드에 '해피 핼러윈!'이라는 글자가 적혀 있었다. 뒤집어 보니 정갈한 글씨로 "하루빨리 건강해지길 기도할게요. 스즈모토 도모코"라는 메시지가 있었다.

"어? 이걸 언제 넣으셨지?"

"보름 후면 핼러윈이잖아."

"벌써 그렇게 됐나."

아내가 봉투 안에서 책 한 권을 꺼내 내게 건넸다.

"자, 이건 당신 선물이야."

오늘 산 책 중에서 제일 큰 책이었다. 손가락을 파고들던 무게의 원흉이 이놈이었다.

"다음에 올 때까지 다 읽기!"

"뭐? 나 독서 싫어하는 거 알잖아."

얼굴을 찌푸리며 싫은 티를 냈건만, 시호는 입을 꾹 다문 채 고개만 저었다.

"당신에게 주는 숙제야."

"숙제?"

"그래, 읽기만 하면 안 돼. 꼭 실천해야 해."

"무슨 소리야?"

책 표지로 눈을 돌렸더니 '왕초보도 따라 할 수 있는 청소법!'이라는 제목과 함께 다양한 청소 도구 사진이 보였다.

"당신도 이제 이 정도는 할 줄 알아야지. 보나 마나 청소기 한번 안 돌렸지?"

하하, 소리 내어 웃는 시호의 얼굴을 쳐다볼 수가 없었다. 같이 저녁을 먹으면서 나누던 시시껄렁한 농담도 아니고, 어떻게 저렇게 즐겁게 웃을 수 있을까?

"청소기 정도는 돌렸지."

금방 들킬 거짓말을 하고 괜히 병실 입구 쪽으로 시선을 돌렸다.

"그리고 단지형 빌라 주민들은 대가족이나 마찬가지야. 주민 자치회에서 하는 잡초 뽑기 행사에도 참여해야 해."

"그만 해."

그런 말 하지 마. 꼭 떠날 준비하는 사람 같잖아.

당신이 남긴 숙제

"도망치지 마. 당신은 꼭 그렇게 현실 도피하려고 하더라."

"내가 언제!"

"요즘 병원에 안 왔잖아. 오늘도 늦게 왔고. 여기 오기가 무서웠던 거지? 내가 맞춰 볼까? 책 사고 나와서 카페에서 시간 보내다가 왔지?"

무섭도록 정확한 통찰력에 말문이 막혔다. 시호가 다시 쿡쿡 웃었다.

"영수증 시간을 보면 알아. 계산하고 몇 시간이나 지나서 왔잖아. 어이, 자네! 증거가 너무 명확하지 않은가!"

"놀리지 마."

이런 상황에서, 라고 말을 꺼내려다 도로 삼켰다. 입이 쓰다. 이런 남편인데도 아내는 여전히 다정히 웃어 준다.

"있잖아, 억지로 오지 않아도 괜찮아."

"누가 억지로 온대."

"책이 이렇게나 많이 있잖아. 읽을 책이 떨어지면 다음 지시를 내릴 테니까 그때까지 당신은 내가 내 준 숙제나 열심히 하고 있어. 그게 나도 마음 편해."

그 말에 안도하는 나 자신이 혐오스러웠다. 보고 싶으면서 보지 않아야 편하다니, 나는 도대체 어떻게 생겨 먹은 인간일 걸까?

자기 혐오감에 휩싸여 괴로워하는 나를 보고 시호가 들고 있던 책을 옆으로 치웠다.

"여보."

순식간에 공기가 무거워졌다.

내가 대답하기도 전에 크게 숨을 들이마신 아내가 말을 이었다.

"나, 항암 치료 안 받기로 했어."

그 말을 덤덤하게 툭 던지고 활짝 웃었다. 너무나도 예쁘고 해사하게.

"요즘 무슨 일 있어?"

막 퇴근 준비를 하고 있을 때 동료인 오오하시가 물었다. 이미 열 시가 넘은 시간이었다.

"아니, 아무 일도 없는데?"

컴퓨터 화면에서 퇴근 처리를 하면서 대답했다. 옛날에는 근태 카드를 찍었는데 요즘은 뭐든지 컴퓨터로 하는 세상이다.

오오하시는 입사 동기이자 같이 싸워 온 전우 같은 동료다. 대형 광고대행사로 유명한 우리 회사는, 어릴 때부터 디자인을 좋아해 대학에서 디자인을 전공한 나에게는 꿈의 성지였다.

하지만 막상 현실은 이상과 달랐고, 입사 후 삼 년간은 영업부에서 일해야 했다. 그래도 나와 같은 처지였던 오오하시와 같이 일하게 되면서 불가능해 보였던 목표량도 어찌어찌 달성해 나갔고, 여러 기획에 참여하기도 했다. 물론 크게 실패하고 쓴맛을 본 적도 있었지만.

오오하시가 믹스 커피를 마시고 맛있다는 듯 캬아, 감탄을 내뱉었다. 아직 일이 남은 모양이다. 제게 기대진 육중한 체중을 버티기 힘들었는지 그의 의자가 끼익 끼익 비명을 질렀다.

"요새 일을 너무 열심히 하길래. 하~흠."

그가 입을 쩍 벌리고 하품을 했다.

"그랬나? 바쁜 시즌이잖아."

예리한 지적에 뜨끔했지만 동요하는 기색을 감추고 태연하게 대답했다. 오오하시는 가끔 집에 와서 술을 마시기도 하는 사이였으니 계속 숨길 생각은 아니었지만, 그래도 아직은 아내의 병을 다른 사람에게 말하고 싶지 않았다.

일에 매달리고 있다는 건 나도 안다. 그렇게 해서라도 종일 머릿속을 떠나지 않는 시호를 잠시라도 잊고 싶었다. 오오하시가 이해할 수 없다는 듯 "뭐야."라며 입술을 쭉 내밀었다.

"나는 또 좋은 일이라도 생긴 줄 알았지."

"좋은 일?"

의자를 책상 안에 밀어 넣고 마지막으로 확인하면서 되물었다. 빠트린 물건은 없는 듯하다.

"뭐, 복권 당첨이라든가."

"하하, 그랬다면 당장 회사부터 그만뒀겠지. 먼저 간다. 수고해."

나는 한 손을 들어 인사하고 사무실을 나왔다.

엘리베이터 앞에 서자 비로소 긴장이 풀렸다. 오오하시 눈에는 내가 행복해 보이나 싶어 실소가 새어 나왔다. 역시 인간은 겉모습만으로는 알 수 없는 존재인 모양이다.

건물 밖으로 나오니 시월 하순의 거리는 어디를 보아도 핼러윈 장식과 조명들로 가득했다. 시호는 지금쯤 뭘 하고 있을까?

그때 가슴 주머니에 넣어둔 핸드폰이 울렸다. 엄마였다.

"여보세요."

"도대체 이게 무슨 소리니?"

엄마는 원래 성격이 급하신 편이다. 평소처럼 본론부터 꺼내기에 나도 바로 되물었다.

"무슨 소리냐니?"

"사부인에게 들었어. 시호가 항암 치료를 안 받기로 했다던데, 그게 무슨 소리야?"

나는 코로 길게 숨을 뿜어내며 발걸음을 옮겼다.

"말 그대로야. 시호가 그렇게 하겠대."

순간 잘못 말했다는 생각이 스쳤다.

"물론 시호만이 아니라 나도 같은 생각이고."

말을 정정하기 무섭게 엄마의 깊은 한숨 소리가 선명하게 들려왔다.

"지금 무슨 소리를 하는 거니. 치료하면 나을 수도 있잖아. 그러니까 의사도 치료를 권했겠지. 왜 안 받는다는 거야."

"이미 그렇게 하기로 정했다니까."

"얘, 너는 정말 그래도 괜찮겠어?"

"괜찮아."

거짓말이다. 괜찮을 리가 없지 않은가.

"사부인이 우시더라. 딸을 조금이라도 더 오래 살게 하고 싶으시대."

"오래? 얼마나?"

나도 모르게 뱉은 말에 핸드폰 너머에서 숨을 삼키는 소리가 들렸다.

"시호 몸 상태는 시호가 제일 잘 알아. 이미 늦었다는 걸 받아들인 거야."

"그래도…."

"우리 일은 우리가 알아서 할게. 괜히 왈가왈부하지 마!"

마음에도 없는 소리가 튀어나왔다. 나야말로 엉뚱한 곳에 화풀이하고 있었다. 결정은 시호가 내렸고, 나는 그저 그녀의 뜻을 따랐을 뿐이다.

시호는 무슨 일이든 자기가 결정했다. 저녁 메뉴부터 휴일 일정까지, 나는 그저 시호가 하자는 대로 따르기만 했다. 지금까지 그런 생활에 딱히 불만은 없었는데, 결국 생사가 걸린 중요한 문제도 혼자 결정하게 했다. 다른 사람이라면 필사적으로 설득했을지도 모른다. 하지만 나는 그냥 체념해 버렸다.

나는 시호가 있는 싸움판에 발을 올리지도 못하고 도망쳤다. 그녀의 결정을 지지하는 척했지만, 실상은 갈팡질팡하는 감정을 감당하지 못하고 있을 뿐이다.

"다시 전화할게."

무뚝뚝하게 전화를 끊고 발걸음을 재촉했다. 매서운 겨울바람이 나를 꾸짖듯 세차게 불어왔다.

집에 도착해서도 화가 가라앉지 않았다. 가방을 던지고 평소처럼 카펫 위에 드러누웠다. 거실장 밑에 있던 먼지가 전보다 더 두터워 보였다. 눈처럼 뽀얗게도 쌓였다. 나는 지금 미친 듯이 일에 몰두하느라 미처 현실을 보지 못하는 척하는 중이다. 그사이 저 먼지처럼 슬픔과 분노가 점점 더 두텁게 쌓여가고 있었다.

천장을 향해 누웠더니 조명 빛 때문에 저절로 눈이 감겼다. 알고 있다. 나는 하고 싶은 말을 제대로 하지 못하는 나 자신을 용서할 수 없는 거다.

―왜 항암 치료를 안 받겠다는 거야!

―날 위해서 조금이라도 오래 살아 주면 안 돼?

하지만 그런 말은 할 수 없다. 시호도 신중하게 생각한 후에 내린 결론이었을 테니…. 아내가 찾은 답을 뒤흔들고 싶지 않았다.

그런데 이 생각은 정말 내가 내린 결론이 맞을까? 이제 그조차도 모르겠다.

크게 숨을 내쉬고, 자리에서 일어나 넥타이를 거칠게 풀었다.

새삼 둘러보니 집 안이 엉망진창이다. 싱크대에는 머그잔과 그릇들이 쌓여 있고 수거일을 몰라서 내놓지 못한 쓰레기봉투들이 냉장고 옆을 차지하고 있었다. 그 옆에는 생활용품 잡화점에서 사 온 청소 도구들이 봉투에 담긴 채로 방치되어 있다.

아내에게 숙제로 받은 책은 절반 정도 읽었다. 읽을 때는 분명 청소할 생각이었지만, 회사 일에 쫓기다 보니 한 번도 하지 못했다.

그리고 아내가 병으로 힘들어하는데 팔자 좋게 청소나 할 남편이 세상에 어디 있을까. 계속 그런 식으로 핑계만 대고 있었다. 하지만 솔직히 말하면 내가 청소를 하는 순간 시호가 정말로 사라져 버릴 것 같아서 두려웠다.

"어쩐지 나만 괴로워하는 것 같네."

아내는 어떻게 이런 상황에서도 웃을 수 있을까? 지금 내가 정말 아내가 내 준 숙제나 하고 있어도 되는 걸까?

내일은 토요일이라 출근하지 않는다. 일요일에는 무슨 일이 있어도 시호를 만나러 가야 한다. 그렇다면 답은 하나였다.

"해야겠지?"

나는 잡화점 봉투 속에 든 내용물들을 꺼내 카펫 위에 가지런히 놓았다. 책에 있는 상품을 그대로 사오기는 했는데 어디에 쓰는 물건인지 모르는 것도 많았다.

"구연산이 왜 필요하지?"

혼자 투덜거리고 있으면 결국 기분만 우울해질 것 같아서 덮어

두었던 책을 손에 들고 다시 처음부터 읽기 시작했다. 참, 처량하기 그지없다.

오랜만에 만난 시호는 침대에서 앉아서 웃고 있었다. 오늘은 서점에 들렀다가 바로 병원으로 왔다.

때마침 오늘 아침에 시기적절하게 새 책을 사다달라는 아내의 요청이 있었다.

"베이킹소다 말이야. 엄청나던데? 그 하얀 가루가 싱크대랑 세면대, 화장실까지 전부 깨끗하게 만들 줄은 몰랐어."

"구연산은?"

"화장실에 낀 누런 때를 제거할 때 쓰는 거 맞지?"

싱긋 웃으면 대답했더니 시호가 팔짱을 꼈다.

"정답! 숙제, 제대로 했네."

"이제 쓰레기 분리수거도 할 줄 안다고. 뭐, 도모코 씨한테 몇 번 물어보러 가기는 했지만."

당연히 처음에는 뭐가 뭔지 몰랐지만, 한번 시작했더니 청소란 것이 끝이 없었다. 지금은 퇴근 후에 즐기는 취미가 됐을 정도다. 하면 할수록 보이지 않던 세세한 부분들이 눈에 들어오는 신기한 작업이었다.

몰두할 일이 있어서 다행이었다. 잠시라도 현실을 잊을 수 있었으니까. 정신을 차려 보니 어느새 현관 밖까지 청소하고 있었다.

"굉장한데!"

그때 부스럭부스럭 봉투 안을 살피던 시호가 감탄을 터트렸다.

"이번에도 요청한 책을 전부 사 왔네! 찾느라 고생했겠다."

시호가 요청한 책들은 이번에도 여러 분야에 걸쳐 있었다. 평소처럼 분야를 따로 적어 주진 않았지만, 도모코 씨가 바빠 보여서 처음에는 직접 찾을 수밖에 없었다. 물론 한 권도 찾지 못했고, 결국 지난번과 마찬가지로 바쁜 일을 끝낸 도모코 씨 도움을 받을 수밖에 없었지만.

"뭐, 고생하기는 했지…."

대충 얼버무리려는데 시호가 대뜸 끼어들었다.

"도모코 씨가 고생했다는 말이지?"

이럴 때 보면 전혀 아픈 사람 같지 않다.

그러더니 이것 좀 보라며 책 한 권을 들어 표지를 보여 준다.

"옛날 생각난다. 고등학교 때 읽었던 책이라 너무 기대돼."

"다자이 오사무?"

나도 이름 정도는 아는 작가다. 대표작이 뭐냐고 물으면 조용히 입을 닫아야 하겠지만.

그 뒤로도 시호가 특히 읽고 싶었다던 책들은 표지를 보여 주면서 내용을 설명했지만, 솔직히 반도 이해하지 못하고 그저 듣기만 했다. 그래도 좋았다. 행복하게 웃는 시호를 볼 수 있다는 것만으로도 충분했다.

"자, 이번 선물이야."

아내가 내민 책은 잡지 크기만 했고, 표지에 '간단! 첫 저녁밥 만들기'라는 제목 아래 구운 생선 사진이 커다랗게 실려 있었다.

"이게 다음 숙제야?"

책 목록을 봤을 때부터 그런 예감이 들기는 했다. 떨떠름하게 받아 들고 휙휙 페이지를 넘겨 보니 역시나 레시피 북이다.

"맞아, 다치지 않게 조심해."

"그런데 말이야. 청소는 깨끗해지면 임무 완수인데, 요리는 어디까지 해야 하는 건데?"

무엇보다 마지막으로 부엌칼을 잡아 본 지가 언제인지 기억도 나지 않았다. 아내가 입원한 뒤로 끼니는 편의점 음식으로 해결하는 중이었다.

시호가 이리 줘 보라며 손을 내밀기에 책을 건넸더니 페이지 모서리를 살짝 접어 주었다.

"일단 '간단 감자샐러드'부터 해 봐. 다음은 '간단 돼지고기 생강구이'랑 '간단 된장국', 이 정도면 되겠어."

"절대 간단하지 않을 것 같은데? 그리고 나 혼자는 마트에 가도 뭐가 어디에 있는지 몰라."

"금방 익숙해질 거야. 일단 여기 있는 식단이 연습용이야. 마지막 숙제는… 그래, 이걸로 하자!"

시호가 양손으로 펼쳐 든 페이지에는 김이 모락모락 나는 고기 감자조림 사진이 실려 있었다. 내가 좋아해서 아내가 자주 만들어 주었던….

"스스로 만족할 만한 고기 감자조림이 완성되면 밀폐용기에 담아서 가져와."

"알았어. 이번 숙제는 쉬울 것 같네."

레시피 북은 따지고 보면 정답이 적혀 있는 문제집이나 마찬가지다. 바로 완성할 수 있을 테니 다음 일요일까지 기다릴 필요도 없을 듯했다.

자세히 보니 시호의 안색이 안 좋았다. 살도 빠진 듯했다. 몸 상태가 어떤지 묻고 싶었지만 차마 입이 떨어지지 않았다. 나는 여전히 현실 도피 중이다.

"도대체 뭐가 간단하다는 거야!"

토요일에 마트에서 장을 보면서 혼자 투덜거렸다. 그 뒤로 이 주 가까이 흘렀다. 책을 보면서 그대로 만들었고 요리 연습은 그런대로 성공적이었다. 감자샐러드는 감자 껍질을 벗기느라 고생하기는 했지만 간은 마요네즈와 소금만 넣으면 됐고, 생강 구이는 애초에 튜브에 든 다진 생강을 사용한 레시피였기에 어렵지 않았다. 문제는 고기 감자조림이었다. 벌써 몇 번째 실패다. 이번 주만 해도 월, 수, 금, 세 번이나 도전했지만 결과는 처참했다. 맛있다고 할 만한 고기 감자조림을 완성하지 못한 채로 시간이 흘러 어느새 핼러윈도 지나 달력은 십일월로 넘어갔다.

나는 실곤약 봉지를 손에 들고 뚫어져라 쳐다봤다. 고기 감자조림을 완성하지 못하는 이유는 시호와 똑같은 맛을 내지 못했기 때문이다. 거의 비슷하기는 한데 뭔가가 부족했다. 그렇다고 아내에게 물어보기는 자존심이 허락하지 않았다. 다행히 일상적인 메시지는 왔지만, 다음 책을 사다달라는 요청은 아직 없었다.

"이것 때문은 아니겠지…?"

늘 사던 실곤약을 바구니에 넣고 잠시 생각에 잠겼다. 이쯤 되면 오기였다. 어제 만든 고기 감자조림도 남았는데 오늘 또 만들 생각이었으니까. 그러고 보니 오오하시에게 "요즘은 또 왜 이렇게 일찍 퇴근해?"라는 말도 들었다.

"야마모토 씨 아니에요?"

친근한 얼굴이 웃으며 다가왔다. 도모코 씨였다.

"안녕하세요. 지난번에는 감사했습니다. 덕분에 쓰레기 분리수거일을 확실히 알았어요."

"청소만이 아니라 장도 보시는 거예요? 정말 멋진 남편이시다. 시호 씨는 좀 어때요? 이제 퇴원할 수 있어요?"

도모코 씨는 검사 때문에 입원한 줄 알고 있었다.

"네, 조만간."

"그래요? 병문안 갈까 했는데, 아무튼 다행이네요."

아르바이트를 마치고 돌아가는 길인지 서점 앞치마 위에 겉옷을 걸친 모습이었다.

실제로 퇴원 이야기가 나오고 있기는 했다. 항암 치료를 거부한 이상 더 할 수 있는 치료가 없단다. 전부 장모님에게서 들은 이야기였다.

아내에게 오는 메시지에는 대부분 읽은 책에 관한 감상평뿐이었다. 장모님 말씀으로는 집으로 돌아왔다가 상태가 더 나빠지면 호스피스 병원에서 마지막을 맞기로 했단다.

—우리가 데려가도 괜찮아. 자네도 힘들잖아.

장모님의 제안조차 현실로 다가오지 않았다. 지금은 고기 감자조림을 완성해야 한다는 생각밖에 없었다. 그렇다는 건 나는 여전히 도망치기 바쁘다는 말이다.

"오늘 메뉴는 뭐예요?"

도모코 씨가 내 손에 들린 쪽지를 슬쩍 보고는 바로 말했다.

"아아, 고기 감자조림 하시나 보다."

깜짝 놀랐다.

"어떻게 아세요?"

"왜 몰라요. 돼지고기랑 감자, 실곤약이면 고기 감자조림인 게 당연하잖아요."

"아, 그런가요?"

주부들 사이에서는 상식인 모양이다. 나는 새삼 감탄하면서 조금 전 바구니에 넣은 실곤약을 가리켰다.

"이거 검은 걸로 하는 거 맞죠?"

"우리 집은 그렇게 하는데 흰 실곤약을 쓰는 집도 있어요. 판 곤약을 넣는 집도 있고요. 취향대로 넣으면 돼요."

나도 모르게 미간을 좁혔더니 도모코 씨가 가볍게 소리 내어 웃었다.

"곤약은 원래 구약나물로 만들어요. 구약나물 껍질이 들어가서 검은색이 된다고 하는데, 요즘은 기술이 좋아져서 구약나물 가루로 곤약을 만든대요. 그렇게 만들면 흰 곤약이 되는 거죠."

"아…."

"그런데 옛날에는 다 검은색이었지만, 요즘 나오는 흑 곤약은 해초 가루를 섞어서 일부러 색을 낸다고 하더라고요."

도모코 씨는 책뿐 아니라 요리에 대해서도 전문가였다. 넋을 놓고 듣다가 그녀가 갑자기 "된장"이라는 말을 꺼내기에 눈썹에 더힘을 주었다.

"된장이요? 고기 감자조림에 된장이 들어가나요?"

"전에 시호 씨가 고기 감자조림을 해 준 적이 있었어요. 그때 너무 맛있어서 레시피를 물어봤거든요."

"거기에 된장이 들어갔나요? 된장이라면 된장국을 끓일 때 넣는 그 된장인 거죠?"

"맞아요, 그 된장이요. 마지막에 살짝 넣는 게 비법이라고 했어요."

아내가 만들던 고기 감자조림 맛을 떠올렸다. 그러고 보니 살짝 된장 냄새가 났었던 것 같다. 지금까지는 생각조차 하지 못했다.

"감사합니다."

나도 모르게 허리를 90도로 굽혀서 인사했더니 도모코 씨가 "어머, 이게 뭐라고요."라며 피식 웃음을 터트렸다. 잠시나마 나도 같이 웃을 수 있었다.

병원 사회복지사의 연락을 받은 건 월요일, 회사에서였다.

"아내분 상태가 안정되어서 퇴원 협의를 하려고 합니다."

바로 병원으로 달려갔다. 의사와 간호사에게 처방받은 진통제와 모르핀을 사용하면 임종이 임박할 때까지 집에서 지낼 수 있을 거라는 설명을 들었다.

바로 상사에게 사정을 설명하고 간병 휴직을 신청했다. 오오하시에게는 직접 이야기했다. 처음에는 농담하지 말라고 웃더니 결국은 눈물까지 보였다. 아내를 보러 온다는 엄마와 장모님 목소리에도 슬픔이 가득했다.

한 발 더 마지막이 가까워졌지만, 그래도 나는 기뻤다. 시호가 집에 돌아온다. 왜 다들 그렇게 슬퍼하는지 모를 일이다.

하지만 유일하게 한 사람, 시호 본인만이 퇴원을 반대했다.

"여기 있다가 호스피스 병원으로 가고 싶어."

시호의 말에 너무 놀란 나머지 뻣뻣하게 굳어 버렸다.

"집에 가고 싶어 했잖아."

"그렇기는 하지만…."

이 주 만에 보는 아내의 안색은 전보다 훨씬 나빠져 있었다. 볼이 푹 팰 정도로 야위어서 웃기도 쉽지 않아 보였다.

"내 생각해서 그러는 거면 걱정하지 마. 이미 휴직계도 냈어. 집에서 홍차 마시면서 책 읽고 싶지 않아?"

항상 시호가 정해 놓은 답에 고개만 끄덕였던 내 입에서 나조차 놀랄 만큼 말이 줄줄 쏟아졌다. 그래도 마음을 돌릴 기색이 보이지 않아서 서둘러 말을 덧붙였다.

"아, 맞다! 당신이 내 준 숙제, 고기 감자조림 성공했어. 만들어 줄게. 너무 맛있어서 깜짝 놀랄걸?"

"뭐? 정말 성공했어?"

"고기 감자조림뿐인 줄 알아? 몇 가지는 완전 요리사 수준이라니까."

내가 입꼬리를 올리며 싱긋 웃어 보이자 그제야 아내의 고개가 어렵게 움직였다.

"그럼… 잠시만 집에 돌아갈까?"

"아싸!"

나는 아이처럼 환호성을 질렀다. 그 순간 갑자기 통증이 느껴지는지 시호가 질끈 눈을 감았다.

나 역시 불안했다. 하지만 그래도 나는 그녀 곁에 있고 싶다.

당신이 남긴 숙제

다시 한번 우리 집에서 시호와 함께 살고 싶다. 은은한 조명 아래서 책을 읽는 아내를 보고 싶었다. 설령 끝이 정해진 날들이라 할지라도.

회사는 퇴원 예정일부터 나가지 않았다. 시호가 집에서 쾌적하게 지낼 수 있게 침대를 거실로 옮겼다. 그래야 편하게 텔레비전을 볼 수 있으니까. 긴급 호출 시스템도 설치했다. 병원 침대에 있는 간호사 호출 벨과 비슷한데, 몸 상태가 안 좋을 때 호출하면 바로 도움을 받을 수 있는 서비스다.

구석구석 꼼꼼하게 청소도 마쳤고, 이제 어제 아내가 보낸 책 목록을 들고 서점에 다녀오기만 하면 된다. 이번에는 지난번에 비해 권 수가 반으로 줄었지만, 그만큼 아내와 이야기할 시간이 많아질 거라고 생각했다.

퇴원 당일에는 도무지 아무것도 손에 잡히지 않아서, 시간이 꽤 남았는데도 일찌감치 서점으로 향했다. 이제 막 문을 열었는지 도모코 씨가 신간 코너에서 POP 광고판을 붙이고 있었다.

"비법은 된장이 맞더라고요."

그녀를 보자마자 대뜸 그렇게 말했더니 도모코 씨가 손가락으로 브이 표시를 그렸다.

"역시! 시호 씨가 좋아하던가요?"

"아직 만들어 주진 못했어요. 사실 오늘 퇴원하거든요."

"어머! 그래요? 축하해요. 잘됐다."

진심으로 기뻐하며 웃는 도모코 씨의 반응에 어쩐지 쑥스러워졌다.

"그런데 집사람이 또 책 목록을 보내왔네요."

목록이 평소보다 짧았지만 도모코 씨는 눈치채지 못한 듯 보였다.

"그럼, 제가 찾아올게요."

나는 목록을 거두며 "아니요."라고 대답했다.

"오늘은 제가 직접 찾아보고 싶어요."

이번 메시지를 받았을 때 결심했던 일이다.

"시간이 좀 걸릴지도 모르고, 그러다 결국 부탁하게 될지도 모르지만요."

마지막은 내가 직접 찾아서 시호에게 주고 싶었다. 마지막? 내가 지금 무슨 생각을 한 거지? 앞으로는 같이 있을 수 있는데….

"그러면 제가 출판사만이라도 적어 드릴게요. 단행본인지 잡지인지 종류도요."

바로 카운터 옆에 있는 컴퓨터로 간 도모코 씨가 막힘없이 정보를 적어 내려갔다.

나는 힌트가 적힌 쪽지를 들고 아직은 한산한 서점 안을 돌아다니며 책을 찾기 시작했다. 그다지 좋아하지 않았던 서점이 이제는 시호와의 추억의 장소가 되어서인지 익숙하고 편안했다.

책장에 빽빽하게 꽂힌 수많은 책 중에서 원하는 책을 찾는 작업은 마치 유물을 발굴하는 작업 같았다. 한 권 한 권 찾을 때마다 너무 기쁜 나머지 혼자 파이팅 포즈까지 취하며 자축했다. 이번에도 분야가 가지각색이었고, 그중에는 여행 잡지도 있었다. 힌트 덕분에 책을 전부 찾을 수 있었다.

집에서 제일 가까운 서점에서 매번 아내가 원하는 책을 전부 구할 수 있었다. 그렇다면 혹시…. 하느님. 제가 기적을 믿어도 될까요?

그날 저녁 내가 만든 고기 감자조림을 먹은 아내가 활짝 웃었다.
"좋아, 합격!"
"그거 보라니까!"
아이처럼 좋아하는 나를 보며 아내가 부드럽게 눈꼬리를 내렸다. 조금 전까지 계셨던 장모님이 집에 가시고 나서야 간신히 고기 감자조림을 선보일 수 있게 됐다. 오랜만에 아내가 집에 돌아왔다는 사실이 기뻐서 나는 잠시도 쉬지 않고 종알종알 떠들고 있었다.
"비법이 된장이라는 거 용케 알아냈네."
"대단하지? 그럼, 숙제는 이걸로 통과다."
커다란 감자를 입에 넣고 씹어 보니 간이 잘 배어서 맛있었다. 도모코 씨가 압력솥 사용법을 가르쳐 준 덕분에 너무 익어 무르지도 않았고, 그야말로 완벽했다.

"당연히 통과지. 그리고 청소도 열심히 했네. 집이 밝아진 것 같아."

집 안을 돌아본 시호가 조금 피곤해하기에 침대에 눕게 했다. 그녀는 등받이를 올린 침대에 앉았다가, 협탁에 놓아둔 책을 발견하고는 짧게 탄성을 질렀다.

"어머!"

"이번에도 전부 다 찾았어. 나 대단하지."

감탄하는 표정으로 책 표지를 훑어보던 아내가 그중 한 권을 내게 내밀었다. 여행 잡지였다. 표지에 큼지막하게 "시즈오카"라고 쓰여 있었다.

"이게 다음 숙제야. 그리고…."

휘리릭 책장을 넘기는 시호의 안색이 창백했다. 색색거리던 숨소리도 거칠어졌다.

"당신, 괜찮아?"

"괜찮아, 당신이야말로 뒷정리 혼자 할 수 있겠어?"

웃으며 장난스럽게 말하기에 속으로 가슴을 쓸어내리는데, 시호가 잡지를 펼쳐서 내 앞에 내밀었다. "하마나호"라고 적힌 페이지였다. 손가락으로 짚은 곳을 보니 사진과 함께 '산마리노'라는 카페 소개가 작게 실려 있었다. 호수가 보이는 테이블 위에 큼지막한 푸딩이 놓여 있는 사진이다.

당신이 남긴 숙제

"여기 한번 가 봐."

"카페에? 하마나호라면 하마마쓰시에 있는 건가? 그래, 다음에 같이 가자."

그녀는 대답하지 않았다. 침묵의 시간은 고작 몇 초였지만, 이상하리만치 길게 느껴졌다.

시호가 다시 입을 열었다.

"내가 떠난 다음에."

"뭐?"

나도 모르게 버럭 목소리를 높이자 아내가 쉿, 하는 소리와 함께 집게손가락을 입술에 댔다.

"중요한 일이야."

"…."

"내가 떠난 다음에, 구름 한 점 없는 맑은 날 이 카페에 가. 잊지 마. 구름 한 점 없이 맑은 날이야."

"왜… 왜 그래야 하는데."

"이유는 말할 수 없어. 하지만 꼭 가야 해. 점심 때쯤에는 도착해야 하고."

옅은 미소를 머금은 시호를 바라보며 나는 고개를 저었다.

"그런 얘기하고 싶지 않아."

"그럼, 내가 얘기할 테니까 듣기만 해."

"듣고 싶지 않다고."

떠난 다음? 도대체 그런 이야기를 왜 해야 하지? 이제 겨우 둘만의 생활로 다시 돌아왔는데.

"그 카페에 가면 나이가 지긋한 마스터가 있대. 그 사람에게 내 얘기를 해."

"당신이 아는 사람이야?"

"아니, 몰라. 그런데 그 사람이 분명 당신을 도와줄 거야. 음… 그래, 겨울이 좋겠어."

"관심 없어."

이번 숙제는 하고 싶지 않았다. 시호가 침대 협탁에 있던 수첩을 들어 무언가를 적으며 이야기를 계속했다.

"하마나호가 그렇게 예쁘대. 겨울이 되면 붉은부리갈매기가 찾아온다나 봐."

그렇게 말하며 책을 덮고는 침대에 누웠다.

"무슨 말인지 도통 모르겠고, 이런 얘기는 하고 싶지 않아."

설거지나 해야겠다는 생각에 자리에서 일어났다.

"여보."

"응?"

"슬픈 일이나 괴로운 일이 생기면 누구나 모르는 척 외면하고 싶어 해. 나는 당연하다고 생각해."

수도꼭지를 비틀자 손으로 물이 쏟아졌다. 시리게 차가운 감촉에 입술을 깨물었다.

"그래도 숙제 열심히 해 줘서 고마워. 몰랐겠지만 당신, 현실을 제대로 마주했어."

"그랬을까?"

"나를 다시 이 집으로 데려왔잖아. 나, 솔직히 포기했었거든. 그런데 당신이 가자고 고집부려 줘서 기뻤어. 당신은 이제 강해졌어. 정말 고마워."

물을 더 세게 틀었더니 시호의 목소리가 들리지 않았다.

여보, 나는 강해지지 않았어. 당신 입에서 나온 떠난다는 말 한마디에 이렇게 벌벌 떨고 있는걸. 정말 강해졌다면 덤덤하게 받아들일 수 있었을 텐데.

고작 이틀 사이에 시호의 상태가 급격히 나빠졌다. 밥도 먹지 못하고 물조차도 넘기지 못했다. 통증이 심해서 책도 읽을 수 없었다. 방문 간호사도 이제 호스피스 병원으로 가는 게 좋겠다고 조언했다.

호스피스 병원 입원 수속을 밟고 돌아오다 마트에 들러 장을 봤다.

—부드러운 고기 감자조림이 먹고 싶어.

집을 나서기 전에 시호에게 주문을 받았기 때문이었다.

마트 신선식품 판매대는 바깥이나 다름없는 냉기가 돌았다. 다음 달이면 우리 둘의 생일이 돌아온다. 그때까지는 살아 주면 좋겠는데…. 그러다 그런 생각을 하는 자체가 불길해서 한숨이 나왔다.

지금까지는 시호가 있는 생활이 너무나도 당연했다. 청소나 요리만이 아니라 사소한 일 대부분을 아내가 처리해 주었다는 사실을 이제야 알았다. 그리고 하루하루 쇠약해지는 그녀를 보면서 역시나 기적은 일어나지 않는다는 것도 알았다.

나는 자연스레 신선식품 판매대로 향했다. 이제 어디에 무엇이 있는지 훤하다. 평소에는 메이퀸 품종을 샀지만, 오늘은 잘 무르는 남작 품종 감자를 집어 들었다. 남작 감자라면 냄비에 조리해도 부드럽게 무를 것이다.

감자를 고르고 있는데 핸드폰이 울렸다. 확인하니 모르는 번호였다.

"여보세요."

"야마모토 씨 되시나요? 야마모토 준 씨?"

다급한 남자 목소리가 들렸다.

"네, 맞습니다."

"긴급 호출 시스템입니다. 지금 자택에서 시스템을 통해 연락이 왔습니다. 지금 어디 계시나요?"

"아내가요?"

"네, 야마모토 시호 씨가 호출하셨습니다. 구급차를 요청하셨어요."

장바구니가 손에서 미끄러져 바닥으로 떨어지는데 그저 멍하니 보기만 했다.

어떻게 전화를 끊었는지 기억나지 않는다. 정신을 차렸을 때는 집을 향해 필사적으로 뛰고 있었다. 시호에게 무슨 일이 생겼다. 여보! 안 돼!

계단을 뛰어 올라가 열쇠를 열고 집 안으로 들어갔다. 침대에 있는 시호의 얼굴이 고통으로 일그러져 있었다.

"여보!"

숨을 헐떡이던 그녀가 무언가 말하려는 듯 입을 벙긋거렸다.

"잠깐만, 약, 약 가져올게."

알약으로 된 모르핀을 봉지에서 꺼내려는 순간 시호가 내 손을 잡았다. 손이 얼음장처럼 차다. 놀라서 돌아보니 그녀가 천천히 눈을 들어 나를 바라봤다.

"여보…, 잘… 다녀… 왔어?"

"약부터 먹자. 금방 구급차가 올 거야."

시호가 천천히 고개를 저었다.

"대답…."

"응… 다녀왔어."

내가 대답하자 시호의 눈이 초승달 모양으로 휘어졌다. 하지만 바로 다시 고통스러운 신음을 쏟아냈다. 멀리서 구급차 사이렌 소리가 들렸다.

"구급차가 왔어. 조금만, 조금만 참자."

순간 아내의 몸에서 힘이 빠졌다. 약을 먹지 않았으니 고통이 사라졌을 리 없는데…. 얼굴이 파랗게 질려 있었다. 이런 얼굴은 처음이었다.

"시호!"

두 손으로 그녀의 손을 잡았다. 어떻게든 따뜻하게 해 주고 싶었다.

"…제."

희미하게 목소리가 흘러나오기에 입가로 얼굴을 가까이 붙였다.

"숙…제."

"여보, 정신 차려. 제발 부탁이야."

눈물이 뺨을 적시는 줄도 모르고 울부짖었다.

시호의 눈이 나를 향했다.

"당신, 거기 있어?"

"응, 나 여기 있어. 여보, 나는…."

터져 버린 울음에 말을 끝까지 잇지 못했다. 그래도 내 말에 안심이라는 듯 아내의 시선이 허공을 향했다. 힘겹게 벌어진 입술 사이로 목소리가 새어 나왔다.

"숙제 꼭… 해야 해."

단지 내로 들어선 구급차가 사이렌을 껐다.

빨리, 빨리 좀 와! 하느님. 그렇게 빌었는데 왜 기적을 가져다 주지 않나요! 제발 제게서 아내를 데려가지 마세요!

"당신이 없으면 나는… 안 돼. 제발, 여보…."

오열하며 계속 외쳤다. 몸 안에 남아 있는 숨을 전부 토해내듯 숨을 내쉰 시호가 눈을 감았다. 손안에 있던 그녀의 손이 스르륵 빠져나갔다.

"여보…?"

왜 내 인생에 이런 일이 일어나는 걸까?

"여보! 안 돼, 시호!"

계단을 뛰어 올라오는 소리가 들렸다.

"여보! 여보!"

아내의 몸이 더는 움직이지 않았다. 초인종 소리가 요란하게 울렸다.

"여기요! 도와주세요! 제발 도와주세요!"

세상에 신 따위는 없다. 기적 같은 건 절대 일어나지 않는다.

구급대원들이 문을 열고 들어왔지만 나는 시호의 손을 놓지 않았다. 손이 너무 차다. 따뜻하게 해 주고 싶었다.

***

길고도 짧았던 아내와의 마지막 추억이 막을 내렸다. 슨자역에 온 건 잘한 일일까?

손목시계를 보니 이제 곧 열차가 올 시간이었다.

시호가 내 준 숙제를 해야겠다고 마음먹고도 두 달이 지났다. 사십구재를 마치고 빈 껍데기만 남아서 매일 매일 고기 감자조림만 먹었다.

여전히 아내가 옆에 있는 듯했다. 하지만 없었다. 괴로움은 고통이 되었고 그러다 차츰 무뎌졌다.

하마나호에 가 봐야겠다고 생각한 건 아침 뉴스에서 "오늘은 전국이 맑겠습니다."라는 일기 예보를 들었을 때였다. 그 순간 아내가 했던 말이 떠올랐다.

고민하지 않고 바로 휴가를 냈다. 상사도 이유를 묻지 않고 승인해 주었고, 오오하시도 회사 일은 걱정하지 말라고 했다.

큰일을 겪어 보니 사람들의 온정이 피부로 와닿았지만, 그 따스함에 가슴 한편이 저릿하게 아프기도 했다.

추억 여행에서 돌아와 보니 조금 전까지 옆에 있던 역무원은 보이지 않았다.

하늘에 노을이 번지기 시작했다. 점점 짙어지는 붉은 빛을 보면서 생각했다. 아내가 내 준 숙제를 꼭 완수할 거라고.

"시호… 보고 싶어. 다시 한번 만나고 싶어."

목소리가 하얀 입김이 되어 허무하게 흩어졌다. 나는 두 손을 맞잡고 간절하게 빌었다.

기적은 믿지 않지만, 당신이 한 말은 믿어. 그러니까 날 만나러 와.

그때였다. 멀리서 열차가 레일을 달리는 소리가 들렸다. 이어서 산골짜기 사이로 열차가 모습을 드러냈고, 곧 온통 금빛으로 둘러싸인 열차가 요란한 마찰음을 내며 승강장에 멈춰 섰다.

이게 노을 열차…?

꿈을 꾸는 듯했다. 눈부시게 빛나는 열차의 문이 열리고 누군가 내렸다. 익숙한 파란색 원피스를 본 순간 입이 떡 벌어졌다.

"말도 안 돼."

시호였다. 너무 놀란 나머지 일어서지도 못하고 그대로 앉아 있는 내 앞으로 그녀가 걸어왔다. 시호가 초승달처럼 눈매를 휘고 웃고 있었다.

"여보, 잘 있었어?"

"시호…."

꿈인가? 마지막 기억 속 모습보다 조금 살이 붙은 아내가 내 앞에 서 있었다. 얼어붙은 듯 꼼짝도 못 하는 내 옆에 앉더니 눈부신 호수를 바라봤다.

"믿어 줘서 고마워."

"살아 있었구나."

내 말에 그녀가 슬픈 표정으로 고개를 저었다.

"아니야. 노을이 사라지기 전까지만, 딱 한 번만 만날 수 있어. 마스터한테 들었잖아."

"그럼….."

"소문을 믿길 잘했네."

다행이라는 듯 안심하는 시호가 허상인 것 같아서 손을 잡아 보았다.

"아아….."

따뜻했다. 손에 전해지는 온기에 눈물이 주르륵 흘러내렸다.

"여보!"

아내를 끌어당겨 품에 안았다. 시호를 만났다. 다시 만났다.

시호가 세상을 떠난 후로 완전히 말라 버렸다고 생각했는데, 댐이 무너진 것처럼 눈물이 펑펑 쏟아졌다. 왜 살아 있는 동안 더 자주 보러 가지 않았을까. 이렇게 후회할 줄 알았으면서 왜 그랬을까.

"당신은 이제 혼자서도 잘 살 수 있어."

화들짝 놀라 뒤로 물러섰다.

"무슨 소리야. 당신이 없으면, 없으면….."

시호가 손가락을 들어 내 입술을 막았다.

"쉿!"

그리고 웃으며 말을 이었다.

"청소랑 요리를 할 수 있으면 제 몫은 다 하는 거야. 자신감 가져도 돼."

"선생님처럼 말하지 마."

당신이 남긴 숙제

희미하게 웃는 아내가 그대로 사라져 버릴 것 같아서 다시 손을 꼭 잡았다.

"지금은 슬퍼해도 돼. 하지만 당신에게는 이제 혼자서 살아갈 힘이 충분해. 그러니까 시간이 좀 지나면 다시 행복해져야 해. 이게 내가 주는 마지막 숙제야."

"그런 소리 하지 마."

자리를 박차고 일어서자 석양이 산 너머로 사라져 가고 있었다. 반대편 하늘에서는 성급한 달이 벌써 얼굴을 내밀었다.

"도망치지 마."

"도망친 적 없어."

시호는 항상 내 마음을 꿰뚫어 본다. 옆에 나란히 선 아내가 나를 보며 눈을 크게 치켜떴다.

"있잖아, 도모코 씨에게 꼭 감사하다고 말씀드려."

"도모코 씨? 왜?"

내 물음에 시호가 잠시 망설이다가 대답했다.

"매번 갈 때마다 찾는 책이 전부 있는 거 이상하지 않았어? 사실 책 목록, 내가 도모코 씨에게 미리 알려 줬어. 재고가 없는 책이 있으면 구해달라고."

"뭐? 아니… 왜 그랬어?"

"죽기 전에 꼭 읽고 싶은 책들이었으니까. 그리고 또 하나, 건방진 소리로 들릴 수도 있지만 내가 없는 세상에서도 당신이 살아갈 힘을 주고 싶었어."

말문이 막혔다. 기적은 아내가 만들고 있었다.

"앞으로도 어려운 일이 있으면 도모코 씨나 주변 사람들에게 도움을 청해. 다들 당신을 걱정하고 있으니까. 그거 봐. 내 말대로 우리 동네에서 살길 잘했지?"

뿌듯하다는 듯한 시호의 말에 또 눈물이 흘렀다. 하지만 아무리 그래도 나는 그녀가 옆에 있어 주길 바란다. 내게 단 하나의 소원이 있다면, 그건 시호와 함께하는 삶이다.

"사실 말이야."

시호가 민망하다는 듯 수줍게 웃었다.

"병원에 있을 때 정말 너무 아팠어. 그래서 이렇게 편안한 마음으로 당신과 마지막 이야기를 나누고 싶었어."

"그랬구나. 나한테 말하지. 항암 치료도…."

"누구나 사랑하는 사람에게는 예쁜 모습으로 기억되고 싶은 법이야. 그리고 빨리 여기서 당신을 만나고 싶었어."

그때 갑자기 얼굴에서 미소를 지운 시호가 하늘을 올려다봤다. 석양이 사라지고 짙은 남색이 하늘을 잠식해 가고 있었다. 밤이 되면 아내는 사라진다.

"여보, 고마웠어. 마지막으로 만날 수 있어서 정말 기뻐."

내 손을 밀어내고 살짝 머리를 숙여 인사하는 시호는 지금도 웃고 있다.

당신이 남긴 숙제

"당신은 어떻게 이런 상황에서도 웃을 수 있어? 어떻게 그렇게… 강해."

절규 같은 울음이 터져 나왔다. 나는 이제 혼자 살아가야 한다. 나는 그 사실이 여전히 두려웠다.

"당신이 날 강하게 만들어 줬잖아. 나, 당신 아내로 살 수 있어서 행복했어."

"여보, 가지 마. 나 두고 가지 마."

"이번에는 당신이 강해질 차례야."

"난 못 해."

석양이 남긴 한 줌의 주홍빛이 수평선에 걸려 있었다.

"아, 나도 마음 편하게 저세상으로 가고 싶다."

순간 퍼뜩 정신이 들었다. 불안하게 흔들리는 아내의 눈에서 눈물 한 방울이 툭 떨어졌다.

날 위해서 줄곧 참았던 거다. 누구보다 괴롭고 아팠을 텐데 나 때문에 참고 또 참았던 거다. 그런데 나는 이렇게 약해 빠진 모습으로 아내를 보낼 건가?

그럴 수는 없다.

"알았어. 나도 강해져 볼게."

"정말?"

"그래. 반드시 강해질 거야."

억지로 입꼬리를 끌어올렸다. 그제야 마음이 놓인다는 듯 시호의 표정이 편안해졌다. 노을 열차가 헤드라이트를 켜자, 그녀가 다시 한번 나를 끌어안았다. 포근함이 느껴지는 그녀를 나도 꼭 끌어안았다.

"고마워, 여보. 고마워."

"마지막 숙제 잊지 마."

"지금까지도 잘했잖아. 마음 푹 놓고 기다려."

코를 훌쩍 들이마시고 큰소리쳤더니 시호가 고개를 힘차게 끄덕이고는 다시 활짝 웃으며 열차에 올라탔다. 조용히 닫힌 문이 우리를 갈라놓았다.

하지만 여기서 끝은 아니다. 앞으로 살아가면서 아내가 내게 남긴 숙제를 나름대로 잘 완수해 볼 생각이다.

열차가 움직이기 시작하자 승강장 끝까지 쫓아가서 손을 흔들었다.

"시호야! 나 잘 살 테니까 꼭 지켜 봐!"

열차는 점점 멀어지다가 금빛이 옅어지며 어둠 속으로 사라져 버렸다.

아무도 없는 승강장, 정적 속에 남겨진 나는 다시 만남의 벤치로 가서 앉았다. 어둠이 깊어지는 하늘 위로 하얀 새 한 마리가 날아간다.

"저 새가 붉은부리갈매기인가?"

신기하게도 더는 눈물이 흐르지 않았다. 오길 잘했다는 생각이

들었다. 기적이 일어날 리 없다고 생각했다. 하지만 기적은 사랑하는 사람의 간절한 바람과 진심으로 믿는 마음이 만들어낸다는 사실을 알게 됐다.

집에 돌아가면 고기 감자조림을 만들어야겠다. 그러고 보니 도모코 씨에게 아직 고기 감자조림을 검사받지 못했다. 내일쯤 심사해달라고 해 볼까?

멀리서 다가오는 열차의 헤드라이트 불빛이 보였다. 아직 오지 않은 내일을 내 방식대로 열심히 살아 봐야겠다. 내일은 시호가 남긴 숙제의 첫 페이지를 장식하는 중요한 날이 될 것이다.

귓가를 스치는 바람이 힘내라고 속삭이는 듯했다. 바람 소리가 다정하고 고운, 사랑하는 그녀의 목소리를 닮았다.

여섯 번째 이야기

태양이 지켜보고 있으니까

이번이 몇 번째지?

스무 번? 아니, 벌써 오십 번 정도는 슨자역 승강장을 밟은 것 같다.

언덕 위에 자리 잡은 이 무인역에서는 멀리 펼쳐진 하마나호와 하늘이 하나로 이어져 보인다. 다만 오늘은 해 질 녘부터 조급하게 얼굴을 내민 달을 숨기려는 듯 잿빛 구름이 하늘을 뒤덮고 있었지만.

하마마쓰시는 기온이 따뜻한 편이지만, 아직은 겨울 추위가 완전히 물러가지 않은 이월 말이다. 목도리 사이를 파고드는 찬 기운에 금세 몸이 식었다. 이 년 동안 자르지 않은 머리카락이 바람에 흩날릴 때마다 목 언저리와 뺨의 온기도 같이 날아가는 듯했다.

마흔을 넘어서고부터 해마다 점점 더 추위를 탄다. 단순히 기분 탓만은 아닌 듯싶다.

"그만 갈까?"

자신을 타이르듯 혼잣말을 뱉고 나무 벤치에서 일어섰다.

만남의 벤치 뒤에 세워진 파란색 플라스틱 팻말에 벤치의 이름이 적혀 있었다. 예전에는 글자가 거의 지워져서 희미했는데 최근 새로 만들어서 이제는 선명하게 보인다.

산 너머로 사라져 가는 석양이 무인역에 긴 그림자를 만들었다.

"유코!"

날 부르는 소리에 고개를 돌렸더니 슨자역 옆쪽 인도에서 손을 흔드는 미사토가 보였다.

"닮은 사람이 보이길래 와 봤더니 역시 맞네. 역에는 무슨 일이야? 가케가와에라도 가려고?"

"아니, 그냥 노을이 예쁘길래."

오늘도 예쁘게 화장한 미사토가 활짝 웃었다.

"옛날 추억에라도 빠져 있었어? 고등학교 때는 우리 둘이 매일 여기서 열차를 탔었잖아."

스즈키 미사토와는 중학교 때부터 친구다. 고등학교를 졸업하자마자 도쿄에 있는 회사에 취직했던 미사토는 같은 회사 선배와 결혼했고, 그렇게 한동안 보지 못하고 지냈다. 그러다 삼 년 전 그녀가 이혼하고 친정으로 돌아오면서 다시 보게 됐다.

"렌카가 곧 집을 떠나지? 섭섭하겠다."

미사토의 외동딸 렌카는 고등학교 삼 학년이다. 도쿄에 있는 대학에 합격해서 봄부터는 도쿄에서 살게 됐다.

"섭섭하기는. 렌카도 도쿄가 좋은 모양이고, 나도 젊었을 때는 대도시에서 경험을 쌓아야 한다고 생각하니까 괜찮아."

도쿄로 나갔다 돌아왔다는 이미지 때문인지 미사토는 어디를 가나 동네 사람들의 이목을 끌었다. 보브 커트로 자른 머리 중간을 밝은 갈색으로 염색한 스타일도 그렇고, 입고 다니는 옷도 이 근처에서는 팔지 않는 화려한 옷들뿐이다. 물론 너무나 잘 어울린다. 지금은 생명보험회사 영업직으로 일하는데 회사에서도 우수직원이라고 들었다.

"올해도 벌써 두 달이나 지났다니 시간 참 빠르다. 눈 깜짝할 사이에 일 년이 지나간다니까."

허공을 바라보며 중얼거리는 그녀의 말에 동의하며 고개를 끄덕였다.

"맞아, 우리가 벌써 마흔여덟이라니. 이러다 어느 순간 할머니가 되어 있는 거 아니야?"

내 말에 미사토가 얼굴을 살짝 찡그렸다.

"나는 아직 마흔일곱이거든!"

"그거나, 그거나."

고등학교를 졸업한 지 삼십 년이나 지났는데도 미사토와 있으면 늘 그 시절로 되돌아간 듯한 착각에 빠진다. 반짝반짝 빛나던 그 시절 모습은 조금도 남아 있지 않은데 말이다.

"아, 춥다. 해도 졌고 그만 집에 가야겠어."

나는 늘 그랬듯 입꼬리를 끌어올려 우울해지려는 기분을 감췄다.

"타. 가다가 내려 줄게."

"바로 옆인데 뭘. 괜찮아, 걸어가면 돼."

바람에 흩날리는 머리카락을 붙잡고 도로 너머를 가리켰다. 우리 집은 이 근방에서 '산'으로 통하는 언덕 중간에 있다.

"타고 가. 어차피 퇴근하는 길이고, 겐스케 씨도 퇴근한 거 같던데."

"뭐? 벌써?"

아직 다섯 시도 안 됐는데? 그 순간 퍼뜩 생각이 스쳤다. 남편이 오늘 다섯 시에 손님이 올 거라고 했었다.

화들짝 놀라는 날 보고 눈치챘는지 펄이 반짝이는 미사토의 입꼬리가 살짝 올라갔다.

"깜박깜박하는 건 예나 지금이나 여전하구나? 어서, 가자."

먼저 차로 향하는 미사토를 따르려다가 다시 한번 뒤를 돌아봤다. 석양이 사라진 뒤의 호수가 빛을 잃고 밤의 어둠에 잠겨 가고 있었다.

그 애는 언제나 태양 같았다. 눈부시게 해맑았던 미소와 밝고 천진했던 목소리가 지금도 생생하다.

―엄마, 오늘 저녁밥은 뭐야?

―오늘 전학생이 왔어. 고베가 어디야?

―가즈히사가 나한테 같이 놀자고 했어!

요타陽太, 태양을 닮은 이름대로 그 애는 언제나 내게 빛을 안겨주었다. 그랬던 아이가 언젠가부터 입을 닫아 버렸다. 시어머니가 돌아가신 일이 아이에게 그렇게 큰 충격이 될 줄은 몰랐다.

사랑하는 할머니의 죽음은 어린 마음에 큰 상처를 남겼고, 아이는 조금씩 마음을 닫아 버렸다. 나는 그때 왜 요타의 이야기에 더 귀 기울이지 못했을까. 집안일에 몰두해 건성으로 대답하기도 했고, 바쁘다는 이유로 외면하기도 했다. 생각하면 할수록 후회가 파도처럼 밀려왔다.

잃어버리고 나서야 깨닫는 어리석은 짓을 몇 번이나 더 반복해야 이 고통이 끝날까. 언젠가는 그 애가 나를 용서해 줄까?

반도라는 이름의 담당자가 삼 주기 법요(불교식 제사)에 관해 설명했다. 설명이 길어져 내놓은 차는 이미 차게 식어 버렸다.

가운데에 큰 불상이 놓인 세 평 남짓한 다다미방에는 요타와 시부모님의 영정 사진이 놓여 있다. 공허함으로 가득 차 들어서기만 해도 가슴이 먹먹해지는 방이다.

태양이 지켜보고 있으니까

얼마 후면 그 애가 세상을 떠난 지 이 년이 되는 날이다. 사망한 날을 첫 번째 기일로 헤아리기 때문에 죽은 지 만 이 년이 되는 사월 구 일이 삼 주기라는 설명을 들었다.

"아드님의 삼 주기 법요에 관한 설명은 끝났습니다. 궁금하신 점이 있으면 편하게 말씀하세요."

반도 씨가 남편에게 물었지만 정작 당사자는 자료에 눈을 고정한 채 미동도 하지 않았다. 그가 난처하다는 듯 내게 눈을 돌리기에 하는 수없이 입을 열었다.

"특별히 궁금한 점은 없습니다. 그저, 요타가 떠난 지 벌써 이 년이 지났다는 게…."

거기까지 말하다 입을 닫았다. 이런 상투적인 말이 무슨 의미가 있을까. 솔직히 오늘에 이르기까지 시간이 빨리 흘렀다는 생각은 들지 않았다. 늪에 빠진 듯한 날들이었다. 온몸을 휘감은 진흙 속에서 벗어나지 못하고 버둥거리기만 했던 날들….

반도 씨가 다음 말을 기다리며 살짝 머리를 기울이기에 가볍게 고개를 저었다.

"아니에요. 잘 부탁드립니다."

살짝 미소 지은 나를 따라 그의 입꼬리도 올라가려 했지만, 무례한 행동이라 생각했는지 금세 표정을 정돈했다.

"저야말로 잘 부탁드립니다."

옆에 앉은 남편은 여전히 아무 말이 없었다. 시선을 들어 사진

속 요타를 물끄러미 바라볼 뿐이다.

이 집은 시아버님이 돌아가신 뒤 지은 것이다. 당시 살던 집은, 밋카비 산골에 혼자 남은 시어머니를 모셔 와 함께 살기에는 턱없이 좁았다. 어차피 초등학교 삼 학년이 된 요타에게 자신만의 방을 만들어 주고 싶던 참이기도 했다.

원래 살던 곳 근처로 집을 지을 곳을 알아보던 중에 시어머니의 지인에게 호소에쵸에 있는 땅을 소개받아 시세보다 저렴하게 구할 수 있었다.

그때는 모든 일이 순조로웠다. 전학을 가야 한다는 말에 시무룩했던 요타도 자기 방을 보자마자 환호성을 질렀고, 한동안 허전해 하시던 시어머니도 근처 주민센터에서 운영하는 시니어 강좌에 참석할 만큼 좋아지셨다. 하지만 북적북적하고 웃음이 끊이지 않던 이상적인 가족의 모습은 고작 이 년 만에 산산이 깨져 버렸다.

시어머니만이 아니라 요타까지 우리 곁을 떠났다는 사실은 지금도 꿈만 같다. 아니, 제발 꿈이기를 바란다.

그 애가 할머니의 죽음에 큰 충격을 받았다는 걸 알았으면서도 형식적인 말로만 위로했던 나를 지금도 용서할 수가 없다. 왜 조금 더 따뜻하게 요타의 마음을 보듬지 못했을까. 엄마라는 이름으로도 자식의 마음을 달래지 못했다.

밀려오는 슬픔을 감추고 미소를 띤 채 반도 씨를 배웅하고 거실로 돌아왔더니, 남편이 찻잔을 씻고 있었다.

태양이 지켜보고 있으니까

"내가 해도 되는데."

"괜찮아."

"그래."

이 집에서는 더 이상 웃음소리가 들리지 않는다. 테이블 위에 놓인 자료를 정리하면서 조용히 남편을 바라봤다.

겐스케는 나보다 여덟 살 어린 마흔이다. 운동을 좋아해서 몸은 탄탄한 편이지만, 얼마 전부터 하얗게 올라오는 흰머리가 부쩍 눈에 띄기 시작했다.

쓰키가 남편 발아래로 쪼르르 달려가 열심히 꼬리를 흔들었다. 쓰키는 일 년 전부터 기르기 시작한 검은색 시바견이다. 수컷 강아지에게 어울리는 이름은 아니라고 생각하지만, 남편이 그렇게 지었다. 쓰키를 돌보는 건 주로 남편 몫이었고, 그 나름대로 애정을 듬뿍 쏟고 있다.

"산책하러 갈까?"

'산책'이란 말에 꼬리가 더 힘차게 흔들린다.

쓰키는 나를 잘 따르지 않는다. 귀여워해 주지 않는 탓이니 어쩔 수 없지만, 집에 돌아왔을 때 나를 향해 의무적으로 꼬리를 흔드는 걸 보면 괜히 기운이 더 빠지기도 한다.

"편의점 들를 건데 뭐 필요한 거 있어?"

"없어."

우리 집에서 편의점까지는 꽤 멀다.

쓰키는 뒤도 안 돌아보고 남편을 따라 나갔다.

나는 빨래를 갠 뒤 이 층 침실로 올라갔다. 이 층 첫 번째 방이 요타가 머물던 곳이다. 방문을 열자 그날 이후 시간이 멈춰 버린 듯 모든 것이 그대로 있었다. 파란 하늘에 하얀 구름이 그려진 벽지, 책상과 책가방, 나무로 만든 침대까지 그대로다. 작은 의자에 걸터앉았더니 방이 거긴 네 자리가 아니라고 불만을 터뜨리는 것 같다. 책상 위에 흩어져 있는 지우개 가루조차 버리지 못했다.

죽음의 냄새가 배어 있는 다다미방과 달리 이 방에서는 요타의 삶이 느껴진다.

"요타."

이제는 이름을 불러도 예전처럼 가슴이 따뜻해지지 않는다. 부르면 부를수록 그 애가 세상에 없다는 사실만 확인할 뿐이다.

"네가 떠난 지도 벌써 이 년이 지났네."

책상 위에 손을 올려 보았다. 요타는 분명 이곳에 있었다.

반도 씨 말에 따르면 삼 주기 법요는 다음 생으로 가는 길을 정하는 중요한 의식이라고 한다. 무슨 뜻인지 정확히 이해하지는 못했지만, 요타를 위한 일이라면 무엇인들 못 할까.

이 년이라는 세월이 흘렀고 많은 것이 변했다. 하지만 그 누구도, 심지어 남편조차도 이해하지 못할 고독과 깊은 슬픔은 무엇으로도 지울 수 없었다.

"엄마는… 로봇이 돼 버렸나 봐."

눈물은 일주일이 지나고 초재를 지내던 날을 끝으로 말라 버렸다. 작년부터 시작한 아르바이트도 계속하고 있고, 가끔 미사토와 차를 마시러 가기도 한다. 하지만 그 어디에도 진짜 나는 존재하지 않았다. 마치 웃는 연기를 하는 나를 멀리서 내려다보는 기분이랄까?

어서 빨리 요타에게 가고 싶지만 그 애가 그런 일을 바랄 리가 없었다. 그 애가 세상을 떠난 건… 나 때문이니까.

산마리노의 문을 열고 들어가자 미트 소스 냄새가 풍겼다. 지금은 마스터인 무라카미 씨가 한창 영업 준비를 하고 있을 시간이다.

"안녕하세요."

얼굴을 내밀고 인사하자 그가 빙긋 웃었다.

"안녕하세요. 오늘도 잘 부탁드립니다."

깔끔하게 빗어 넘긴 헤어스타일에 콧수염을 기른 무라카미 씨는 육십 대로는 보이지 않을 만큼 생기가 넘친다. 집에서 걸어서 십 분 거리에 있는 카페이니 내 사정을 모를 리 없는데, 그는 내게 아무것도 묻지 않았다.

무라카미 씨는 달 이야기를 자주 한다. 확실히 하마나호 위로 떠오른 달 풍경은 절경이고, 카페 안에도 그가 직접 찍은 사진들이 여기저기 걸려 있다. 비록 로봇이 되어 버린 나는 아무런 감동도 느끼지 못하지만…. 미트 소스나 달, 사진, 그 모든 것이 요타를 생각나게 했고 나를 아프게 찌를 뿐이다.

짐을 내려놓고 앞치마를 맨 뒤 손을 씻었다. 목요일부터 일요일까지 일주일에 나흘, 오전 열 시 반부터 오후 네 시 반까지가 나의 근무시간이다.

내가 오픈 준비를 하는 사이 무라카미 씨가 커피를 내리기 시작했다. 영업 준비가 거의 마무리됐다는 신호였다.

"유코 씨도 한잔해요."

그가 테이블을 닦고 있는 나를 불렀다.

"감사합니다. 잘 마실게요."

검은 바다가 도자기 잔 안에서 넘실거린다. 얼굴이 비칠 정도로 진한 색의 커피는 도드라진 특징이 없어 무난하게 마실 수 있는 맛이었다.

"오늘의 커피는 블루마운틴이에요."

"맛있네요."

"원산지는 자메이카인데 일본 기업이 투자해서 일본인을 위해 만든 원두죠."

나는 커피에 관해 잘 모르지만 남편은 매일 직접 원두를 갈아서 마신다. 요타도 아빠를 따라서 설탕과 우유를 잔뜩 넣어 마시곤 했다.

아, 이런, 또….

일하는 중에는 생각하지 말아야, 아니 다른 사람과 있을 때는 떠올려서는 안 된다.

"오늘 미팅 룸에 예약이 있나 봐요?"

미팅 룸은 홀 안쪽에 스무 명 남짓 들어갈 수 있는 방이다. 오픈 준비를 하면서 보니 '예약석'이라는 팻말이 놓여 있었다.

"학부모회에서 회의를 마치고 다 같이 차를 마시러 온다네요. 사쿠메 초등학교 학부모회였어요."

심장이 철렁 내려앉았다.

사쿠메 초등학교는 요타가 다니던 학교였다. 이 시기에 학부모회 모임이 있다면 아마도 곧 있을 졸업식 때문일 거다.*

살아 있었다면 요타도 올해 졸업했을 텐데….

하지만 예전에 가깝게 지내던 엄마들과는 연락이 끊긴 지 오래 됐으니 다시 만나도 동요하지 않고 덤덤하게 웃을 수 있을 것도 같았다.

"걱정하지 말아요."

뜬금없는 목소리에 눈을 동그랗게 뜨고 고개를 들었다. 우아한 자세로 잔을 든 무라카미 씨가 다시 말했다.

"걱정하지 않아도 돼요. 예약은 오후 두 시거든요. 오후 피크 시간이 지나고 난 뒤고, 오늘은 호시다 씨에게 일찍 나와달라고 부탁했으니까 한 시쯤 퇴근하셔도 됩니다."

호시다 씨는 나와 같은 파트타임 직원으로 가끔 근무 요일이

---

* 일본 초등학교 졸업식은 삼월이다.

겹치면 만날 때도 있다. 역시 자세히 말한 적은 없지만, 무라카미 씨도 요타 일을 알고 있는 것이 분명했다. 내가 곤란해할 거라는 생각에 학부모회 사람들과 마주치지 않도록 마음을 쓴 거다.

"괜찮습니다. 벌써 오픈 시간이네요."

그가 무슨 말인가 더 하려고 입술을 달싹였지만, 기다리지 않고 입구 쪽으로 향했다. 입구에 'OPEN' 팻말을 걸면 오픈 준비가 끝난다.

괜찮다는 말은 진심이었다. 어차피 지금 벌어지는 일들은 내게 별 의미 없는 일일 뿐이다. 살아갈 힘을 잃어버리고 그저 남은 생을 연명하고 있을 뿐이니까. 마음을 비우고 하루를 살면 요타를 만날 날이 하루 가까워진다. 답답하고 괴로운 삶이지만, 하루하루 시간이 흐르면 다시 그 애를 만날 수 있다.

"그나저나 벌써 삼월이라니 시간이 참 빨라요."

무심코 흘러나온 무라카미 씨의 말에 나도 모르게 풋, 하고 웃음을 터뜨렸다. 그가 놀란 눈으로 쳐다보기에 황급히 고개를 저었다.

"죄송해요. 매달 달이 바뀔 때마다 시간이 빠르다고 하셔서요."

"제가 그랬나요? 나이를 먹을수록 세월 가는 속도가 점점 빨라지는 기분이라서요. 아, 고로!"

창문 밖에 있는 검은 고양이를 본 그가 급히 주방으로 갔다. 고로는 무라카미 씨가 키우는 고양이다. 뒷문 쪽으로 나가 먹이를 챙겨 줄 생각인 듯했다.

태양이 지켜보고 있으니까

창문 너머에 있는 고로는 잠시 나를 물끄러미 바라보다가 고개를 휙 돌리더니 우아하게 걸어서 뒷문 쪽으로 사라졌다. 쓰키랑 마찬가지로 고로도, 나를 잘 따르지 않는다.

"배가 아파."

어느 날 아침, 요타가 말했다.

싫다고 칭얼거리는 아이를 설득해서 병원에 갔던 날을 지금도 생생히 기억한다. 검사까지 했지만 원인은 찾지 못하고 정장제만 처방받아 다시 버스를 탔다.

"엄마, 걱정 끼쳐서 미안해."

흔들리는 버스 안에서 미안하다며 눈물을 흘리는 아이가 가여워서, 몇 번이고 괜찮다고 말해 주면서 등을 토닥였다.

"빨리 나아서 학교 가야지."

나는 그렇게 말했었다. 그날이 시작이었다. 그날부터 학교에 가지 못하는 날이 늘어만 갔다.

나를 본 고타니 씨 얼굴에는 난감한 기색이 역력했다. 나는 또 나대로 항상 '가즈히사 엄마'라고 부르던 그녀의 이름이 생각나지 않아서 당황스러웠다.

"오랜만이네."

"아, 응…."

내가 먼저 인사하자 그녀가 그나마 다행이라는 듯한 얼굴로 어색하게 대답했다. 하지만 이래서는 안 된다고 생각했는지 바로 환한 미소를 머금었다.

"정말 오랜만이다! 여기서 아르바이트해? 전혀 몰랐어. 놀랐잖아."

미팅 룸에 모인 사람들은 육 학년 각 반 대표인 듯했는데, 내가 아는 사람은 고타니 씨 한 명뿐이었다. 테이블에 놓인 자료에는 "졸업식 관련 사항"이라는 글자가 쓰여 있었다.

주문을 받는 동안 나를 흘끔흘끔 쳐다보는 그녀의 시선이 느껴졌다. "저 사람이야?"라고 묻는 옆 사람에게 작은 목소리로 "나중에"라고 대답하는 소리도 들렸다.

장례식 이후 처음 봤으니 대략 이 년 만이다. 그녀의 아들 가즈히사는 요타가 이곳으로 전학 와서 처음으로 사귄 친구였다.

단지형 빌라에서 살던 때와 달리 이곳은 집들이 드문드문 떨어져 있어서 아이들이 우르르 함께 등교하는 문화가 없었다. 게다가 같은 하마마쓰시이기는 해도 길눈이 어두운 요타는 학교가 있는 밋카비쵸까지 버스를 타고 다닐 수밖에 없었다.

가즈히사는 슨자역 앞에 있는 버스 정류장에서 요타와 만나 함께 등교했었다. 요타가 학교에 가지 못하게 된 뒤에도 일부러 언덕을 올라와 데리러 오곤 했다.

장례식날 가즈히사는 화가 많이 나 있었다. 고타니 씨 부부가 아무리 타일러도 듣지 않고 장례식 중간에 돌아가 버렸다. 그 뒤 지금까지 한 번도 보지 못했다. 아니, 솔직히 말해서 만나면 괴로울 게 뻔하니 내가 피했다.

다른 테이블을 정리하는 동안 또 똑같은 생각들이 머릿속을 채웠다. 어디서부터 잘못된 걸까? 집을 짓지 말았어야 했나? 이사를 왔기 때문일까? 전학을 시키지 않으면 괜찮았을까? 어쩌면 등교를 거부하는 아이에게 부담을 준 탓일지도 모른다. 그래도 학교에 갔으면 좋겠다고 무언의 압박을 했기 때문일지도….

이런저런 이유가 부메랑이 되어 내게 돌아왔다. 요타가 죽은 건 전부 내 탓이다.

"저기…."

돌아보니 고타니 씨가 옆에 서 있었다. 다시 보니 전보다 조금 마른 듯했다.

"아, 미안. 더 필요한 거 있어?"

나는 적당한 미소가 그려진 가면으로 얼굴을 가렸다.

"그게 아니라, 저기… 괜찮은가 해서. 그동안 많이 힘들었지?"

"괜찮아, 이제 아르바이트도 할 정도인걸."

마음에도 없는 말을 하는 것도 이제 제법 익숙해졌다.

"다들 걱정해. 그게… 졸업식에 참석하지 않을 거라고 교장 선생님께서 그러셨거든."

"아…."

지난달에 교장 선생님에게 연락이 왔었다. 요타에게 졸업장을 주고 싶다며 가능하다면 졸업식에 참석해 대신 받았으면 좋겠다고 부탁했다. 설마 거절할 거라고는 생각하지 못했는지 당황해서 횡설수설하시던 선생님께 죄송한 마음뿐이었다.

누군가 요타 이야기를 꺼낼 때마다 죄책감이 물밀듯 밀려왔다. 그만 잊고 싶다는 마음과 잊고 싶지 않다는 마음이 맹렬히 부딪쳤다.

"그날은 일이 있어서. 가고 싶었는데 미안해."

"그렇구나…."

"가즈히사는 잘 지내? 이래저래 요타를 많이 챙겨 줬는데 고맙다는 말도 못 했네."

자연스럽게 화제를 돌리자 그제야 굳어 있던 고타니 씨 표정이 조금 풀어졌다.

"잘 지내지. 키가 갑자기 커서 옷값이 엄청나게 들어간다니까"

"성장기잖아."

"장례식 때는 미안했어. 가즈히사한테 사고였다고 설명했는데 믿지 못하더라고."

자살이었다는 소문이 도는 건 알고 있다. 실제로 이웃집 할머니에게 "자살했다며?"라는 말을 들은 적도 있고, 정황상 그런 말을 들을 만도 했다.

"괜찮아, 나도 처음에는 믿지 못했으니까."

태양이 지켜보고 있으니까

그때 고타니 씨가 "요코 씨."라고 나를 부르며 덥석 손을 잡았다. 순간 나도 모르게 그 손을 확 뿌리쳤다. 아차 싶었다.

"아! 미안해. 손이 더러워서."

바로 둘러댔지만, 그녀는 민망해하며 손을 물렸다.

"나야말로 미안해."

잠시 고개를 떨구고 말을 잇지 못하던 그녀가 결심이 선 듯 나를 똑바로 바라보았다.

"힘들겠지. 그런 일이 일어날지 누가 상상이나 했겠어."

"그런 얼굴 하지 마. 벌써 이 년이나 지났고 그럭저럭 잘살고 있으니까."

왜 당신이 울 것 같은 표정을 짓는 거지?

내게 위로를 건네는 사람들에게 밝은 목소리로 대답할 때마다 칼로 가슴을 긋는 듯했다.

그녀가 그렁하게 눈물이 들어찬 눈으로 다시 말했다.

"있잖아. 졸업식에 와 주지 않을래? 안 그래도 다음에 부탁하러 갈 생각이었어."

그녀의 뒤로 이쪽을 쳐다보고 있는 학부모회 사람들이 보였다. 나와 눈이 마주치자 바삐 시선을 피했다. 그 순간 깨달았다. 우연이 아니구나. 내가 일한다는 걸 알고 고타니 씨가 모임 장소를 여기로 정했던 거다.

"요타도 같이 졸업시켜 주자."

촉촉하게 젖은 그녀의 눈동자를 보면서 궁금해졌다.

도대체 왜 우는 걸까? 내가 참석하면 어떻게 되는 건데? 애처로운 눈으로 나를 바라보는 그들에게 박수를 받은들, 대체 뭐가 달라지나?

다른 학부모나 학생들은 뿌듯할지도 모르겠지만, 요타는 그들의 졸업식에 감동을 더해 줄 도구가 아니다. 다들 한편으로 이렇게 생각하겠지. 우리 애가 아니어서 다행이라고….

"그럼, 남편하고 상의해 볼게."

튀어 오르려는 속마음을 가면으로 조용히 잠재운 나를 칭찬해 주고 싶었다.

무라카미 씨 앞에서 태연한 척해 놓고 결국 삼십 분 일찍 퇴근하고 말았다.

만남의 벤치에 앉아서 우두커니 산마리노가 있는 쪽을 바라봤다. 고타니 씨는 내가 가게를 나올 때까지 거듭 졸업식 참석을 부탁했고 다시 전화하겠다고도 했다.

"정말 싫다."

물론 고타니 씨 잘못은 아니다. 오히려 그런 역할을 맡은 그녀가 가엽기까지 했다. 괜히 나 때문에 내키지 않는 일을 떠맡았을 터였다.

가케가와행 열차가 승강장으로 들어왔다. 컬래버한 만화 캐릭터 그림으로 장식된 열차가 화려했다.

문이 열리고 가끔 마주치는 여중생이 내렸다. 사립 중학교 교복 재킷이 잘 어울리는 여학생이 단정히 묶었던 머리를 풀자 긴 머리가 바람을 타고 나부꼈다.

내게는 눈길도 주지 않고 조립식으로 지어진 승강장 대기실로 들어갔다. 매번 그랬다. 집에 가기 전에 친구와 수다를 떨거나 핸드폰으로 게임이라도 하는 모양이다.

그나저나 오늘도 구름이 잔뜩 끼어서 노을을 볼 수 없을 듯하다.

그때 문득 들린 발소리에 돌아보니 물뿌리개를 손에 든 무라카미 씨가 다가왔다.

"오늘 고생 많으셨어요."

인자하게 웃는 그를 보고서야 깨달았다.

"어머, 죄송해요. 제가 일찍 퇴근하는 바람에 물 주러 오지 못하셨군요."

무라카미 씨는 슨자역에 심어진 꽃을 자진해서 돌보고 있었다. 평정심을 잃은 탓인지 항상 내가 퇴근하기 전에 그가 물을 주러 갔었다는 사실을 까맣게 잊어버렸다.

그가 물뿌리개를 들지 않은 손을 들어 눈앞에서 휘저었다.

"괜찮아요, 손님들도 다 빠졌고 호시다 씨도 있으니까요. 그리고… 심정, 충분히 이해합니다. 저라도 그런 말을 들었다면 곤란했을 거예요."

"제 아들 일, 아시는 거죠?"

"호시다 씨에게 들었어요. 소중한 사람을 잃은 슬픔은 어떤 말로도 달랠 수 없는 법이죠."

무라카미 씨 부인도 세상을 떠났다고 들었다. 카운터 아래 선반에 그분의 사진이 놓여 있었다.

우리는 누군가의 죽음에 민감하면서도 당사자 앞에서는 둔감한 척하려고 애쓴다. 위로해 주고 싶어도, 결코 넘을 수 없는 벽이 존재했기 때문이다.

무라카미 씨가 곧 꽃봉오리를 터트릴 것 같은 튤립에 물을 주었다. 자상한 말을 건넨 그에게 무슨 말이든 하고 싶었지만 차마 입이 떨어지지 않았다. 삼월에 들어섰는데도 여전히 입술 사이로 하얀 입김이 새어 나왔다.

"제가 한 말 때문인가요?"

그가 등을 돌린 채로 물었다.

"네?"

"무인역에서 일어나는 기적에 관한 이야기요. 언젠가 유코 씨가 물어보셨잖아요. 그날 이후로 여기 자주 앉아계셔서요."

"아… 아니에요."

반사적으로 아니라고 말했지만, 부정해 봤자 소용없는 짓이었다.

"믿는 건 아니에요. 하지만 혹시 만날 수 있지 않을까 하는 마음이 없지는 않네요."

"당분간은 날씨가 좋지 않을 것 같아요."

바람을 보듯 허공에 시선을 둔 그가 편안한 얼굴로 말을 이었다.

"전설에 따르면 기적은 구름 한 점 없이 맑은 날 저녁, 하늘이 노을로 물들었을 때 일어난다더군요."

"여기 앉아서 보고 싶다고 간절히 빌면 노을 열차를 타고 나타난다, 맞죠?"

믿는 건 아니다. 하지만 지금 내 삶은 끝을 알 수 없는 깊은 슬픔에 잠겨 있다. 미신이든 뭐든 붙잡고 매달릴 무언가가 필요했다.

"며칠 전에 구름 한 점 없이 날이 맑기는 했는데 그날은 노을이 옅었어요. 노을이 짙게 깔린 날에는 구름이 있었고…. 쉽지 않죠?"

참 얄궂다는 듯 자조하며, 그가 내 눈을 바라봤다.

"그리고 아직 부족한 모양이네요."

"부족해요? 뭐가…."

무슨 뜻인지 몰라 되물었지만, 무라카미 씨는 물뿌리개를 들고 다시 화단을 향해 몸을 돌렸다.

"기적이 일어나려면 구름 한 점 없어야 하고 하늘 전체가 진한 오렌지색 노을로 물들어야 하죠. 물론 저도 노을 열차를 본 적은 없지만요. 그리고…."

그가 꽃에 물을 주면서 말을 이었다.

"서로 준비가 되어 있지 않기 때문인지도 몰라요."

"서로라면, 저와 요타 말씀이세요?"

"유코 씨는 왜 아들을 만나고 싶으세요? 그리고 요타는 지금의 유코 씨를 보고 싶어 할까요?"

말이 끝나기 무섭게 그가 아차 싶었는지 미안한 표정을 지었다.

"이런, 실례했습니다. 어디까지나 제 억측이니 신경 쓰지 마세요."

뭐라고 대답하면 좋을까.

요타가 보고 싶다. 너무나도 간절하게. 왜 만나고 싶냐고? 엄마라는 이유 말고 다른 이유가 필요할까? 그런데 요타는… 나를 보고 싶어 할까?

간신히 상념에서 벗어나 주위를 둘러보니 무라카미 씨의 모습이 보이지 않았다. 나 혼자 덩그러니 승강장에 앉아 있었다. 바람은 아까보다 강해졌고 구름이 하늘 전체를 메우고 있었다.

돌아가야겠다.

돌아가자고 생각했지만, 집에 가고 싶지는 않았다. 요타가 없는 집은 너무 횅했다. 게다가 구석구석 그 애와의 추억이 너무 많았다.

"실례합니다."

바로 옆에서 들린 목소리에 흠칫 놀라 자리에서 일어섰다. 아까 대기실로 들어갔던 여학생이 옆에 서 있었다. 가까이서 보니 하얗고 앳된 얼굴이 퍽 귀여웠다. 조금 전에 풀었던 머리는 다시 묶었고 사립 중학교 교복을 입고 있었다.

태양이 지켜보고 있으니까

큰 눈으로 나를 물끄러미 쳐다보기에 나도 모르게 시선을 피해 버렸다.

"얘, 아줌마 고양이예요?"

"네?"

시선을 내린 학생의 팔에 검은 고양이가 안겨 있었다. 윤기가 흐르는 가지런한 털을 가진 검은 고양이가 내게는 관심 없다는 듯 휙 고개를 돌렸다.

"아, 고로예요. 근처에 있는 카페 산마리노에서 키우는."

화단에 물을 주러 온 무라카미 씨를 따라온 모양이다.

"아, 그래요?"

혼잣말처럼 대답한 여학생은 고로를 조심스럽게 땅에 내려놓고 막 승강장으로 들어온 열차에 올라탔다. 그 잠깐 사이에 고로는 어디로 갔는지 보이지 않았다.

요타는 전에 살던 동네에서 골목대장 같은 존재였다. 고작 초등학교 삼 학년밖에 안 된 녀석이 제법 싹싹하고 야무져서 같은 빌라에 사는 형, 누나들도 모두 요타를 좋아했다. 단지에 사는 아이들이 다 같이 모여서 등교할 때면 제일 먼저 약속 장소에 나갔고, 이웃 어른들을 만나면 꼭 먼저 인사하는 그런 아이였다. 이사하고 전학 간 학교에서도 처음에는 잘 적응해 갔다.

그러다 사 학년이 되고부터 배가 아프다는 이유로 학교를 빠지는 날이 많아졌다. 처음에는 일주일에 한 번, 그러다 나흘에 한 번, 이틀에 한 번꼴로 결석했다. 결석 횟수가 늘어날수록 차츰 이유도 말하지 않게 됐다.

그래도 여름방학에는 가족끼리 캠핑도 갔고 친정엄마가 계시는 미야자키현으로 가족 여행도 갔었다. 예전처럼 재잘거리는 밝은 모습에 이제 괜찮겠다 싶었는데, 여름방학이 끝나는 동시에 요타 방의 방문이 굳게 닫혀 버렸다.

―학교 폭력까지는 아니고 아이들이 좀 짓궂게 놀린 모양이에요.

학교에서 온 젊은 여교사는 어쩔 줄 몰라 하며 횡설수설했지만, 지금은 다 해결됐고, 모두 요타가 오기를 진심으로 기다리고 있다고 했다.

하지만 오랜만에 다시 학교에 갔던 요타는 무슨 일이 있었는지 점심시간에 얼굴이 하얗게 질린 채로 다시 집에 돌아왔고, 그 뒤로 우리의 대화는 점점 일방통행이 되었다.

방에 틀어박혀 나오지 않는 아이에게 나는… 아무것도 해 주지 못했다.

삐익!

지척에서 들린 전자음에 나도 모르게 숨을 삼켰다.

아, 전기밥솥 소리였구나.

거실에서 텔레비전을 보던 남편이 소리를 듣고 식탁으로 와 앉는다. 추위를 많이 타는 남편은 티셔츠 위에 솜이 든 조끼까지 입고 있었다. 나는 휴대용 버너에 올린 냄비에 직접 재료를 넣는 남편을 복잡한 마음으로 바라봤다.

아무것도 변하지 않았다. 요타가 거실로 나오지 않게 된 후로는 저녁밥을 방으로 가져다주었다. 아침마다 커피를 마시는 모습도 볼 수 없었다. 남편과 나, 둘만 있는 식탁 풍경은 그때부터 몇 년째 변함이 없다.

하지만 그때는 요타가 집에 있었다. 지금은 그것만으로도 감사한 일이라는 걸 알지만, 그때의 나는 왜 그렇게 아이를 학교에 보내려고 안달했을까.

"추운 날에는 역시 전골이 최고야."

잽싸게 일어나 냉장고에서 맥주 캔을 꺼낸 남편이 잠시도 못 참겠는지 식탁에 앉기도 전에 캔을 따서 들이켰다.

나는 밥을 퍼서 차와 함께 들고 와 식탁에 내려놓았다.

전골냄비에서 보글보글 끓는 소리가 올라왔다. 불을 줄이고 뚜껑을 열자 진한 국물 향이 퍼진다.

"아, 오늘 교장 선생님한테 연락이 왔었어."

한동안 먹는 데 집중하던 남편이 문득 생각났다는 듯 말을 꺼냈다.

"교장 선생님이? 당신 핸드폰으로?"

"전에 번호 알려드리긴 했는데, 전화하신 건 처음이라 나도 당황했어."

뜨거운 유부를 후후 부는 남편을 보며 젓가락을 내려놓았다.

"졸업식 얘기였지?"

"맞아, 졸업장을 수여하고 싶다고 참석해달라고 하시더라. 설마 그런 걸 받으라고 할 줄은 몰랐네."

"참석한다고 했어?"

차갑게 가라앉은 내 목소리에 남편이 어깨를 으쓱 올렸다 내리며 "아니."라고 짧게 대답했다. 가슴을 쓸어내리는 내 마음을 다 안다는 듯 남편이 고개를 주억였다.

"당신이 거절했다는 얘기를 듣기 전까지는 참석할까도 했는데, 아무래도 안 되겠더라고. 그래도 졸업장은 받고 싶어서 우편으로 보내달라고 했어."

"미안해."

그릇을 집어 들자 남편이 전골을 덜어 주었다. 김이 모락모락 올라오는 맛있는 음식이 눈앞에 있어도 아무런 느낌이 없다.

"있잖아, 여보."

"그만! 그 얘기는 하지 않기로 했잖아."

남편이 씁쓸하게 웃으며 말을 막으려 했지만, 나는 멈출 수 없었다.

"우리 두 사람, 진지하게 생각해 보자."

"하, 그래서? 꼭 이혼해야겠다는 거야?"

태양이 지켜보고 있으니까

젓가락으로 닭고기를 집어 든 남편을 향해 나는 고개를 끄덕였다.

"당신은 아직 젊어. 재혼하면 아이도 다시 얻을 수 있을 거야. 이 집도 팔자. 아니면 집은 그대로 두고 내가 나가도 괜찮아. 각자 새로운 인생을 시작하는 게 맞아."

겐스케는 예전부터 아이를 원했고, 힘들게 가진 요타를 눈에 넣어도 아프지 않을 만큼 사랑했다. 원래 자식 사랑이 끔찍했던 그가 요타를 잃은 지금은 쓰키에게 못다 한 애정을 쏟고 있었다.

다시 시작할 수 있다면 하루라도 빠른 편이 좋다. 그래야만 했다.

"당신 생각은 잘 들었어. 하지만 안타깝게도 나는 하나도 동의할 수 없어. 어서 먹기나 해. 죽 끓여 먹어야지. 내가 전골 육수로 끓여 먹는 잡탕 죽을 얼마나 좋아하는지 알잖아."

겐스케는 밝은 사람이다. 처음 만났을 때부터 지금까지 한결같은 사람.

변한 건… 나였다.

"아줌마, 옆으로 좀 비켜 봐요."

열차에서 내린 여학생이 평소처럼 대기실로 들어가지 않고 곧장 내 앞으로 걸어와서 대뜸 그렇게 말했다. 지난번에 잠시 이야기를 나눴던 여중생이다.

내가 눈만 끔뻑이고 있자, 아이는 내가 앉아 있는 벤치를 가리켰다.

"그 벤치, 항상 아줌마가 점령하고 있잖아요. 저도 앉고 싶으니까 옆으로 좀 가세요."

날카롭게 톡톡 쏘아대는 말투였지만 시선은 떨군 채 긴 속눈썹을 위아래로 바쁘게 움직이며 눈만 깜박이는 중이다. 어쩌면 평소에는 얌전하고 조용한 아이일지도 모르겠다는 생각이 들었다.

"아… 미안해요."

내가 일어서려고 하자, 아이가 황급히 고개를 저었다.

"아니요, 조금만 옆으로 가면 돼요. 제가 앉을 수 있게. 어차피 아줌마도 저랑 같은 목적이잖아요."

그렇게 말하며 내 옆에 털썩 앉은 여학생은 더는 내게 볼 일이 없다는 듯 핸드폰을 꺼내 만지작거리기 시작했다.

같은 목적…?

"혹시 학생도…."

설마 하는 마음에 조심스레 물었더니 당연하다는 듯 어깨를 으쓱 올렸다 내린다.

"아줌마도 노을 열차 기다리죠?"

"아, 네."

"역시 그랬네. 저도 그래요."

"그래요?"

요즘 여중생들은 원래 이렇게 거침이 없나? 태도만 보면 누가 어른인지 모르겠다.

나는 헛기침으로 목을 가다듬고 등을 곧게 폈다.

"그런데 학생, 아까부터 자꾸 아줌마, 아줌마 하는데 상당히 무례한 말이라는 거 알아? 나도 제대로 된 이름이 있거든."

깜짝 놀라 눈을 동그랗게 뜬 아이가 민망했는지 뺨을 붉혔다.

"죄송해요. 아줌, 아니, 그게 아니라… 그러니까… 성함이 어떻게 되세요? 저는 사에, 나쓰메 사에라고… 합니다."

마지막 '합니다'에서는 목소리가 꺼질 듯 작아졌다.

"나는 시노하라 유코라고 해. 항상 대기실에 있었지? 혹시 내가 가기를 기다렸던 거야?"

"네, 매번 아줌, 아니, 아니. 아무리 기다려도 유코 씨가 일어날 생각을 안 해서 저도 답답했다고요."

거침없이 흘러나오는 말에 피식 웃음이 터졌다. 항상 내가 점령하고 있었다면 정말 미안한 일이다.

그때 사에가 머리를 묶었던 고무줄을 풀며 불쑥 말했다.

"그나저나 틀렸네."

순간 내게 한 말인가 싶었는데, 아이의 시선이 하늘에 가 있었다.

"오늘도 기적은 일어나지 않을 것 같네요."

날씨는 맑았지만 군데군데 구름이 유유히 흘러가고 있었다. 바람도 제법 강해서 사에의 긴 머리카락이 어지럽게 흩날렸다.

"그런데…."

사에가 나를 돌아봤다.

"구름 한 점 없는 하늘이라는 게 정말 있기는 해요?"

"음, 그런 날이 있기는 한데 그런 날은 또 노을이 짙게 깔리지 않더라고. 반대로 노을이 짙은 날에는 구름이 많고…."

이곳에 올 때마다 생각하기는 한다. 무인역의 기적을 믿는 자신이 불쌍하고 가엽다고. 기적이 일어날 리 없다는 걸 알면서도, 이곳에 오는 나는 그저 모든 것에서 도망치고 싶은 건지도 모른다.

"이 학년이 되면 수업이 늦게 끝나는 것 같던데, 큰일이에요."

"지금 입고 있는 옷, 오쿠하마나코 중학교 교복이지? 일 학년이구나."

"엄마 모교라고 무조건 가라고 해서 어쩔 수 없이 지원하기는 했는데 솔직히 가케가와에서는 너무 멀어요."

얼굴을 찌푸리는 아이 뒤로 길게 늘어선 선로가 보였다. 선로 끝에는 푸르른 나무들이 만든 녹색 터널이 있다.

"이제 곧 방학식이지?"

"그 전에 기말고사가 있죠. 최악!"

요타보다 고작 한 학년 위일 뿐인데 요즘 중학교 일 학년은 다 큰 어른 같다. 살아 있었다면 우리 아들은 어떤 모습으로 자랐을까?

해맑게 웃던 요타를 떠올리자 순식간에 가슴 깊은 곳까지 어둠이 빠르게 번졌다.

"언제부터 여기 오기 시작했어?"

태양이 지켜보고 있으니까

암울해지는 마음을 감추려고 애써 입꼬리를 올리며 물었다.

"소문을 듣고 나서니까 석 달 전쯤부터요. 비 오는 날에는 오지 않았지만 흐린 날에는 갑자기 맑아지기도 하니까 꼭 왔어요. 다음 열차가 오기까지 삼십 분만 있을 수 있지만요."

"나는 팔 개월 정도 됐어. 노을이 짙게 깔린 날도 있었지만, 노을 열차는 아직 보지 못했어."

무심결에 흘러나오려던 한숨을 급히 삼켰다. 다행히 사에는 눈치채지 못했는지 핸드폰만 보고 있었다.

같은 목적을 가진 두 사람이 무인역에 함께 있다. 머리 위 하늘이 서서히 쪽빛으로 바뀌고 호수를 물들인 오렌지색도 희미했다. 조금 전보다 더 늘어난 구름이 오늘도 기적은 일어나지 않을 거라고 알려 주는 듯했다.

"수요일!"

핸드폰 화면을 보던 사에가 불쑥 외쳤다.

"수요일에는 강수 확률이 영 퍼센트래요. 뭐, 큰 기대는 안 하지만요."

이 아이는 누굴 만나고 싶은 걸까?

하지만 물어볼 틈도 없이 사에는 다음 열차를 타고 먼저 가 버렸다. 잘 가라는 인사 한마디 없이.

그날 나눴던 대화를 지금도 기억한다.

오 학년 개학식이 있던 날 아침, 오랜만에 요타가 주방으로 나왔다. 고개를 푹 숙인 채로 식탁에 앉은 아이 손에 책가방이 들려 있었다.

―부모가 조금만 달라져도 아이는 민감하게 반응합니다. 항상 평소처럼 대하셔야 합니다.

심리상담 전문가가 만날 때마다 당부했었다. 그런데도 그날 너무 기쁜 나머지 다른 건 아무것도 생각하지 못했다.

"빵 먹을 거지? 계란프라이는?"

"…."

요타는 대답 없이 흘끔 시계만 쳐다봤다. 나는 요타가 개학식을 기억하고 있다는 사실만으로도 뛸 듯이 기뻤다. 아침밥에는 거의 손을 대지 않았지만 커피는 다 마셨다. 그러고는 망설이는 눈으로 나를 바라봤다.

"학교… 갈 수 있을까?"

"갈 수 있지. 갈 수 있고말고."

요타는 고개를 떨군 채 식탁만 노려보고 있었다.

오늘 도망치면 내일도, 앞으로도 학교에 가지 못한다. 오늘은 꼭 보내야 한다. 내 머릿속에는 오로지 그 생각뿐이었다.

"분명 괜찮을 거야. 엄마는 우리 아들이 할 수 있다고 믿어."

제발 고개를 끄덕이라고 속으로 빌었다. 나도 모르게 몸을 앞으로 바짝 당겼다. 평소와 똑같이 대하라는 말 따위는 생각도 나지 않았다.

"정 참기 힘들면 집으로 와. 학교까지는 엄마가 바래다줄 테니까."

요타가 고개를 저었다.

"괜찮아, 혼자 갈 수 있어."

책가방을 메고 집을 나서는 아이를 보다가 울컥 눈물이 솟구쳐 시야가 일그러졌다.

다녀오겠다는 인사도 없이 집을 나서는 아이를 현관 밖까지 배웅했다. 모퉁이를 돌 때까지, 아니, 모습이 보이지 않게 된 후에도 계속 그 자리에 서 있었다.

그날, 하늘은 푸르렀고 멀리 보이는 호수는 아름다웠다. 힘들었던 날들이 이제 끝날지도 모른다고 막연히 생각했다. 하지만 한껏 기대에 부풀었던 마음은 경찰서에서 걸려 온 전화 한 통에 허무하게 물거품이 되어 버렸다.

***

그 주 수요일에는 미사토와 점심을 먹었다. 오랜만에 간 하마마쓰역 주변은 그사이 많이 변해 있었다. 예전에 있던 잡화점이 없어지고 새로 생긴 빵집이 예전부터 거기 있었던 것처럼 자연스레 어우러져 있었다. 주차장이었던 자리에는 대문짝만한 글씨로 '24

시간 영업'이라고 내건 마트도 생겼다.

　우리는 역 건물 칠 층에 있는 카페에서 점심을 먹으며 수다를 떨었다. 학창 시절 추억으로 시작해서 미사토의 딸 렌카 이야기로 화제가 이어졌고, 카페 직원이 먼저 자리를 정리해 드려도 괜찮냐고 물을 때까지 쉬지 않고 웃고 떠들며 즐거운 척했다.

　미사토 차를 타고 집으로 돌아오는 도중에 하늘을 보니 사에의 말대로 날이 쾌청했다. 오늘이야말로 정말 기대를 걸어 볼 수 있을지도….

　"정말 여기서 내릴 거야?"

　나는 슨자역 앞에 차를 세우고 묻는 미사토에게 고개를 끄덕였다.

　"잠깐 볼 일이 있어."

　그날 이후로 매일 사에를 만났다. 근처에 사시는 할머니가 우리를 모녀 사이로 착각할 정도로 나란히 만남의 벤치에 앉아서 사이좋게 노을을 기다렸다.

　"데려다줘서 고마워. 다음에 또 같이 점심 먹자."

　인사하고 차에서 내리려는데 무슨 일인지 미사토가 입술을 삐죽 내밀었다. 오래 알고 지낸 사이면 모를 수 없는 버릇, 이건 하고 싶은 말이 있을 때 보내는 사인이었다.

　나는 손잡이를 잡았던 손을 다시 내렸다. 잠시 망설이던 미사토가 어렵게 입을 열었다.

태양이 지켜보고 있으니까

"노을 열차 전설… 그만 포기하면 안 될까?"

"응? 그게 무슨 소리야?"

슨자역 쪽을 쳐다본 그녀가 서글픈 표정으로 다시 내게 눈을 돌렸다.

"죽은 사람을 다시 한번 만날 수 있다는 전설을 믿는 거지?"

"믿는다기보다는…."

믿지 않는다고 딱 잘라 말할 수는 없었다. 확실히 슨자역에 오는 횟수도 늘었고, 내게는 요타를 만날 수 있는 유일한 기회일지도 몰랐으니까.

"친구니까 냉정하게 얘기할게. 그만 과거에서 벗어나. 이 년이나 지났잖아. 나는 네가 지금 옆에 있는 겐스케 씨랑 행복하게 살았으면 좋겠어. 그만 현실 세계로 돌아와."

과거? 내게 요타는 과거가 아니다. 이 년이 지나면 잊어야 하는 건가? 지금 요타를 보고 싶어하는 내가 내게는 현실이다.

하지만 속엣말을 전부 입에 담을 수는 없었다. 다정한 친구에게 상처를 주고 싶지는 않다.

입을 꾹 다물고 있는 나를 보던 미사토의 눈에 눈물이 맺혔다.

"겐스케 씨한테 이혼하자고 했다는 거 정말이니?"

아… 그 얘기였구나. 미사토가 하고 싶은 말이 무엇인지 이제 알았다.

내가 조용히 고개를 끄덕이자 그녀의 눈에 눈물이 그렁하게 차올랐다.

"겐스케 씨가 전 남편이랑 친하잖아. 얼마 전에 술에 취해서 답답하다고 하소연했다더라."

"…"

머릿속에 떠오르는 변명들이 꼭 비눗방울 같았다. 떠오르는가 싶으면 소리 없이 터져 사라져 버린다.

"왜 이혼하려는 거야? 그래, 요타 일로 괴로운 마음은 이해해."

아니, 아무도 이해하지 못해.

"하지만 겐스케 씨도 힘들어. 부부니까 서로에게 버팀목이 되어 주어야지."

지금 내 심정이 어떤지는 아무도 몰라.

"두 사람이 헤어지면 요타도 슬퍼할 거야."

그런 판에 박힌 위로 따위는 필요 없어.

쏟아내고 싶은 말들을 얼마나 더 삼키면 편안해질 수 있을까? 하지만 지금 미사토는 나를 꾸짖는 것이 아니다. 우리 부부를 진심으로 걱정하고 있다. 그러니 괜찮다고 안심시켜야 하는 거겠지.

"걱정 끼쳐서 미안해. 그때는 좀 혼란스러웠어."

허공에 떠올라, 억지로 미소 짓는 나를 멀리서 바라보는 기분이다. 괜찮다. 로봇이라고 생각하면 어떤 말을 들어도 아무렇지 않게 웃을 수 있다.

"그럼, 이혼 안 하는 거지? 렌카도 어디서 들었는지 그 얘기 들고 놀랐다더라."

"미안해, 이제 그런 말 안 해."

그제야 한결 마음이 놓인다는 듯 미사토의 얼굴이 편안해졌다. 나는 고맙다고 인사하고 차에서 내렸다. 손을 흔들며 언덕을 올라가는 차를 배웅한 뒤에야 건널목을 건넜다.

저녁때가 가까워지면서 갑자기 기온이 떨어졌는지 조금 쌀쌀했다. 만남의 벤치에는 먼저 온 사에가 앉아 있었다. 늘 그렇듯 핸드폰을 보다가 흘끗 눈만 돌려 내가 온 걸 확인했다.

"생각보다 늦으셨네요."

"너는 생각보다 빨리 왔네."

옆에 앉자 사에가 핸드폰을 가방에 집어넣고 허리를 쭉 폈다.

"날씨가 너무 좋아서 조퇴했거든요."

"뭐? 정말? 그러면 안 되지."

나도 모르게 눈살을 찌푸렸더니 그녀가 쿡쿡, 작게 웃었다.

"농담이에요. 친구한테 백 엔에 자전거 좀 빌렸어요. 역까지 한 번도 멈추지 않고 달렸더니 평소보다 빨리 열차를 탈 수 있었을 뿐이에요."

"난 또. 어른 놀리면 못 쓴다."

"유코 씨가 너무 진지한 거예요."

하여간 요즘 여중생이란…. 아, 이런 생각을 하는 것 자체가 내가 늙었다는 증거인가?

눈앞에 보이는 하늘에는 타오르듯 붉은 노을이 넓게 퍼져 있었다. 호숫가에 있는 구름도 금방 사라질 듯 희미했다.

"오늘은 정말 기적이 일어날지도 몰라요."

수면처럼 반짝이는 사에의 눈동자가 눈부셨다.

며칠 동안 나란히 앉아서 시간을 보냈지만, 우리는 서로가 바라는 기적이 무엇인지에 관해서는 아무것도 묻지 않았다. 언제나 날씨 이야기나 그날 있었던 일들을 문득 생각난 것처럼 툭툭 꺼내놓았을 뿐이다.

"아, 고로다!"

승강장 끝에 있는 고로를 발견한 사에가 반갑게 목소리를 높였다. 정작 털 고르기 하느라 바쁜 고로는 우리를 본체만체했지만.

"역시나 유코 씨가 있으면 다가오지 않네요."

사에가 승강장에 혼자 있을 때는 스스럼없이 다가와 다리 위에 올라앉았다고 한다.

"우리 집 개도 똑같아. 나를 전혀 따르지 않아. 내가 동물들이 싫어하는 타입인가 봐."

"어머, 집에서 반려동물 기르세요?"

"검은색 시바견이야. 귀여운데 나한테는 잘 다가오지도 않아. 남편만 좋아해."

"물어요?"

"물지는 않아. 그런데 사료를 줄 때나 산책하러 갈 때 보면 마지못해 억지로 옆에 있는 기운을 막 풍긴다니까. 쓰다듬어 주려고 하면 도망가고."

불만을 담아 볼을 빵빵하게 부풀렸더니 사에가 재밌다는 듯 웃었다.

"새로운 사실을 알았네요. 유코 씨 결혼하셨군요. 개인적인 얘기는 별로 안 하셔서 전혀 몰랐어요."

"그래, 우리가 그런 얘기는 안 했지."

우리는 그저 우연히 만남의 벤치에 같이 앉아 있었을 뿐이었다. 그저 똑같은 기적이 일어나기를 간절히 바라면서.

"있잖아."

먼저 말을 꺼냈지만 선뜻 다음 말을 잇지 못했다. 하지만 내가 무슨 말을 하려는지 안다는 듯 사에가 고개를 끄덕이며 대답했다.

"좋아요."

"응? 나 아직 아무 말도 안 했는데?"

"서로에 관해 얘기하자는 거죠? 학교 수업에서 배웠어요. 상호 이해라나 뭐라나. 아무튼 그러니까 전 좋아요."

사춘기 애들은 자기 이야기하는 걸 싫어하는 줄 알았는데…. 요타도 예전에는 뭐든 다 종알종알 얘기했지만, 방에 틀어박혀 지내면서부터는 점점 말수가 줄어들었다.

"그럼, 저부터 얘기할게요."

또다시 추억 속으로 빠져들려던 찰나 사에의 목소리에 정신이 들었다. 사에가 턱을 들어 하늘을 바라봤다.

"반년 전에 엄마가 돌아가셨어요."

생각지도 못했던 말에 가슴이 쿵쿵 뛰었다.

"예전에는 사이가 좋았는데 언젠가부터 잔소리가 심해지더라고요. 말투가 왜 그러냐, 청소 좀 해라, 그러다 중학교까지 엄마가 마음대로 정해 버렸어요. 저도 처음에는 순순히 엄마 말을 들었는데 나중에는 눈만 마주치면 싸웠어요. 입원하게 되면서 잔소리가 점점 더 심해졌거든요."

사에가 긴 머리를 한쪽 귀 뒤로 넘기며 시선을 떨궜다.

"지금은 저도 알아요. 이제 곧 자신이 세상을 떠날 거라는 걸, 더는 제 옆에 있을 수 없다는 걸 아니까 초조한 마음에 잔소리하셨던 거죠. 그러면서 저한테는 끝까지 금방 나을 거라고 거짓말했어요. 아빠까지 입을 맞춰서요."

생이 얼마 남지 않았기에 딸에게 엄마로서 뭐든 다 알려 주고 싶었던 거다. 한 번도 본 적은 없지만 그녀의 고통이 생생히 전해졌다.

"노을 열차 얘기를 들었을 때 처음에는 엄마를 만나서 따져야겠다고 생각했어요."

"따져?"

사에가 그렇다고 대답하며 고개를 주억였다.

"엄마 상태를 비밀로 한 건 정말 너무했어요. 알았다면 더 자주 병원에 가서 얼굴도 보고 얘기도 나눴을 텐데. 나을 거라고 속인 거 절대 용서 못 해요."

하지만 그렇게 말하고는 부끄럽다는 듯 씁쓸하게 웃었다.

"저랑 대판 싸우고 일주일 후에 돌아가셨어요. 화해는커녕 작별 인사도 못 한 채로요."

사에도 억지로 웃고 있었다. 지금껏 떨리는 목소리를 숨기고, 터질 듯한 마음을 억누르며 버텨 왔을 터였다.

나는 조용히 그녀의 손을 잡았다. 망설이는 마음 따윈 없었다.

"뭐야, 왜 이래요?"

시건방진 소리를 하면서도 손은 빼지 않는다. 아직 어린데 아무렇지 않은 척하려고 필사적으로 애쓰는 모습이 마치 지금의 나를 보는 듯했다. 이 악물고 참는 모습이 이렇게 훤히 보이는데….

나도 내 마음을 솔직하게 털어놓고 싶었다.

"나는… 아이를 잃었어."

"그럴지도 모른다고 생각했어요."

꼭꼭 싸매서 깊이 묻어두었던 감정을 꺼내 들여다보니, 뿌옇고 탁한 응어리들이 거세게 소용돌이치고 있었다.

"이름이 요타야. 초등학교 오 학년 개학식 날이었지. 같이 살던 할머니가 돌아가신 뒤부터 조금씩 우울해했었어. 그러다 학교에 가지 못하는 날이 많아졌고, 반 애들한테 괴롭힘 비슷한 일도 당했던 모양이야."

"저런."

"그런데 개학식 날에는 자기가 먼저 학교에 가겠다고 말했어. 그 말에 들떠서 내가 힘내라는 말을 몇 번이나 했는지 몰라."

수백 번, 아니 수만 번도 더 그날을 돌이켜 생각했다. 요타를 위해서라고 생각했던 말들이 오히려 그 애를 벼랑 끝으로 내몰지 않았을까?

만약 그날로 돌아갈 수 있다면 요타를 끌어안고 아무 데도 보내지 않을 거다. 잘 다녀오라며 웃는 얼굴로 배웅했던 내가 죽이고 싶을 만큼 증오스러웠다.

"교문 앞까지 가기는 했는데, 갑자기 버스 정류장을 향해서 뛰었대. 급하게 건널목을 건너다가 그만 차에…."

한 번 흘러넘치기 시작한 감정은 다시 주워 담을 수 없었다. 나는 터질 듯한 가슴을 누르며 사에를 바라봤다.

"아침에 멀쩡하게 등교했던 아이가 차갑게 식어서 돌아왔어. 믿을 수가 없더라. 믿고 싶지 않았어. 그런데 그게 현실이었어."

사에는 아무 말도 하지 않았다.

"신기해. 그날 이후로 나와 요타의 시간은 멈췄는데, 매일 매일 세월이 흘러가. 남편도 친구도 나를 걱정해 주고, 주변 사람들 모두가 마음을 써 줘. 하지만 소용없어. 요타가 없으면, 그 애가 아니면 나는 안 돼."

그때 오른손에서 온기가 느껴졌다. 이번에는 사에가 내 손을 잡았다.

"이런 말 의미 없겠지만 그래도 할게요. 저는 이해해요."

"그래."

"하지만 그 사람들은 절대 이해하지 못해요."

사에가 흥! 하고 콧바람을 내뿜었다. 그 사람들? 누구를 말하는 거지?

"지원 단체 사람들이요. 우리 집에도 아동 어쩌고, 무슨 무슨 상담 센터 같은 이름이 붙은 곳에서 가끔 사람들이 오거든요? 마음을 보살펴야 한다는 둥, 힘이 되어 주겠다는 둥 떠들어대요. 웃기지 않아요? 그런 말을 듣고 있으면 꼭 내가 약해 빠진 존재인 것 같다니까요!"

불만을 터트리는 사에를 보며 나도 고개를 주억거렸다.

"맞아, 나도 똑같은 생각했었어."

말을 걸어오는 사람들은 하나같이 모두 친절했다. 하지만 그들이 위로의 말을 건넬 때마다 약한 내 모습을 지적받는 기분이었다. 나는 누군가의 도움을 받아야만 하는 인간이라는 사실을 증명받는 것만 같았다.

"생각해 봤는데요."

사에가 조용히 말을 이었다.

"우리가 노을 열차를 만나지 못하는 이유는 자격이 없어서가 아닐까요?"

"자격?"

고개를 끄덕인 사에가 나와 눈을 맞췄다.

"엄마가 돌아가신 후로 저, 울지 못해요. 그런데 유코 씨도 이렇게 가슴 아픈 얘기를 하면서 전혀 눈물을 보이지 않으시네요."

"맞아, 로봇이 된 것 같아."

사에가 "로봇이요?"라며 재밌다는 듯 크게 웃었다.

"비유가 너무 구식이다. 음, 그런 의미라면 AI가 낫지 않아요?"

"무슨 뜻인지 더 모르겠는데? 뭐, 내가 엄마뻘이니까 세대 차이가 나는 건 어쩔 수 없지. 아무튼 로봇은 마음이 없잖아. 몸은 움직이지만 감정이 없는 상태라는 뜻이야."

"그러니까 그게 AI라고요."

"아, 그래?"

동시에 웃음이 터졌다. 그러다 깨달았다.

"우리가 울지 못하는 이유는 소중한 사람과의 이별을 받아들이고 싶지 않아서겠지? 인정하고 싶지 않은 마음이 커서일지도 몰라."

지금도 인정하고 싶지 않다. 내가 울어서 요타가 돌아올 수만 있다면 얼마든지 울겠지만, 그런 일은 불가능하다.

"저도 이런 운명 인정하고 싶지 않아요. 하지만 그래야 만날 수 있다면 뭐, 어쩔 수 없으니까 받아들여야죠."

우리는 잠시 서로의 얼굴을 마주 보다가 누가 먼저라 할 것 없이 고개를 끄덕였다.

얼마 전 무라카미 씨가 한 말이 생각났다. 요타를 만날 준비가 되어 있지 않은 사람은 나였다. 그저 보고 싶다, 만나서 다시 한번 시간을 되돌리고 싶다는 생각뿐이었다. 하지만 요타를 만나려면 그 애가 없는 세상을 받아들이는 것이 먼저인지도 모른다.

요타와 함께했던 일상으로는 다시 돌아갈 수 없다. 머리로는 이해하면서도 마음으로는 인정하지 못했다. 심리상담도 받았고 자식을 잃은 부모들이 모이는 그룹 치료 프로그램에도 참여했었지만, 어디를 가든 나와 상관없는 일인 것만 같았다.

"나, 이제 울 수 있을 것 같아."

"네, 저도요."

사에의 목소리가 떨렸다. 눈 안 가득 눈물을 머금고 사랑하는 엄마의 죽음을 받아들이려 하고 있었다. 나 역시 그날로 돌아갈 수 없다는 건 이미 오래전부터 알고 있었다. 슬픔을 떨쳐 버릴 수는 없겠지만 이제는 요타의 죽음을 받아들여야 한다.

임신 사실을 알았던 날, 처음 아이 울음소리를 들었던 날, 유치원 재롱 잔치, 아니다, 그런 특별한 날이 아니더라도 추억은 평범한 일상에도 가득했다.

소중한 생명 하나가 꺼져 버렸다. 태양처럼 따뜻하고 환하게 빛나던 요타는 이제 이 세상에 없다. 가슴속 응어리가 목을 타고 올라와 눈물이 되어 흘러내렸다.

보고 싶어, 요타. 보고 싶어.

요타를 만나 사과하고 싶었다. 그래서 누구도 실제로 본 적 없는 기적을 믿었다.
엄마가 미안해. 너를 지켜 주지 못해서 정말 미안해.
나와 똑같은 슬픔을 짊어진 사에가 내 옆에서 눈물을 참고 있었다. 우리는 서로를 끌어안았다. 울고 또 울어도 눈물이 멈추지 않았다.
아아, 역시 난 로봇이 아니다. 뺨을 타고 흐르는 따뜻한 눈물도, 살갗을 스치는 차가운 바람도 분명 느껴졌다.
한참을 부둥켜안고 울던 우리는 서로의 얼굴을 바라보며 동시에 웃었다.
"아, 왠지 수영하고 나온 기분이에요. 나른해요."
사에가 입을 크게 벌리고 하품했다. 그러다 하늘을 보고 짧게 탄성을 질렀다.
"아! 이러면 오늘도 노을 열차 보기는 글렀는데요."
그 말에 나도 하늘을 올려다봤다. 노을로 물든 하늘에 무늬를 그리듯 구름이 넓게 퍼져 있었다.
그런데도 어찌 된 일일까. 내 눈에는 그 어느 때보다도 아름답게 보였다.

태양이 지켜보고 있으니까

누군가 문을 노크하는 소리에 눈을 떴다. 대답하기도 전에 문이 열리고 어두운 방 안으로 복도 조명 빛이 밀려들어 왔다.

"몸은 좀 어때?"

눈에 들어온 검은 실루엣은 겐스케였다.

편도선이 부어서 사흘을 앓아누웠다. 계속 열이 떨어지지 않았다. 그래도 조금 전 체온을 재 보니 이제 열은 내려 있었다.

"이제 괜찮아."

오랜만에 소리 내어 말해 봤는데 목도 아프지 않다.

"지금 몇 시야?"

"밤 아홉 시. 죽 가져왔어."

리모컨을 들어 방 조명을 켰다. 남편이 양복 차림으로 쟁반을 들고 서 있었다. 쟁반 위에 일인용 냄비와 밥공기, 젓가락이 가지런히 놓여 있다.

"당신이 만들었어?"

"그랬으면 좋았을 텐데 미사토 씨가 들고 왔어. 그래도 데우는 건 내가 했다."

몸을 일으켜 앉자 남편이 죽이 든 그릇을 탁자에 놓았다. 하얀 김이 모락모락 올라오는 죽은 어쩐지 풀처럼 조금 걸쭉했다.

"내가 너무 끓였나 봐. 그래도 살짝 먹어 봤는데 맛은 있더라. 어어, 안 돼!"

남편이 방으로 따라 들어온 쓰키를 향해 경고했다. 죽을 노리고 따라왔나 싶었지만, 죽이 놓인 반대편으로 오더니 침대에 앞발을 올렸다. 머리를 쓰다듬어 주었더니 신나게 꼬리를 흔든다.

"요즘 갑자기 당신을 잘 따르는 것 같지 않아?"

"내가 아프다는 걸 아는 거야. 낮에도 몇 번이나 내 상태를 보러 왔는걸."

신기하게도 쓰키가 어제부터 갑자기 내게 애교를 부리기 시작했다.

"알다가도 모를 놈이네."

남편의 농담에 풋, 하고 웃음이 터졌다.

아마도 조금이지만 내가 마음을 열어 보였기 때문일 거다.

"쓰키, 다 나으면 같이 산책하러 가자."

산책이라는 말에 꼬리가 더 세차게 춤을 춘다. 나를 보러 방에 오는 쓰키의 이름을 부를 때마다 그런 생각이 들었다.

"쓰키라는 이름 말이야, 어쩐지 요타하고 비슷한 것 같아."

"요타陽太를 거꾸로 쓰면 태양이고 쓰키月는 달이니까… 뭐, 그렇다는 거지."

"저기…, 여보, 미안했어…."

이불을 꼭 쥐고 속마음을 털어놓았다.

"이상한 소리 해서 미안해. 사실은 나도 당신하고 헤어지고 싶지 않아. 하지만 당신에게 다시 아빠가 될 기회를 주고 싶었어."

"알아."

태양이 지켜보고 있으니까

다정한 목소리에 눈물이 주르륵 흘렀다. 한번 속박이 풀려 버린 마음은 이제 내 힘으로는 제어할 수 없었다. 그날 이후 나는 울보가 되고 말았다.

남편이 쟁반을 옆으로 내리고 나를 안아 주었다.

"괜찮아, 이제라도 당신이 솔직하게 말해 줘서 기쁘다."

남편 가슴에 얼굴을 묻자 그날의 슬픔이 폭발하듯 솟구쳤다.

"요타가 그렇게 된 거, 다 나 때문이야. 내가 그 애를 몰아붙였어."

"아니야, 그렇지 않아."

"가고 싶지 않으면서 어쩔 수 없이 간다고 말하는 그 애 마음을 내가 먼저 알아줘야 했어. 왜 가지 않아도 된다고 말하지 못했을까? 엄마면서, 내가 그 애를 죽인 거야!"

거기까지 말했을 때 남편이 어깨를 잡아 나를 바로 세웠다. 마주 보는 그의 눈에도 눈물이 가득했다.

"개학식 전날 나도 힘내라고 말하면서 요타 머리를 쓰다듬어 줬어. 그때 아무 말 없이 고개만 끄덕였는데 분명 혼자 버려진 기분이었을 거야. 나도 계속 내 탓이라고 생각했어."

그가 눈물을 흘리며 말을 이었다.

"학교 가는 도중에 사 학년 때 같은 반이었던 아이가 어서 오라고, 다들 반가워할 거라고 말했다고 들었어. 교문 앞에 서 있던 담임 선생님도 요타에게 손을 흔드셨대. 그들 모두가 요타의 죽음에 책임을 느꼈을 거야."

요타의 죽음으로 괴로워하는 사람은 나 혼자만이 아니었다. 나는 눈물을 삼키며 고개를 가로저었다. 그렇다고 해도 가장 죄 많은 사람은… 엄마인 나다.

남편이 내 어깨를 잡은 손에 힘을 주며 말했다.

"요타는 모두가 다정하게 대해 주니까 순간적으로 놀라서 자기도 모르게 도망친 거야. 그때 운 나쁘게 사고가 일어난 거고."

"자살이라고 생각하는 사람도 있어. 어떻게 그런 말을… 너무해."

"그게 뭐."

눈물범벅이 된 얼굴로 남편이 부드럽게 미소 지었다.

"무슨 상관이야. 진실은 우리만 알고 있으면 돼. 그거면 충분해."

"당신은… 어떻게 그렇게 괜찮을 수 있어?"

내 말에 남편이 힘없이 시선을 떨구었다. 그 순간 깨달았다. 그도 괜찮지 않았다. 당장이라도 주저앉고 싶은 마음을 필사적으로 붙잡고 있을 뿐이다. 나를 위로하려고 있는 힘을 다해 참고 있었을 뿐이다.

"나도 슬퍼. 매일 매일 가슴이 갈가리 찢어지는 것처럼 아파. 요타가 없는데 어떻게 슬프지 않을 수 있겠어."

쉴 새 없이 눈물을 흘리는 남편의 얼굴이 괴롭게 일그러졌다.

"그런데 당신이 괴로워하는 모습을 보는 게 더 힘들어. 당신이 억지로 참는 모습을 볼 때마다 아무것도 해 주지 못하는 내가 너무 한심해서 참을 수가 없어."

"아니야, 그렇지 않아. 당신이 없었으면 나는, 나는…."

스스로 목숨을 끊지 않아도 내 생은 서서히 꺼져 갔을 것이다.

"내 가족은 당신하고 요타뿐이야. 그 사실은 앞으로도 바뀌지 않아. 그러니까 이혼 같은 그런 가슴 아픈 말은 하지 마."

"응…."

"곁에 없어도 요타는 우리의 소중한 아이야. 그리고 지금은 이 녀석도."

우리 이야기를 알아듣지도 못하면서 쓰키가 방 안을 신나게 뛰어다녔다.

"나, 이제 괜찮아."

눈물을 닦아내며 말하자 남편이 내 손을 잡았다.

"당연하지. 당신 옆에는 내가 있으니까. 당신한테는 나도 있고 미사토 씨도 있어. 그리고 쓰키도 있고."

이해할 수 없는 논리였지만 최선을 다해 나를 위로하려는 그의 마음만은 확실하게 느껴졌다. 그도 나와 똑같이 괴로웠는데 지금껏 나 혼자서 투정을 부렸다.

"당신, 저녁은 먹었어?"

"아니, 아직."

"그럼, 같이 먹자. 냉장고에 뭐 먹을 게 있을 거야. 데우기만 하면 돼."

침대에서 일어나는 날 보고 겐스케가 빙긋 미소 지었다. 옷부터 갈아입어야겠다며 돌아서는 남편의 뒷모습을 보며 다시 한번 속으로 미안한 마음을 전했다. 요타의 죽음을 받아들인 이후로 확실히 주변이 다르게 보이기 시작했다.

 하지만 그래도 나는… 여전히 요타가 보고 싶었다. 단 한 번이라도 좋으니 그 애를 다시 내 품에 안아보고 싶다.

 오랜만에 다시 슨자역을 찾은 날, 하늘은 지금껏 살면서 본 것 중에 가장 청명했다. 만남의 벤치에 앉아 멀리 날아가는 새를 바라봤다. 요타도 저 새처럼 자유롭게 하늘을 날아다니고 있을까?

 어젯밤에는 남편과 함께 요타의 사진과 영상을 보면서 처음으로 편안하게 옛이야기를 했다. 처음에는 아프고 괴로웠지만 사진을 한 장 한 장 넘기는 사이, 그리움과 애틋한 마음으로 덧칠해진 추억들이 조금씩 웃음을 자아냈다.

 아주 더디고 느리겠지만 앞으로 올 날들을 조금씩 받아들이기로 했다. 요타를 위해서이기도 하고, 내 곁에 있는 모두를 위해서이기도 하다.

 차가 멈춰 서는 소리에 고개를 돌려 보니 길가에 처음 보는 검은색 세단이 있었다. 운전석 차창에 반사되는 빛 때문에 안에 누가 탔는지는 보이지 않았다. 역까지 배웅을 나왔거나 마중을 나온 사람이겠거니 생각했다.

 그때 뒷좌석 문이 열리고 누군가 내렸다. 사에였다. 예상치 못한 등장에 어안이 벙벙해져서 눈만 끔뻑거리고 있는데, 마치 다른 사람처럼 환한 미소를 머금은 사에가 나를 향해 뛰어왔다.

 "만났어요!"

 아이의 눈에서 눈물이 뚝 떨어졌다.

 "뭐…?"

 "노을 열차를 만났다고요. 그 말 하려고 왔어요."

 너무 놀란 나머지 말문이 막혀 버린 내 손을 사에가 덥석 잡았다.

 "그저께요. 구름 한 점 없는 저녁이었어요. 정말로 왔다니까요. 노을 열차가!"

 "엄마를… 만났어?"

 목이 바싹 말라 목소리가 제대로 나오지 않았다. "네."라고 대답하며 고개를 끄덕이는 사에가 눈물을 흘리며 밝게 웃었다.

 "그날 우리가 나눈 대화 덕분인 게 확실해요. 현실을 제대로 인정한 덕분이라고요."

 "엄마가 뭐라고 하셨어?"

 "말도 못 하게 혼났어요. 생활 태도가 그게 뭐냐느니, 공부 좀 하라느니, 집안일까지 하나하나 꾸중을 들었는데, 그래도 그보다 더 많이, 훨씬 많이 잘했다고 칭찬해 주셨어요. 꼭 안아 주셨고요."

 그랬구나. 벅찬 마음에 눈가가 뜨거워졌다.

다행이다. 사에가 엄마를 만나서 정말 다행이다.

"그러니까…."

손수건으로 눈물을 닦은 사에가 울음 섞인 목소리로 말했다.

"요타도 꼭 만날 수 있을 거예요. 오늘 날씨 좀 보세요. 유코 씨한테 포기하지 말라고 말해 주려고 아빠한테 태워달라고 했어요. 노을이 지기 전에 오려고요."

차는 어느샌가 길 건너 조금 떨어진 곳으로 옮겨가 있었다.

"나도 남편한테 내 마음을 솔직하게 털어놨어."

사에의 얼굴이 와락 일그러지더니 금세 뺨을 타고 눈물이 흘러내렸다.

"그럼, 분명 만날 수 있을 거예요. 저도 기도할게요. 결과는 다음에 만나면 말해 주세요. 앞으로는 지금까지 빼먹었던 만큼 더 열심히 학원에 다녀야 해서, 자주 오지 못할 것 같지만."

"그래, 너도 힘내."

"그럼, 또 만나요."

"아, 잠깐만."

나는 돌아서서 가려는 사에를 다시 붙잡았다.

"엄마…, 만나서 좋았어?"

조심스러운 물음에 아이가 오른손을 들어 조용히 브이를 그렸다. 그러고는 사랑스러운 미소를 지으며 뒤돌아섰다.

만남의 벤치에는 먼저 온 손님이 있었다. 몸을 둥글게 만 고로가 승강장 의자에 앉아 가까이 다가오는 나를 물끄러미 바라봤다. 옆에 앉자 스르륵 일어나 내 다리 위에 올라앉았다.

하늘에는 지금껏 본 적 없는 짙은 노을이 넓게 퍼져 있었다. 서서히 짙어지는 오렌지색 노을이 지평선까지 이어져 하마나호를 금빛으로 물들였다.

눈앞에 펼쳐진 풍경에 포근하게 감싸인 듯한 편안함, 만남의 벤치에 앉아 이런 기분을 느낀 건 처음이었다. 내 다리 위에서 쭉 기지개를 켠 고로가 나는 안중에도 없다는 듯 유유히 걸어갔다.

"고로."

불러 봤지만 그새 어디로 갔는지 보이지 않는다.

그때 승강장 끝에서 누군가 걸어오는 모습이 눈에 들어왔다. 남색 슈트를 입은 젊은 남자였는데, 가슴 부근에 놓인 자수를 보고서야 깨달았다. 무인역 전설에는 열차를 안내하는 역무원에 관한 소문도 있었다.

"역무원…이세요?"

"미우라라고 합니다."

고개 숙여 인사하는 남자의 얼굴이 눈부신 노을빛에 가려 제대로 보이지 않았다.

"저기…."

"저는 이곳에 오시는 분들에게 마지막 안내를 합니다. 그런데 손님에게는 필요하지 않을 것 같네요. 이미 진심으로 믿고 계시니까요."

 석양이 산 너머로 모습을 감췄는지 이제야 그의 다정한 얼굴이 보였다.

 "믿어요."

 "단 한 번뿐입니다. 노을이 사라질 때까지 짧은 시간만 허락됩니다."

 "네."

 이상하다. 처음 노을 열차 이야기를 들었을 때는 시간이 너무 짧다고, 너무하다, 말도 안 된다고 생각했다. 내 품에 다시 안을 수만 있다면 그대로 밤이 끝날 때까지 함께 도망칠 거라고 다짐했었다. 하지만 지금은 다르다.

 "그 애에게 꼭 하고 싶은 말이 있어요."

 하늘에서 쏟아지는 눈부신 금빛이 비처럼, 또 눈처럼 세상을 덮었다.

 내가 노을 열차를 만나지 못했던 이유는 요타의 죽음을 받아들이지 못했기 때문이었다. 내 옆을 지켜 준 사람들 덕분에 이제야 겨우 긴 잠에서 깨어난 기분이다. 솔직히 아직은 여전히 꿈을 꾸는 기분이기는 하지만.

 "곧 열차가 들어옵니다."

 미우라 씨의 시선을 쫓아 선로 끝을 바라봤다. 열차가 선로를 달리는 소리가 가까워졌다. 푸른 잎이 우거진 터널에서 강렬한 빛이 쏟아지고 이윽고 열차가 모습을 드러냈다.

"아아…."

금빛으로 둘러싸인 열차, 분명 노을 열차였다. 붉게 물든 세상을 가르며 승강장으로 들어온 열차가 요란한 소리와 함께 멈춰섰다.

문이 열리고 검은 그림자가 승강장으로 내려섰다. 나는 달렸다.

"요타… 요타!"

실루엣만 보아도 알 수 있었다. 요타가 그날 집을 나섰던 그 차림 그대로 나를 보며 울고 있었다.

"요타!"

아이를 끌어안자 그리운 냄새가 숨을 타고 들어왔다.

"아아, 아아…."

제대로 인사도 건네지 못한 채 요타의 몸을 더듬었다. 꿈이 아니라는 걸 확인하듯 몇 번이고, 몇 번이고 확인하고 또 확인했다.

"엄마…."

오랜만에 듣는 아들의 목소리에 눈물이 하염없이 흘러내렸다. 얼굴을 보고 싶어서 품에 있는 아이를 바로 세웠다. 요타가 부끄럽다는 듯 고개를 숙였다.

몸 안에 있는 수분이 전부 눈물이 되었는지 끝도 없이 눈물이 쏟아졌다. 하고 싶은 말이 너무나도 많은데 아무 말도 하지 못하고 울고 또 울었다.

"엄마, 엄마, 흑. 나, 있잖아…."

요타가 울음이 섞여 제대로 나오지 않는 말을 이으려고 가쁘게 숨을 내쉬었다.

"응, 그래. 얘기해. 엄마가 다 들어 줄게."

머리를 쓰다듬자 아이가 소매로 눈물을 닦았다.

"미안해. 엄마를 슬프게 해서, 힘들게 해서 미안해."

울먹이는 아이를 향해 세차게 고개를 저었다.

"아니야, 엄마야말로 미안해. 세상에서 제일 소중한 우리 아들인데, 엄마가 학교에 가라고 등을 떠밀었어. 엄마가 우리 아들을 내몰았어."

이 아이가 있어서 세상이 따뜻했다. 요타가 있어서 밝은 세상에서 살 수 있었다.

"아니야, 내가 잘못했어. 학교에 갔는데 갑자기 무서워져서…."

"요타…."

"엄마, 나는 이제 집에 돌아갈 수 없대. 아빠 엄마 옆에 있을 수 없대. 나, 죽어 버렸대."

굵은 눈물을 뚝뚝 떨어뜨리는 아이에게 나는 아무 말도 할 수 없었다. 같이 울고 싶었다. 함께 도망치고 싶었다.

나는 두 손으로 요타의 뺨을 감쌌다. 손가락으로 눈물을 닦아 주는 동안 많은 추억이 머릿속을 스치고 지나갔다. 평범했던 일상이 얼마나 큰 행복이었는지 이제는 안다.

태양이 지켜보고 있으니까

나는 이 아이가 커 가는 모습을 지켜볼 수 없다. 어른이 되어 가는 요타 옆에 있을 수 없다. 그래도 엄마로서 지금 내 아들을 위해 할 수 있는 일이 있다면, 그 일을 해야 한다.

"요타, 울지 마."

"하지만…."

"기억나? 일 학년 운동회 계주 경기에서 일 등 했던 일. 그거랑 똑같은 거야. 너는 엄마, 아빠보다 먼저 결승선에 도착한 거야."

이를 악물고 입꼬리를 올렸다. 사람들에게 보이던 가식적인 미소가 아니다. 내 아이를 위해, 앞으로 살아갈 나를 위해 진심으로 웃고 싶었다.

"그러니까 엄마랑 아빠도 언젠가 결승선에 도착할 거야. 그때까지 기다릴 수 있지?"

울음을 꾹 참는 요타의 얼굴을 바라봤다. 제발 전해지기를 빌며, 내 마음이 요타의 마음에 가닿기를 바라면서.

"너는 혼자가 아니야. 엄마랑 아빠가 항상 우리 요타를 생각하고 있으니까."

"할머니랑 할아버지도 똑같은 말씀을 하셨어."

"그것 봐."

내가 고개를 끄덕이자 그제야 요타의 표정이 편안해졌다.

"엄마, 나하고 약속해. 매일매일 열심히 살다가 꼭 나 만나러 와야 해. 그때는 아빠랑 셋이 오래오래 얘기하자."

"응, 약속해."

작은 아이가 제 힘을 다해 나를 위로하려 했다. 나는 또다시 흐르는 눈물을 막지 못한 채 요타를 힘껏 끌어안았다.

이제야 알았다. 세상에서 가장 소중한 내 아이를 위해 엄마가 바라야 하는 것, 그것은 아이의 행복이다. 운명을 바꿀 수 없다면 적어도 웃게 해 주고 싶다. 편안한 마음으로 다시 만날 날을 기다릴 수 있도록.

"약속 지킬 수 있게 열심히 노력할게. 그러니까, 그러니까… 엄마, 기다리고 있어."

간신히 마지막 말을 짜내자 아이가 작은 머리를 끄덕여 대답했다.

순간 주위가 어두워졌다는 걸 깨달았다. 하늘은 짙은 푸른빛으로 변했고, 금빛 노을은 하마나호 끝자락에 희미하게 걸려 있었다.

나는 품에 있는 아이를 바로 세워서 손을 잡았다.

열차 문 앞까지 가자 요타가 불안한 얼굴로 나를 올려봤지만, 부드럽게 머리를 쓰다듬자 열차 안에서 쏟아지는 빛에 이끌리듯 천천히 발걸음을 옮겼다.

따라가고 싶었다. 하지만 엄마로서 마지막까지 의연한 모습을 보여야 했다.

"요타, '사람인'이란 한자 쓸 수 있어?"

"응, 알아."

태양이 지켜보고 있으니까

"그 글자처럼 사람은 서로가 서로에게 의지하고 기대면서 사는 거야. 요타한테는 엄마랑 아빠도 있고, 할머니, 할아버지도 계시니까 의지하고 기댈 수 있는 사람이 많잖아. 그러니까 분명 잘 지낼 수 있을 거야. 아무 걱정하지 마. 우리 아들."

다 괜찮을 거야.

요타가 손가락을 들어 허공에 한자를 쓰더니, 이해했다는 듯 웃었다.

"응, 나 씩씩하게 기다리고 있을게."

아아, 이제 한계였다.

참았던 눈물이 한순간에 툭 터지고 심장이 둘로 쪼개지는 것만 같다. 요타 곁에 있고 싶다. 가지 말라고 울부짖고 싶었다.

하지만 내 아이가 웃고 있었다. 그러니 엄마도 웃어야 한다.

"엄마한테 하고 싶은 말이 있어."

눈물을 닦는 나를 보며 요타가 살며시 오른손을 들었다.

"다녀오겠습니다."

"요타…."

"그날, 이 말을 못 하고 학교에 갔잖아."

수줍게 웃는 요타를 보며 나는 연신 고개를 주억였다.

"응, 잘 다녀와."

문이 닫히고 열차가 움직이기 시작했다.

아무리 빨리 뛰어도 요타의 모습은 점점 멀어지기만 했다.

"요타, 요타!"

손을 흔드는 요타가 보이지 않을 때까지 나도 손을 흔들었다.

고마워, 요타. 내 아이로 태어나 줘서, 그리고 이렇게 엄마를 만나러 와 줘서.

열차 헤드라이트 불빛이 금세 어둠 속으로 녹아들 듯 사라지고 무인역에 완전한 어둠이 내려앉았다. 하지만 깜깜한 어둠 속에서도 더는 외롭지 않았다.

내일부터는 요타를 다시 만날 그날, 웃으며 이야기할 추억을 만들며 살아야겠다. 고독에 몸부림치던 밤과는 이제 안녕이다.

함께 만남의 벤치에 앉아 있는 우리 주변으로 간지러운 봄바람이 스쳐 지나갔다.

"아, 벚꽃은 정말 눈 깜짝할 사이에 져 버린다니까요."

사에가 아쉽다는 듯 입술을 삐죽였다.

"계속 비가 왔잖아."

간만에 날이 좋았다. 오후의 하늘과 호수가 똑같은 색으로 이어져 있다.

"그런데 그거 졸업장이에요? 결국 졸업식에 간 거예요?"

사에가 내 손에 들린 지관통을 가리키며 물었다.

"응, 아주 멋진 졸업식이었어. 남편이 엉엉 우는 바람에 낯 뜨거워서 혼났지만."

태양이 지켜보고 있으니까

"하하하, 본 적은 없지만 어쩐지 상상이 되네요."

발랄하게 웃는 사에를 따라 나도 자연스럽게 웃었다.

"참, 고등학생 된 거 축하해."

"왠지 나이 먹은 기분이에요."

머릿속 말을 거침없이 내뱉는 모습은 여전하다.

"그나저나 유코 씨도 노을 열차를 만났다니, 정말 굉장하네요."

"응. 요타를 다시 만나다니, 지금도 가슴이 떨려. 아, 안 되겠다. 또 눈물 날 것 같아."

눈꼬리에 맺힌 눈물을 훔치는 날 보며 사에가 킥킥 웃었다.

"뭐 어때요. 울고 싶으면 우세요. 사람이 다 그런 거죠."

"또 건방진 소리 한다."

사에는 무인역에서 만난 나의 특별한 친구다. 소중한 사람을 잃은 경험이 이어 준 특별한 인연.

먼저 돌아간 사에를 배웅하고 다시 승강장 의자에 앉았다.

"요타."

사랑스러운 내 아이의 이름을 조용히 불러 봤다.

"엄마는 아직도 가끔 울어. 그래도 나름 씩씩하게 지내고 있으니까 걱정하지 마."

억지로 참지 않고 나답게 살기로 했다.

어쩌면 달라진 내 삶의 태도가 무인역에서 일어난 진짜 기적인지도 모르겠다.

"다 괜찮을 거야."

나직한 울림이 허공을 날아올라 하늘에서 기다리는 요타에게 전해질 거라 믿는다.

아이와 한 약속을 지키기 위해 하루하루 최선을 다해 살아갈 생각이다. 언젠가 다시 만날 그날까지.

태양이 지켜보고 있으니까

에필로그

간판 불을 끄자 조금 전까지 검게 보이던 하마나호가 암흑 속으로 모습을 감췄다. 이 주변에는 내가 운영하는 산마리노 외에는 불을 밝힐 만한 곳이 없다. 산마리노의 마스터로 산 세월이 벌써 몇 년째인지 이제는 기억도 가물가물하다.

내가 이곳에 찾아오는 손님에게 먼저 노을 열차 이야기를 꺼내는 일은 흔치 않다. 그만큼 노을 열차의 전설을 아는 사람은 아직 많지 않다.

오늘도 구름 한 점 없는 맑은 날이었다. 노을 열차를 만난 사람이 있었을까?

처음 그 이야기를 들었을 때는 나 역시 믿지 못했다. 쾌청하게 맑은 날 나타나 기적을 일으키는 열차라니. 하지만 세상 어딘가에서는 내 눈으로 직접 보지 못한 신비한 일들이 실제로 일어나기도 하니 부정할 생각은 없다.

자연스레 시선이 카운터 아래 놓아둔 아내 사진으로 향했다.

"아직은 버틸 만해."

내 말에 사진 속 아내가 희미하게 미소 짓는 것처럼 보이는 것 또한 신비하다면 신비한 일이다.

가게 조명을 끄고 슨자역으로 이어지는 길을 걸어 올라갔다. 이 근처는 가로등도 거의 없어서 손전등이 꼭 필요하다.

막차가 떠난 승강장에 누군가 서 있었다.

"마스터."

미우라였다. 평소 괜한 오지랖은 부리지 말자는 주의지만, 노을 열차를 만났다는 손님들이 모두 이 남자를 만났다고 하니 묻지 않을 수 없었다.

"오늘도 노을 열차가 왔었나?"

미우라가 네, 라고 대답하며 고개를 끄덕였다.

"마스터도 슬슬 만나 보는 게 어떠세요?"

"나는 아직 안 됐어. 언젠가 산마리노 문을 닫는 날이 오면 그때 아내를 만날 생각이야. 이도 저도 아닌 때 만났다가는 괜히 혼만 날걸. 옛날부터 잔소리가 심했거든."

너스레를 떨었더니 그가 어둠 속에서 희미하게 웃으며 검게 변한 하늘을 가리켰다.

"내일도 날이 맑을 겁니다."

"그래? 혹시 누가 물어보면 잘 가르쳐줄 테니 걱정하지 말게."

"잘 부탁드립니다."

나는 젖은 수건을 꺼내 승강장 의자를 닦았다. 내가 여기 앉을 날은 아직 멀었다.

예전에 아내가 이 승강장에서 검은 고양이 한 마리를 주워 왔다. 그 고양이가 고로다. 고로는 그날부터 우리 가족이 됐다.

세상을 떠나는 마지막 순간까지도 아내는 나와 고로 걱정뿐이었다. 고로를 몰래 병원에 데려갔던 날에는 너무 좋아서 눈물까지 흘렸었다. 그리고 마지막에 고로에게 당부했다. 남편을 잘 부탁한다고.

쌀쌀한 바람이 불어와 승강장 끝에 피어 있는 꽃이 흩날렸다. 돌아보니 언제 사라졌는지 미우라는 보이지 않았다. 참, 묘한 청년이다.

"혹시 고로가 미우라?"

에이, 설마…. 그런 비현실적인 일이 일어날 리 없다.

솔직히 나는 아직 노을 열차의 전설도 완전히 믿지는 않는다. 그저 이 세상 어딘가에서는 말로 설명할 수 없는 신비한 일이 일어날 수도 있다고 생각할 뿐이다. 단순히 우연이나 기적이라는 말로 설명할 수 없는 일이 일어날 때가 있다. 그 또한 분명 그 사람에게 꼭 필요한 일이기 때문에 일어나는 것이 아닐까? 노을 열차는 깊은 슬픔에 잠긴 사람에게 다시 한번 살아갈 용기를 주기 위해 나타나는지도 모른다.

다시 하늘을 올려다보았다. 밤하늘을 빼곡하게 채운 별이 반짝이고 있었다.

노을 열차는 내일도 누군가의 소원을 이루어 줄 것이다.

일본 케이타이 문학상 수상 작가 이누준 장편소설
무인역에서 널 기다리고 있어

펴낸날 2025년 11월 10일 1판 1쇄

지은이 이누준
옮긴이 이은혜
표지 그림 FUSUI
펴낸이 金永先
편집 박혜나
디자인 박유진

펴낸곳 알토북스
주소 경기도 고양시 덕양구 청초로 10 GL메트로시티한강 A동 A1-1924호
전화 (02)719-1424
팩스 (02)719-1404
출판등록번호 제13-19호
ISBN 979-11-94655-17-6(03830)

> 알토북스와 함께 새로운 문화를 선도할 참신한 원고를 기다립니다.
> **이메일** geniesbook@naver.com (원고 투고)

- 이 책은 저작권자와의 계약에 따라 발행한 것이므로 본사의 허락 없이는 어떠한 형태나 수단으로도 이 책의 내용을 사용하지 못합니다.
- 파본은 구입하신 서점에서 교환해 드립니다.